U0089013

古典文學研究輯刊

十七編
曾永義 主編

第 21 冊

蘇州派傳奇研究

董曉玲 著

國家圖書館出版品預行編目資料

蘇州派傳奇研究／董曉玲 著 — 初版 — 新北市：花木蘭文化
事業有限公司，2018〔民 107〕
目 2+168 面；19×26 公分
（古典文學研究輯刊 十七編：第 21 冊）
ISBN 978-986-485-338-0（精裝）
1. 清代戲曲 2. 傳奇戲曲 3. 戲曲評論
820.8   107001709

ISBN-978-986-485-338-0

9 789864 853380

古典文學研究輯刊
十七編　第二一冊   ISBN：978-986-485-338-0

蘇州派傳奇研究

作　　者　董曉玲
主　　編　曾永義
總 編 輯　杜潔祥
副總編輯　楊嘉樂
編　　輯　許郁翎、王筑　美術編輯　陳逸婷
出　　版　花木蘭文化事業有限公司
發 行 人　高小娟
聯絡地址　235 新北市中和區中安街七二號十三樓
　　　　　電話：02-2923-1455／傳眞：02-2923-1452
網　　址　http://www.huamulan.tw 信箱 hml810518@gmail.com
印　　刷　普羅文化出版廣告事業
初　　版　2018 年 3 月
全書字數　125538 字
定　　價　十七編 26 冊（精裝）新台幣 50,000 元　　版權所有·請勿翻印

蘇州派傳奇研究

董曉玲 著

作者簡介

董曉玲，女，黑龍江人，黑龍江大學國際文化教育學院副教授。1991 年考入黑龍江大學文學院，1995 年師從劉敬圻教授研習明清小說，1998 年獲文學碩士學位。2002 年考入哈爾濱師範大學文學院，師從張錦池教授、劉敬圻教授攻讀博士學位，研究方向爲宋元明清文學，博士論文題目《蘇州派傳奇研究》。現從事對外漢語教學和中國古典文學研究。發表古典小說戲曲學術論文十餘篇。

提　　要

　　蘇州派是明末清初一個陣容強大的創作群體。他們的作品以獨特的風貌成爲戲曲史上不可或缺的重要一環，其價值和意義都有待於更進一步的發現與研究。《蘇州派傳奇研究》討論了蘇州派作家身份、人格的邊緣化特徵，勾勒了作家作品存在的時空坐標。並從總體和個案兩個視角對蘇州派傳奇作品予以檢視，對其思想內涵、藝術品位進行了更深入的發掘和解讀。

目

次

緒論：蘇州派傳奇
——邊緣化的創作群體與邊緣化的藝術特徵

　　蘇州派是明末清初活躍於蘇州地區的一個戲曲作家群體，以傳奇創作爲主。這個劇派以李玉、朱素臣、朱佐朝等爲代表，擁有十幾位作家（對人員組成諸家說法不一），創作了170多部傳奇（今存70餘種）。他們的大量作品以崑劇的形式在當時的民間班社中廣爲流傳，無論是全本戲時期（明至清初），還是折子戲時期（乾隆年間以後），都佔有不容忽視的一席之地，他們在後世崑劇舞臺上保留下的劇目也居於明末清初劇作家之首。

　　學術界對於蘇州派的研究，發軔於吳梅在1926年出版的《中國戲曲概論》中對李玉的評價。一方面，吳梅稱李玉的作品「直可追步奉常」，另一方面，他又指出李玉的作品「與朱素臣（蘇州派另一重要作家）諸作，可稱瑜亮」，這時，「蘇州派」作爲一個群體還未被發現。這種狀況一直持續到20世紀50年代末，文學史和戲曲史的目光大都集中在李玉身上，偶而個別論及朱佐朝、丘園等，但並未視作同派作家。

　　鄭振鐸於1957年出版的《插圖本中國文學史》列舉李玉等9人爲蘇州最有聲譽的戲曲家。周貽白於1961年出版的《中國戲劇史長編》中將李玉等7人作爲一個「編劇集團」進行介紹。吳新雷則於1961年發表的《李玉生平、作品、交遊考》一文中，稱李玉等13人「形成了別樹一幟的藝術流派」。由此，在後來的大多數文學史與戲曲史中，都分量不等地爲蘇州派設立章節或標題，專門論述。

一、關於人員的範圍

關於蘇州派人員的組成，學術界眾說紛紜。在把蘇州派作爲一個戲曲流派來研究的學者中，我們選擇幾種說法列舉如下：

鄭振鐸：李玉、薛既揚、、朱雲從、陳二白、葉雉斐、朱佐朝、朱素臣、畢魏、張大復；〔註1〕

周貽白：李玉、葉雉斐、朱佐朝、朱素臣、畢魏、張大復、丘園；〔註2〕

吳新雷：李玉、朱佐朝、朱素臣、畢萬侯、葉雉斐、張大復、朱雲從、薛既撥、盛際時、陳二白、陳子玉、過孟起、盛國琦；〔註3〕

康保成：李玉、朱素臣、朱佐朝、畢魏、葉雉斐、盛際時、朱雲從、過孟起、盛國琦、陳二白、鄒玉卿、丘園；〔註4〕

郭英德：李玉、朱素臣、朱佐朝、畢魏、葉雉斐、盛際時、朱雲從、過孟起、盛國琦、陳二白、鄒玉卿、丘園、張大復、陳子玉、陳百章；〔註5〕

李　玫：李玉、朱素臣、朱佐朝、畢魏、葉雉斐、丘園、張大復、盛際時、薛既揚、劉方、馬佶人、朱雲從、陳二白、陳子玉、王續古、鄒玉卿；〔註6〕

蘭香梅：同李玫。

可見對蘇州派成員的取捨已經基本穩定在李玉、朱佐朝、朱素臣、畢魏、張大復、葉雉斐、丘園、過孟起、盛際時、盛國琦等人。但是對於整個流派成員的構成，迄今爲止，只有蘭香梅與李玫的說法是一致的，而其他諸家都各執一詞。成員的構成之所以這樣難以確定，有兩個原因：

首先，這個流派在歷史上並不是自覺地以團體的形式存在的，沒有一個具體穩定的組織，沒有結成一個曲社。他們的集體創作活動是自發的，隨意性較強。雖然李玉被研究者視爲這一流派的領銜人物，但也是根據其藝術成就所做的「追認」，並沒有資料證明當時就有此說。

〔註1〕 鄭振鐸《插圖本中國文學史》，1007～1017頁，人民文學出版社，1957年。
〔註2〕 周貽白《中國戲劇史長編》，370頁，上海書店出版社，2004年。
〔註3〕 吳新雷《論蘇州派戲曲家李玉》，《北方論叢》，1981年第5期。
〔註4〕 康保成《蘇州劇派研究》，34頁，花城出版社，1992年。
〔註5〕 郭英德《明清傳奇史》，354頁，江蘇古籍出版社，1997年。
〔註6〕 李玫《明清之際蘇州作家群研究》，14頁，社會科學出版社，2000年。

　　第二，除時代、地域這兩點有客觀依據而外，其他諸如作品風格、藝術主張等據以劃分藝術流派的一些關鍵因素卻是難以確定的。這群作家自己並沒有更多闡述文學主張或戲曲理論的著作傳世。除戲曲文本而外，李玉有《北詞廣正譜》、《音韻須知》，張大復有《寒山堂曲譜》等，而其他作家卻無此類著作可資考鑒。而曲譜更趨向於創作技術的具體指導，而不是創作觀念的理性宣言。我們只可以說這些著作反映出作家們是重視和精通曲律的。而他們更全面的文學主張、藝術見解，我們都只能從其戲曲作品中去解讀抽繹。而即使對同一個作家的創作風格，在讀者或學者眼中也會見仁見智，何況蘇州派作家的作品又沒有全部流傳下來，我們今天所見還不足被著錄作品的二分之一。

　　好在無論我們怎樣劃分這個流派，這些作家作品的存在都是客觀的，我們的研究也都有可能促進這些戲曲作品的保存、發現甚至流傳。無論是對於作家和作品來說，還是對文學藝術遺產的繼承來說，這才是最重要的。

　　因為所見資料有限，也因為學識所限，筆者不對眾家說法妄下評斷。這裡擇取各家基本達成共識的主要成員及其作品進行研討。而且本文的著眼點將更多地落在傳奇作品的文本上。

二、蘇州派作家身份及品位之界定

　　王國維曾以「自然」兩個字概括元曲的特點，而在解釋這「自然」的原因時說：「蓋元劇之作者，其人均非有名位學問也；其作劇也，非有藏之名山，傳之其人之意也。彼以意興之所至為之，以自娛娛人。關目之拙劣，所不問也；思想之卑陋，所不諱也；人物之矛盾，所不顧也；彼但摹寫其胸中之感想，與時代之情狀，而真摯之理，與秀傑之氣，時流露於其間。」〔註7〕正因為出身閭里，這些元代劇作家的創作才來得更純粹、更自在、更透徹、更不失赤子之心。可見，作家的身份與其作品的風格特徵存在著某種程度上的必然聯繫。

　　類似的觀點還有徐朔方在討論湯沈之爭時所說：「可見南戲和傳奇的區分不取決於它們的唱腔。不是只有南戲為四大聲腔所同時適用，而傳奇則只適用於崑腔。它們的主要區別在於南戲是民間戲曲，而傳奇是文人創作，其他不同的屬性都由此而產生。」〔註8〕

〔註7〕　王國維《宋元戲曲史》，120頁，華東師範大學出版社，1995年。
〔註8〕　徐朔方《晚明曲家年譜自序》，見《晚明曲家年譜》，10頁，浙江古籍出版社，1991年。

　　俞爲民在《宋元南戲考論續編》中也指出：「宋元時期的南戲皆出於民間藝人和下層文人之手，……但到了明清時期，隨著文人學士參與南戲的創作，南戲的發展便分爲兩途：一路仍由民間藝人或下層文人所作，一路則爲文人學士所作」，「南戲（傳奇）在明清分爲兩途後，由於民間南戲（傳奇）與文人南戲（傳奇）作者的身份不同，他們編撰劇本的目的也有別。民間士人編撰南戲（傳奇）劇本主要是供戲班演出，讓觀眾觀賞，即是娛人的，他們並不把它看作是一種文學創作行爲，不是想通過編撰劇本來顯示自己的才華或抒發自己的志趣，即用以自娛，而只是將它當作一種謀生手段，讓戲班採用自己的劇本，並且能夠受到觀眾的歡迎，以獲取較好的經濟收益。也正因爲此，他們不計較劇本的著作權，像宋元時期的南戲作家一樣，在劇本上多不署名，也不知其生平事蹟，其劇作也大多不被刊行，只是在戲班中作爲鈔本流傳……而文人學士編撰南戲（傳奇）劇本雖然也不乏爲戲班演出而作者，但他們的主要目的不是爲了獲取經濟收益，而是像作詩文一樣，出於自娛的需要，即一是抒發自己的志趣，所謂的『詩言志』，一是顯耀自己的文學才華。在文人學士看來，戲曲是由詩、詞演變而來的一種新的音樂文體」，「由於編撰劇本的目的不同，因此，也造成了民間南戲（傳奇）與文人南戲（傳奇）在情節內容、語言風格、演唱形式、文本形式等方面都存在著差異」〔註9〕。

　　很明顯，俞爲民也是以作者身份來區別文人傳奇與民間傳奇的。因爲不同的身份產生了不同的創作目的，不同的創作目的則導致了不同的藝術風格。《宋元南戲考論續編》著眼點在於宋元時期，對明清傳奇作家未作明確闡釋，但如果以俞爲民的標準來衡量，李玉爲代表的蘇州派更近似於民間傳奇。原因如下：

　　第一，他們是下層文人。而不屬文人學士。在可見的蘇州派作家的生平史料（其生平史料的稀見也正說明其地位之低下）中，李玉是曾經有意於科舉的，但又「連厄於有司」，「甲申以後無意仕進」，一生除一個副舉人外不曾求得更高的功名。丘園曾以詩名，有《竹溪雜興》、《梅圃詩解》、《既耕堂草》等詩集，但並未因此而得功名。葉稚斐曾習舉子業，然而也未得中。至於其他作家，還未曾發現其參加過科舉考試，或求得功名的史料記載。而且，這些作家除戲曲或曲譜論著而外，極少詩文行世。而傳統概念上的文人作家，當是以戲曲爲「詩餘」的。如湯顯祖，如吳偉業等等。

〔註9〕俞爲民《宋元南戲考論續編》，9頁，12頁，中華書局，2004年。

　　第二，他們是專業作家。他們在作品中自稱爲「作新戲的相公」，表明了對其專業作家這種身份的認同。而其作品的創作目的、經營方式、流傳途徑都是具有明顯的民間化特徵的。以劇本的流傳爲例，蘇州派的傳奇作品「在舞臺上雖然十分流行，但卻很少得到刊刻，大多靠伶人的傳抄得以流傳。在至今全本存世的 77 種蘇州派傳奇作品中，刻本只有 9 種，約占存本總數的12%；抄本有 68 種，約占存本總數的 88%。」〔註10〕這些抄本有的用楷書，有的用行書，還有的用草書。最值得注意的是兩個特點：一是有的行間標有宮尺譜；一是有的賓白處有大量補充文字，又不似抄寫之訛誤。這兩個特點都可證明抄本的用途之一，就是爲了進行演出，並且在被使用的過程中，又會爲了場上的完美展現而進行修改。

　　而郭英德在《明清文人傳奇研究》中曾表達另外一種看法：「明清傳奇的外延尚有宮廷傳奇、民間傳奇與文人傳奇之別，它們分別凝聚和表現了貴族化的、民眾化的和文人化的審美趣味」，「可以說，正是從元末至明中葉延續一個半世紀的文人化傾向，逐漸給戲文輸入了重風化、講規範、尚典雅、逞才情等文人審美趣味，方才使傳奇從戲文中破繭而出的。因而，只有用『文人傳奇』這一名稱，才能更準確地稱定傳奇這一文學樣式。」〔註11〕

　　可見，郭著是以作品的審美趣味作爲標準來區分傳奇類型的。

　　在《明清文人傳奇研究》中，郭英德將蘇州派作家的作品做爲文人傳奇發展期的三大流派之一加以介紹，說：「蘇州派的作品既富於強烈的現實批判精神，又浸透了濃重的封建倫理觀念。在他們的作品中，對污濁社會的批判，對國家命運的關注，對個人前途的憂患，和對道德理想的熱望，水乳般地交融在一起。」〔註12〕這些，自然是對其文人審美情懷的一種認同。

　　這一點與俞爲民先生所說「抒發自己的志趣」是同樣屬於文人傳奇的特徵的。而李玉也曾說過：「予於詞曲，夙有痂癖。數奇不偶，寄興聲歌。作《花魁》、《捧雪》二十餘種，演之氍毹，聊供噴飯。」〔註13〕吳偉業也稱李玉「以十郎之才調，效耆卿之填詞。所著傳奇數十種，即當場之歌呼笑罵，以寓顯

〔註10〕郭英德《明清傳奇史》，360 頁，江蘇古籍出版社，1997 年。
〔註11〕郭英德《明清文人傳奇研究》，4 頁，5 頁，北京師範大學出版社，2001 年。
〔註12〕郭英德《明清文人傳奇研究》，4 頁，5 頁，北京師範大學出版社，2001 年。
〔註13〕李玉《南音三籟》序，轉引自康保成《蘇州劇派研究》，178 頁，花城出版社，1992 年。

微闡幽之旨」〔註14〕；錢謙益則說「元玉管花腸篆，標幟詞壇，而蘊奇不偶，每借韻人韻事，譜之宮商，聊以抒其壘塊。」〔註15〕這些都傳達出李玉作傳奇供以演出而外的另一動機，即借他人之酒杯，澆自己之塊壘。這一點與吳偉業等一些著名文人的戲曲創作動機是有相通之處的。由此看來，部份蘇州派作家的作品是可以算作文人傳奇的。

但是《明清文人傳奇研究》出版六年以後，郭先生出版了《明清傳奇史》，後者則更強調了蘇州派作家的民間性。他說：「蘇州派作家大多是生活於下層社會的布衣文人……正因為他們不是享譽文壇的名人學士，也不是腰纏萬貫的富商大賈，而是沉抑民間的普通士子，所以大多數蘇州派作家的生卒年生平經歷難以詳考。雖然他們與明清之際文壇上的名士耆宿如馮夢龍、吳偉業、錢謙益、尤侗等人，時有交往，但是二者顯然活動於不同的文化圈中：前者優游於平民文化圈，後者顯耀於士大夫文化圈……正是從士大夫文化圈下降到平民文化圈的這一歷史性轉移，使蘇州派作家的傳奇創作充滿了更為濃厚的平民色彩，並獲得了更為深廣的群眾基礎。」〔註16〕而這些，也是蘇州派作家作品的真實寫照。

那麼，蘇州派傳奇究竟是文人傳奇還是民間傳奇？

這個問題的難以回答並不是學者的分類標準有何不妥，實是蘇州派作家的身份有些特殊。

余英時說他的《士與中國文化》所持的基本觀點是「把『士』看作中國文化傳統中的一個相對的『未定項』。所謂『未定項』即承認『士』有社會屬性但並非為社會屬性所完全決定而絕對不能超越者。」〔註17〕就是說，儘管「士」作為知識階層的本質是不變的，但他會在某種情況下獲得一種超越（當然，也可能是受制於某種局限）。在特定的歷史時期，「士」會具有社會所賦予他的特定的精神內涵與價值功用。其實這種對社會屬性的超越會發生在社會各個階層人士的身上。一旦社會生活給人以某種機遇，一個人的屬性就會發生變化，至少會變得豐富起來。這就會形成身份與人格的邊緣化〔註18〕特徵。

〔註14〕 吳偉業《北詞廣正譜序》，見《吳梅村全集》，1213～1214頁，上海古籍出版社，1990年。
〔註15〕 錢謙益《眉山秀》題詞，見《眉山秀》刻本卷首，《古本戲曲叢刊》影印本。
〔註16〕 郭英德《明清傳奇史》，358～359頁，江蘇古籍出版社，1997年。
〔註17〕 余英時《士與中國文化·引言》，8頁，上海人民出版社，2003年。
〔註18〕 《辭海》「邊緣科學」條：「兩門或兩門以上學科因在研究對象、研究範圍和

　　如果將這種邊緣化特徵賦予一個本質，其實就是「俳優」與「士」的結合。如果我們追究戲劇的根源，總要說到古代的滑稽戲、說到古代的俳優。他們的使命，除了供人娛樂，還有一點便是譏刺時弊，甚至帝王的過失。雖然俳優的身份發生著各種各樣的變化，但是這一傳統卻發揚下來了。余英時說：「中國歷史上俳優巧妙地指斥帝王與權貴的故事可說從來沒有中斷過。北宋的童貫、南宋的史彌遠，在他們權勢薰天之際，便正是優伶譏罵的對象……可見，『言談微中』的滑稽傳統在中國戲臺上一直沒有斷過」，並且「俳優的滑稽傳統對中國一部份知識分子也有影響」〔註19〕。一般情況下，是知識分子而有一點俳優氣，或者俳優而有一點知識分子氣。但是到了蘇州派，上述情況表明，這些曲家身上，俳優與知識分子，孰為主孰為賓，卻難以分清了。

　　對蘇州派作家來說，有兩點因素促成了他們身份與人格的邊緣化特徵。

　　一是文人情懷與曲家身份的結合。

　　蘇州派作家，特別是李玉，既具有正統文人的才學和情懷，又處於民間曲家的環境與氛圍之中；既是沉鬱下潦的民間藝人，又是心存國事的有識士子。他們是正統文人與民間曲家的結合體。

　　除李玉外，葉稚斐、丘園亦如是。

　　如葉稚斐生平資料兩則：

　　　　翁生而英異，倜儻有大志，始習舉子業，伸紙落筆，奇警過人，謂取青紫如拾芥。適遭鼎革，淡於成名，詩文之暇，寄情於聲歌詞曲，演傳奇數種行於世。世稱翁之詞義激昂，才情富有，不知只緣目擊喪亂，聊以舒胸中塊壘，譏切明季時弊。

　　　　　　──節錄孫岳頌《牧拙生傳》見《吳中葉氏族譜》〔註20〕

　　　　氣豪而邁，思窈而曲。笑傲寄之《琥珀匙》，悲忿寓之《漁家哭》。

　　　　　　──葉燮《牧拙公小像》，見《吳中葉氏族譜》〔註21〕

　　再如丘園小傳：

　　　　園字嶼雪，隱居邑東之塢丘山，自號塢丘山人。工吟詠，善書

　　　　研究方法等方面有部份重合關係而產生和發展起來的科學。」筆者以為，一個人的身份人格在特定的社會環境與人生經歷之中，會具有雙重甚至多重的屬性與特徵，可視為身份與人格的邊緣化。

〔註19〕余英時《士與中國文化》，105 頁，上海人民出版社，2003 年。

〔註20〕《戲曲研究》第十五輯118～119 頁，文化藝術出版社，1985 年。

〔註21〕《戲曲研究》第十五輯118～119 頁，文化藝術出版社，1985 年。

畫，大抵以石田翁爲宗。塡詞則取法貫酸齋、馬東籬。所撰《黨人碑》、《虎囊彈》、《歲寒松》、《蜀鵑啼》諸劇，至今流傳江左。蓋君於音律最精，分刌節度，累黍不差。梨園弟子畏服之，每至君里，心輒惴惴，恐一登場，不免爲周郎所顧也。

——《海虞詩苑》卷五〔註22〕

由這些記載可以看出李玉、丘園、葉稚斐等人身份也具有邊緣化的可能。一是明末與清初兩個文化時代的結合。

從十幾位蘇州派作家來看，大多數都生於甲申以前，因而跨越了兩個時代。興與亡，破與立，社會和思想的變遷都發生在他們眼前。在明清之際，以甲申爲界，思想與人生一分爲二、判若兩人的士子所在多有。

由此則從另一方面導致了蘇州派作家人格的邊緣化特徵。

這種邊緣化成爲蘇州派傳奇特徵的決定性內因，使他們將有助於提高戲曲藝術的各種因素兼收並蓄，從而在傳奇創作中表現出正統文人發憤而作的情懷、廣博雅正的才學、深沉理性的思索——此成其案頭之美，同時又具備了民間藝人深入生活的體會、貼近梨園的情趣、關注舞臺的自覺——此成其場上之美。從而使蘇州派作家筆下的傳奇作品擁有了一種案頭場上雅俗共賞的邊緣化藝術特徵。

當然，蘇州派傳奇作品的藝術特徵還和戲曲藝術自身發展的規律不無關係。對此，本文將在後面的章節中予以論述。

〔註22〕轉引自康保成《蘇州劇派研究》，192頁，花城出版社，1992年。

上篇　總體研究

第一章　蘇州派的時空座標

　　一種文學現象的產生，受多方面因素的制約。其中有兩點是不容忽視的：一是社會背景，包括政治經濟思想等；一是文學自身的發展，如體裁的變遷、風格的變異等。所以對蘇洲派傳奇進行探討之前，先梳理其社會與文學兩方面的時空背景，雖難免落於窠臼，卻實爲必經之路。

　　蘇州派作家的生平雖不能詳盡準確地考證出來，但根據學者們的研究，其大致的活動年代當起於明末的十六世紀末葉，迄於清初的十七世紀下半葉，本章從三個維度（土壤與根基、縱向承傳、橫向比較）勾勒這段時期中蘇州派的時空座標。

第一節　維度一：土壤與根基——明末清初及蘇州地區的社會背景

　　文學總不是孤立地存在於社會之外，這是我們進行文學研究時總關注於其社會背景的原因之一。無論是我們自己傳統的知人論世觀念，還是引進的階級或社會分析觀念，都揭示了這種關注的必要和必須，即：社會背景是我們認識文學現象的必經途徑之一。

　　對戲曲的研究亦是如此。就像大幕開啓，場景的布置雖不是決定性的，卻能一目了然地把我們帶到戲劇情境中去，切近而眞實。青木正兒在評價吳偉業時說：「吳偉業諸作，詞曲固佳，以劇而言，非成功之作，但以時代背景觀之，不勝感慨，令人惻然傷心，固可傳之作也」﹝註1﹞。可見對背景的瞭解與認識，能讓我們身臨其境地走近作家作品，從而實現與作家作品的藝術共

﹝註 1﹞　青木正兒《中國近世戲曲史》，333 頁，上海文藝聯合出版社，1956 年。

享與情思共鳴。這也是所謂入戲。唯有如此，才能多角度全方位地發現作家與作品的價值，給作家或作品一個公允的評價。

在蘇州派活動的這段歷史時期，有三個社會現象是值得關注的。

一、社會矛盾：黨爭與民變

黨爭是中國歷史上由來已久的一種社會現象。謝國楨說：「吾國最不幸的事，就是凡有黨爭的事件都是在每個朝代的末年，秉公正的人起來抗議，群小又起來挾私相爭，其結果是兩敗俱傷」〔註2〕。而在明朝末年，社會上的黨社之爭更是此起彼伏。萬曆至天啟初年齊浙楚三黨與東林黨之輪流坐莊、天啟後之閹黨得勢、南明王朝復社與馬、阮之爭等等。鬥爭之殘酷與社會影響之深廣惡劣，頻見於文獻記載。如《明史·顧憲成傳》說：

> 比憲成歿，攻者猶未止，凡救三才者，爭辛亥京察者，衛國本者，發韓敬科場弊者，請行勘熊廷弼者，抗論張差梃擊者，最後爭移宮、紅丸者，忤魏忠賢者，率指目為東林，夾擊無虛日，借魏忠賢毒焰一網盡去之，殺戮禁錮，善類為一空。崇禎立，始漸收用，而朋黨勢已成，小人卒大熾，禍中於國，迄明亡而後已。

又如戴名世在《弘光朝人為東宮僞后及黨禍紀略》中說：「南渡立國一年，僅終黨禍之局。東林、復社多以風節自持，然議論高而事功疏，好名沽直，激成大禍，卒致宗社淪覆，中原瓦解，彼鄙夫小人，又何足誅哉！自當時至今，歸怨於嬖主之昏庸，醜語誣詆，如野史之所記，或過其實。」〔註3〕

如果說黨爭是統治集團內部的互相傾軋，那麼當時社會上的另一種矛盾就是統治階級與被統治階級之間的互相鬥爭：奴變、民變與農民起義。

如果統治階級能在根本問題上以富國強民為計，即使是在某種程度上對百姓有剝削有壓迫，社會也有可能是平和發展的狀態。因為生活在社會最底層的農民、市民，他們對生存條件及生存權利的要求都是最低的。他們對自己的生存狀態有一種無意識的接受與認同。他們更多的希望往往寄託在等級身份的超越上，如果不能超越，不能由醜小鴨變成白天鵝，那麼他們就會把生存的困境歸罪於命運與自己對命運的無奈。只有當壓迫將其

〔註2〕 謝國楨《明清之際黨社運動考》，3頁，上海書店出版社，2004年。
〔註3〕 轉引自孫叔磊《明清傳奇之歷史劇創作的黨人心態》，載《戲曲藝術》2001年第3期。

置於生存的絕境，他們才會反抗。而當時發生在蘇州地區的民變與奴變〔註4〕都是這種情況。

　　壓迫之一來自國家的重賦。「明代蘇松賦稅之重，在全國首屈一指。談遷曾引述正德、嘉靖時上海人陸深對明初全國和蘇松稅糧的計算：『國初總計天下稅糧，共二千九百四十三萬餘石，松浙江二百七十五萬餘石，蘇州二百八十萬九千餘石，松江一百二十萬九千餘石，浙當天下九分之一，蘇贏於浙，以一府視一省，天下之最重也。』」〔註5〕

　　壓迫之二則來自統治者的貪婪與暴虐。《曲海總目提要》介紹《萬民安》中稅監一事之歷史背景時說「萬曆三十二年，都御史溫純疏云，稅使借皇上之威福，以十計，參隨又借稅使之聲勢為聲勢，以百計，土棍又借參隨之牙爪為牙爪，以千萬計。宇內生靈，能勝此千萬牙爪之吞噬搏擊否？」〔註6〕

　　因此在明末清初發生了較大規模的農民起義、民變和奴變。如天啟二年徐鴻儒、于弘志的山東起義、崇禎二年李自成張獻忠起義；蘇州反抗稅監之變；麻城奴變等。

　　這些激烈的黨爭與民變，自然會進入文學家與戲曲家的視野，蘇州派作家也不例外。「李玉生當明朝末年，目睹稅監橫行之害，身經閹黨亂政之禍，因取此現實的題材，作《萬民安》和《清忠譜》以揭其事。」〔註7〕丘園亦作有《黨人碑》，寫蔡京立黨人碑排擠和陷害元祐黨人，朱素臣《朝陽鳳》描寫張居正對海瑞之迫害等等。

二、鼎革之災：清兵入關

　　上面提到的都是明王朝內部矛盾與變化，吳偉業說李玉「甲申以後，絕意仕進」〔註8〕，甲申即1644年，崇禎十七年，清兵入北京之年。而吳偉業本人，亦是「至清朝後，杜門不與世相通，如是者十年」〔註9〕，雖後來終於出仕，其中滋味，卻是可以想像的。

〔註4〕一個封建王朝的末年出現農民起義往往不是什麼希奇事，因為往往是農民起義宣告了一個朝代末日的到來。在明末清初蘇州地區比較特殊的現象是還發生了大規模的民變與奴變。

〔註5〕鄭克晟《明清史探實》，36～37頁，中國社會科學出版社，2001年。

〔註6〕《曲海總目提要》卷十六。

〔註7〕吳新雷《論蘇州派戲曲家李玉》，《北方論叢》1981年第2期。

〔註8〕吳偉業《北詞廣正譜序》，《吳梅村全集》，1213頁，上海古籍出版社，1990年。

〔註9〕青木正兒《中國近世戲曲史》，328頁，上海文藝聯合出版社，1956年。

　　清兵入關爲什麼會對文人生活有如此嚴重的影響？除新舊王朝更替所必然伴隨的懷舊情緒與節操觀念，原因有二：

　　一是哀生靈之荼炭。清兵入關以後，對江南地區進行了瘋狂的燒殺搶掠，對百姓進行了慘無人道的大屠殺。這屠殺包括三種：一是攻陷南明後的屠殺，一是鎮壓農民起義的屠殺，一是鎮壓抗清運動的屠殺。揚州十日、嘉定三屠，歷史記下了與亡國之民的悲慘情狀。如《揚州十日記》中記載清兵入揚州城後的情景說：「一卒提刀前導，一卒橫槊後逐，一卒居中，或左或右以防逃逸。數十人靈驅犬羊，稍不前，即加捶撻，或即殺之，諸婦女長索繫頸，纍纍如貫珠，一步一蹶，遍身泥土；滿地皆嬰兒，或襯馬蹄，或藉人足，肝腦塗地，泣聲盈野。」「至於刀環響處，愴呼亂起，齊聲乞命者或數十人或百餘人；一卒至，南人不論多寡，皆垂首匐伏，引頸受刃，無一敢逃者；至於紛紛子女，百口交啼，哀鳴動地，更無論矣。」〔註10〕「在明末清初這場浩劫中，中國人口遭到了巨大的耗損，從絕對數上來說，比歷史上任何一次浩劫死人都多，估計在 7000 多萬」〔註11〕

　　二是憤民族之淪陷。除了對物質的掠奪與對生命的屠戮，外族入侵難免會伴隨有文化衝突和民族歧視。如元朝滅宋以後，對中原與漢人的統治就長期籠罩在種族壓迫的陰霾之中。清軍入關後也實行了如圈地、投充、剃髮等帶有民族壓迫性質的統治政策。雖然民族融合在初期階段的互相牴觸從歷史的宏觀角度來說是短暫的，而且滿清也隨著歷史的推進在更大程度上吸收甚至融入了漢族文化，但是在當時，明朝子民與士人所面對的卻是事關民族氣節的莊嚴選擇。操守的堅定與力量的微弱、對故國的忠誠與對新朝的臣服，這些合起而爲一難堪的夾縫，所以清朝的入關，對當時的中原和江南地區人民之精神，實有沉重的創傷。

　　這種創傷自然會成爲一種反抗和憂慮的情緒，溶入藝術創作之中。這在宋朝的南渡時期也是屢見不鮮。不過宋朝文學的主流仍爲詩詞，所以南渡詞乃成當時一別具特徵之詞壇現象。而到清初，這種亡國與滅族的痛苦悲愴也廣泛地反映入文學創作中。在蘇州派傳奇中我們可以清楚看到，比如李玉《千鍾祿》中建文帝的悲慘流亡，比如張大復《如是觀》中徽欽二帝的故國回首。

〔註10〕　明　王秀楚《揚州十日記》，見中國歷史研究社編《中國歷史研究資料叢書》，232 頁，236 頁，上海書店，1982 年。

〔註11〕　路遇　滕澤之《中國人口通史》，706 頁，山東人民出版社，2000 年。

三、思想潮流

在文化史與思想史上，明清兩代因其共通的諸多文化特色總是被比肩而立、並論相提。而明末與清初更大有成爲一個時間概念的趨勢。事實上，兩個時代不僅存同，而且存異。「明代文化的主潮，由程朱理學轉爲陽明心學，而程朱理學的物質是遵循傳統，跗常襲故；陽明心學則富於反傳統意味。就積極面而言，在心學影響下的明代文化具備創新精神，有一種卓異的風格；就消極面而言，又有『空疏』之弊。清代文化則一反明代學風的空疏，走向實學。無徵不信，注重考據，是清代學人的作風。所不足處在於，清代文化雖有包容前代學術的博大氣象，卻缺少創造，思想性亦不強。」〔註12〕

明末清初的思想概括起來則應是明末的解放繼以清初的務實。而事實上，這正是人類思想發展的一個客觀規律：解放與自由其實都只是爲了尋找一個最佳的歸宿。因爲哲學或思想雖然爲形而上之物，卻畢竟要以現實的社會與人生爲依託。所以每一次解放與自由都會在實現不同程度的進步與超越之後，返回到傳統的主流上來，從而實現一種螺旋式的上升。比如春秋時期的解放後，漢代思想統一於孔子的儒學其實是對周禮的超越和復歸；魏晉反名教與崇尙自然而後卻繼以隋唐時期對社會理想與人生價值的強烈追求。而明末心學對人本體的強烈關注以後，自然要走向清初又一次對社會對現實的復歸。

我們不妨把反叛傳統與經世致用分開來看。

A、反叛傳統

中國歷史上有幾個思想解放的大時代：春秋、魏晉與晚明。中間的唐宋雖然在思想上亦有大的發展，但是卻都遵循於中國正統文化的主流傾向，多有深入與拓展，卻缺少叛逆與革新。而晚明時期卻是與春秋、魏晉相仿，是個性覺醒生機勃發的時代，是反傳統的時代。聖賢們被迫走下神壇，個人的心性得以張揚；傳統的倫理失去其權威，現世的苦樂左右了人生。

這種對傳統價值的反叛自然折射於文學創作。

首先是文體的豐富與功能的擴展。詩文作爲正統的文學體裁之受到強烈衝擊，當始於晚明。雖然有前後七子的復古運動，但看似熱鬧，卻實際上與明際以來推行的八股文一起將詩文推向了沒有生機與活力的死胡同。與此同

〔註12〕　馮天瑜《明清文化史散論》，30～31頁，華中理工大學出版社，1998年。

時，詩文以外的文學體裁卻迅猛發展。如小品文，如小說，如戲曲。文學雖然仍能勉強維持其「經國之大業」、「六經國史之輔」的終極地位，但在其表象特徵與現實功用上卻更大程度地成為抒寫性情與娛人感觀的文字載體。它不再只出自文人學士的筆下，也不再僅置於文人學士的案頭。文學在更多層面上與商業緊密結合起來，與普通百姓的生活緊密結合起來。

同時還有文學思潮的轉化。崇尚性情與回歸世俗，成為文學思潮的新時尚。雖然正統的文學觀念並未消歇，但是這些新鮮的因素已經全方位地滲透於文學的創作與欣賞之中。

B、經世致用

凡浪漫的想法一旦產生，就大約要面對兩個挑戰：一是現實的抵制，一是自身的修正。晚明的叛逆思潮自然是受到社會禁錮的。如果說李贄的自裁等激進的晚明思想家的湮滅是來自統治者的外部壓力，那麼王學末流的弊病在東林學派那裡受到指責、清朝初年幾大思想家的崛起則是哲學對社會人生關懷方向的一種自覺調整。

人們從超現實主義重新回到了現實主義。這種現實主義又和宋元時期的理學觀念有所不同。「明末的學者，以顧、黃、王為首，提出了『經世致用』的宗旨，『實事求是』的精神，對於自然界的現象和社會的情況以及政治的弊端，均作深入的研究。鑒於當時君主的昏庸無能，而提出了民主的學說，尤其是把國家興亡的責任寄託於人民群眾的力量上來，所謂『國家興亡，匹夫有責』，特別強調人民群眾以及個人在歷史上所起的作用。這可以說是明末清初的學風的特點、最主要的核心。」〔註 13〕這一時期的學風中還有一點頗可注意，就是明末清初的學者「普遍重視明代史事，蔚為風氣。他們一是搜集、甄別資料，以備修史之用；二是探尋、總結明滅亡的教訓，或以寄故國之思，或以資治國殷鑒」〔註 14〕。

事實上，反叛傳統與經世致用在某種意義上是有共通之處的。那就是對民生國計的切實關懷，對個人意願的尊重、對一己力量的頌揚。當然反叛的過程難免會矯枉過正，激進有餘而冷靜不足。

〔註13〕 謝國楨《明末清初的學風》，19 頁，上海書店出版社，2004 年。
〔註14〕 鄔國平　王鎮遠《中國文學批評史·清代卷》，772 頁，上海古籍出版社，1996 年。

　　而到蘇州派的時代，我們間或也可以在他們的作品中找到明末思想解放個性張揚的餘緒，但已是強弩之末了。在他們的筆下，我們看到更多的是對傳統道德的回歸與呼喚，因爲他們經歷了國家興亡，面對的是社會的污濁與黑暗，這些都敦促著他們用自己的筆去尋求一條更現實更理性的精神出路。

四、蘇州與崑曲與明清傳奇

　　無論在古代還是在現代，也無論是從經濟而言還是從文化而言，蘇州都堪爲一別具價值之中國名城。比如蘇州自古以來就具備的文采風流的地域風格，比如蘇州在明代已發展成爲舉國第一大城市（人口、經濟、商貿都超過當時的北京），比如蘇州是明清時期科舉最盛狀元最多的地區等等。這些作爲一種最貼近的外部環境，成爲蘇州派作家與傳奇生長的肥沃土壤。對此，蘭香梅博士在其論文中已有較充分的介紹和論說，〔註15〕這裡不再贅述。

　　要強調的是，蘇州之於崑曲聲腔、之於傳奇劇作的特殊意義。

　　首先說聲腔。蘇州是崑曲的發祥地。最早的崑腔，產生於元代的崑山（亦屬蘇州府治）地區。但那時它只是一個不引人注意的小小聲腔，在社會上流行的則是其他幾種聲腔。直至明代萬曆年間，海鹽腔和弋陽腔還幾乎壟斷著傳奇劇本的「聲音特權」。

　　但是嘉靖年間的太倉（亦屬崑山地區）人魏良輔對崑腔進行了改革，他首創的水磨腔使崑腔的命運發生了改變，逐漸成爲南曲最流行的聲腔。人們時常引用如下記載來證明明代末期萬曆以後發生的這一變化：

> 「舊凡唱南調者，皆曰海鹽。今海鹽不振，而曰崑山」（王驥德《曲律》卷二）『海鹽』，今又有『崑山』。較海鹽又爲清柔而婉折。」（顧起元《客座贅語》）
>
> 「今唱家稱『弋陽腔』，則出於江西，兩京湖南閩廣用之；稱『餘姚腔』者，出於會稽，常潤池太揚徐用之；稱『海鹽腔』者，嘉湖溫臺用之。惟『崑山腔』止行於吳中，流麗悠遠，出乎三腔之上，聽之最足蕩人。」（徐渭《南詞敘錄》）

〔註15〕蘭香梅《蘇州派研究》第一章第二節標題二、三、四：蘇州派所處的地域環境、蘇州派所處的人文環境、蘇州派所處的文化氛圍。

　　戲曲一旦成爲大眾的娛樂項目，就必然向著商業發達的地區發展，去尋找廣闊的市場。而蘇州作爲蘇州府的郡城，是吳中的商業中心。於是，蘇州一時成爲崑腔聖地，進入了所謂「四方歌者，皆宗吳門」的時期。

　　而說到劇作，第一位應注意的蘇州曲家就是梁辰魚。他的《浣紗記傳奇》，「是把魏良輔革新的崑曲搬上舞臺的第一部作品，爲崑曲的發展提供了良好的文學基礎，完成了崑曲音樂與傳奇文學的結合」〔註 16〕在整個明代，蘇州地區出現了大批的著名曲家，比如張鳳翼、顧大典、沈璟、徐復祚等，他們都寫出了享譽曲壇的高水平作品。「到了明清之際，崑曲傳播到全國各地，壓倒其他聲腔而獨霸劇壇，成了全國性的劇種。在文學劇本方面，各地都湧現了一大批崑劇作家。而吳中劇作家的成就，始終居於領先地位」〔註 17〕。這時最引人注目的就是蘇州派劇作家了。

　　除此之外，在戲曲理論方面，最值得注意的當然就是沈璟了。他的意義當然在於他對曲律的重視，更重要的是他做爲湯沈之爭的一方，直接促成了戲曲理論的爭鳴，從而推進了戲曲創作的理性發展。此外，明末文壇怪傑馮夢龍（編有《墨憨齋定本傳奇》，改編過李玉、畢魏等人劇作）也是吳縣人。

　　對戲劇的繁榮來說，還有一點也是至關重要的，那就是戲曲演出。明萬曆後期，蘇州地區名伶輩出、戲班蜂起，給戲曲創作提供了市場也提出了需要。〔註 18〕

　　身處這樣的地域環境，蘇州派可謂是崑曲傳奇作家中得天獨厚的一個群體，他們在某一時期成爲傳奇創作的中堅力量也是自然而然的。

第二節　維度二：縱向承傳

　　每種文學體裁都有自己產生和發展的歷史。在發展的過程中，承前啓後的縱向繼承是必不能免的，也是必不可少的。蘇州派傳奇在戲曲發展史的縱

〔註 16〕吳新雷《吳中崑曲發展史考論》，《南京大學學報》，2001 年第 1 期。
〔註 17〕吳新雷《吳中崑曲發展史考論》，《南京大學學報》，2001 年第 1 期。
〔註 18〕如李斗《揚州畫舫錄》卷五（122 頁）記載：「蘇州腳色優劣，以戲錢多寡爲差。有七兩三錢、六兩四錢、五兩二錢、四兩八錢、三兩六錢之分。內班腳色皆七兩三錢。人數之多，至百數十人。此一時之勝也。」該卷亦列舉眾多當時蘇州名班：徐班、洪班、黃、張、汪、程等班；蘇州名角：老生山崑璧、大面周德敷等。中華書局，2001 年。

向鏈條裏處於什麼位置，對於先世戲曲它繼承了什麼，對於後世戲曲它又傳達了什麼，這是本節要討論的問題。

一、湯沈之爭——戲曲觀念的揚棄

　　一種文學體裁的成熟有一個重要的條件或標誌，就是有關這種體裁的文學理論的成熟。比如在詩歌最發達的唐宋，有大量的詩話和詞話行世；在長篇小說最發達的明清，則出現了評點等各種形式的小說理論。戲曲亦是如此。在蘇州派傳奇出現以前，也就是明代的晚期，傳奇剛剛迎來它的繁盛期。這時的傳奇理論，也已經初具規模。沈璟的《南九宮十三調曲譜》、王驥德的《曲律》等等。除這些具體闡述戲曲理論的著作外，在當時的曲壇上還發生了一件頗具影響的事，那就是湯沈之爭。

　　沈璟的戲曲理論主要有兩個方面：

　　　　第一是講究聲律。第二是崇尚本色。他說：「寧使時人不鑒賞，無使人撓喉捩嗓。說不得才長，越有才越當著意斟量。」〔註19〕

　　湯顯祖說：

　　　　「凡文以意趣神色爲主。四者到時，或有麗詞俊音可用。爾時能一一顧九宮四聲否？如必按字摸聲，即有窒滯迸拽之苦，恐不能成句矣。」〔註20〕

　　湯顯祖的主張，表面上看來只是對於戲曲內容的重視。實際上，才情的具備，才情的展現，都是與湯顯祖的哲學思想是分不開的。所以他和沈璟的曲學論爭看似是藝術問題。實際上還是與他們的思想傾向有關的。湯顯祖師承泰州學派，與李贄有過交往。當我們談到晚明的浪漫主義文學思潮，湯顯祖就成爲最有光彩的一位作家。他的才情有一個本質的特點就是追求自由。而從湯顯祖冠世博學卻又宦途坎坷的人生經歷來看，亦是不肯苟同於世的性情中人物。

　　湯沈二人的論爭起於沈璟及其門生們對湯顯祖《牡丹亭》的修改，這種修改引起了湯顯祖的不滿，他說：

〔註19〕沈璟《二郎神》套曲（今收入馮夢龍《太霞新奏》），見《古典戲曲美學資料集》。

〔註20〕湯顯祖《答呂姜山》，見《古典戲曲美學資料集》，126頁，文化藝術出版社，1992年。

「《牡丹亭記》，要依我原本，其呂家改的，切不可從。雖是增減一二字以便俗，卻與我原做的意趣大不同了。」〔註21〕

「不佞《牡丹亭記》，大受呂玉繩改竄，云便吳歌。不佞啞然笑曰：昔有人嫌摩詰之冬景芭蕉，割蕉加梅，冬則冬矣，然非王摩詰冬景也。其中騁蕩淫夷，轉在筆墨之外耳。若夫北地之於文，猶新都之於曲。餘子何道哉。」〔註22〕

從徐朔方先生的研究來看，湯顯祖所作劇本，實是用弋陽腔來演唱的，所以不合於吳江一派所遵循之崑腔之律，乃爲自然之事。只是論爭至此，何以湯氏不自辯一言其劇本爲弋陽腔所寫呢。

此論爭雖然至今仍有些不甚清晰明瞭之處，但並不影響它在文學史與戲曲史上的意義：

在湯沈之爭以前，對於戲曲的理論集中於音樂方面。王驥德的《曲律》雖然也討論了音韻以外關於詞句結構等方面的問題，但從廣義的觀點來看，仍是爲作曲制定種種規律，是關於戲曲形式的研討。而湯沈之爭以後，傳奇創作各個方面的因素都開始進入理論家和批評家的視野。戲曲理論於此而更加周全縝密，戲曲創作則於此而更顯理性自覺。「至是，詞隱才示之以亞律，清遠才示之以雋才，而傳奇的風氣與格律，遂一成而不可復變，傳奇的創作，遂也有了定型而不可更移。」〔註23〕鄭振鐸的這種評價或許有些誇張，但至少理論家和作家都覺得面前的方向已經清楚了。正如周貽白所說：「才情與矩矱，雖不能包括全部的戲劇，而劇作者從此卻有了兩條可走的道路。」〔註24〕

這種論爭也使劇作家與批評家的眼前突現出一條理想之路，所以呂天成說：「予謂：二公譬如狂、狷，天壤間應有此兩項人物。不有光祿，詞硎不新；不有奉常，詞髓孰抉？倘能守詞隱先生之矩矱，而運以清遠道人之才情，豈非合之雙美者乎？」〔註25〕在湯沈之爭以後的時代，作家們一方面研習曲律，一方面注重文辭，是爲理想之境。

〔註21〕 湯顯祖《與宜伶羅章二》，見《古典戲曲美學資料集》，128頁，文化藝術出版社，1992年。

〔註22〕 湯顯祖《答淩初成》，見《古典戲曲美學資料集》，127頁，文化藝術出版社，1992年。

〔註23〕 鄭振鐸《插圖本中國文學史》，865頁，人民文學出版社，1957。

〔註24〕 周貽白《中國戲劇史長編》，323頁，上海書店出版社，2003年。

〔註25〕 呂天成《曲品》，16頁，哈爾濱：北方文藝出版社，2000年。

蘇州派作家，除李玉可能生於十六世紀末（據吳新雷考證約 1591 年，也有學者認爲應在 1611 年〔註26〕，生年與湯沈有短暫交叉，其他生年可約略考出的，都在 1610 年以後。而湯沈分別謝世於 1617 年、1610 年。所以這湯沈之爭的果實對二三十年以後恰值青春的蘇州派作家來說，是正巧可以坐享其成的。

蘇州派作家沒有足夠的專門的戲曲理論著作或言論可以參考，這是令人遺憾的事情。但是客觀環境與主觀因素都給蘇州派接受湯沈之爭的理論果實提供了可能性。

蘇州派向沈璟所學者，當爲遵循曲律，然而這在曲家，本是份內之事，所以後人之學沈者，或許竟多，只是並不能一眼看出，而湯顯祖可學之處甚多，其馳騁的才情、浪漫的思想、離奇的構思，學即可見，所以青木正兒《中國近世戲曲史》將李玉歸入玉茗堂派，或許原因即在於此。

二、南洪北孔──戲曲題材的開拓與戲曲理性的健全

傳奇發展至清初的南洪北孔，戲劇作家的理性精神得到了進一步的發揚。他們不僅思索著湯沈之爭提出的才情與矩矱之問題──這終究還應歸屬於文詞曲律，還更自覺地將社會政治等問題納入取材的視野，也更自覺地將「舞臺效果」等作爲塡詞的參考。「傳奇雖小道」，於此時則更有了多維的美感、深沉的氣蘊與宏偉的氣勢。

如果從南洪北孔兩位代表作家對蘇州派曲家或明末清初戲曲之承傳來說，有兩點是可以注意的：

（一）繼續發揚傳奇的教化作用

《桃花扇》與《長生殿》兩部作品，表面上看來都是言情之作，然而作家在創作主旨的闡述中，都分別強調了作品的教化意義：

> 「傳奇雖小道……其旨趣實本於三百篇，而義則春秋，用筆行文，又左、國、太史公也。於以警世易俗，贊聖道而輔王化，最近且切。」（《桃花扇》小引）

> 「樂極哀來，垂戒來世，意即寓焉」（《長生殿》自序）

〔註26〕歐陽代發《李玉生卒年考辨》，《文學遺產》，1982 年第 1 期。

「予撰此劇，止按白居易《長恨歌》、陳鴻《長恨歌傳》爲之。而中間點染處，多採《天寶遺事》、《楊妃全傳》。若一涉穢跡，恐妨風教，絕不闌入，覽者有以知予之志也。」（《長生殿》例言）

值得注意的是，洪昇與孔尚任有一個共同之處，就是他們也繼承了明末清初傳奇作品中的情緒，更強烈地表現出一種興亡之感。包世臣《藝舟雙楫》評價《桃花扇》說：「淺者謂爲佳人才子之章句，而賞其文辭清麗，結構奇縱；深者則爲其旨在明季興亡，侯李乃是點染。顛倒主賓，以眩耳目……其意旨存於隱顯，義例見於回互，斷制寓於激射，實非苟然而作。或未之深知也。」〔註27〕《越縵堂讀書記》則這樣評價《長生殿》：「其風旨皆有關治亂，足與史事相裨，非小技也。」〔註28〕

正是在此意義上，郭英德認爲蘇州派作家對洪、孔有著血脈相沿的傳承關係：「他們表現政治事件、維繫倫理傳統的巨大熱情，卻有效地將中國古代戲曲推到了更高的社會文化層次，具有了更強的審美感應能力。其後洪昇的《長生殿》傳奇和孔尚任的《桃花扇》傳奇之所以能夠秉有那種宏大的政治氣度和深刻的文化涵蘊，是與蘇州派作家傳奇創作經驗的積聚分不開的。」〔註29〕

的確，閱讀蘇州派的文本，我們能時刻感受到作家對倫理教化這一戲曲傳統使命的積極繼承。如李玉《清忠譜》、丘園《黨人碑》對黨爭的批判、對忠臣的謳歌，張大復《如是觀》、朱佐朝《奪秋魁》對秦檜的批判、對英雄的頌揚等等，都是傳統倫理價值在蘇州派傳奇中的正面表現。

（二）案頭與場上並重

到洪昇與孔尚任的時代，湯沈之爭已過去幾十年了。人們多已認識到了音律與才情當辯證統一於劇作之中。這樣才可以有案頭場上兩擅其美的作品。從這一點來說，大多數傳奇作家的寫作進入了理性化的時期。

這種理性首先表現在對聲律和文辭的重視。

「及作《桃花扇》時，天石已出都矣。適吳人王壽熙春，丁繼之友：赴紅蘭主人招，留滯京邸。朝夕過從，示予以曲本套數，時

〔註27〕轉引自周貽白《中人國戲劇史長編》，390頁，上海書店出版社，2003年。
〔註28〕李慈銘《越縵堂讀書記》，1235頁，上海書店出版社，2000年6月。
〔註29〕一個封建王朝的末世出現農民起義往往不是什麼希奇事，因爲往往是農民起義宣告了一個朝代末日的到來。在明末清初蘇州地區比較特殊的現象是還發生了大規模的民變與奴變。

優熟解者，遂依譜填之。每一曲成，必按節而歌，稍有拗字，即爲改製，故通本無聱牙之病。」（《桃花扇》本末）

「予自謂文采不逮臨川，而恪守韻調，罔敢稍有踰越。蓋姑蘇徐靈昭氏爲今之周郎，嘗論撰《九宮新譜》，予與之審音協律，無一字不愼也。」（《長生殿》例言）

這種理性還表現在對舞臺演出效果的高度重視。

如孔尚任說：

「製曲必有旨趣，一首成一首之文章，一句成一句之文章。列之案頭，歌之場上，可感可興，令人擊節歎賞，所謂歌而善也。若勉強敷衍，全無意味，則唱者聽者，皆苦事矣。」（《桃花扇》凡例）

「說白則抑揚鏗鏘，語句整練，設科打諢，俱有別趣。」（《桃花扇》凡例）

洪昇批評改編《長生殿》的唱演家說：「其《哭像》折，以哭題名，如禮之凶奠，非吉祭也。今滿場皆用紅衣，則情事乖違，不但明皇鍾情不能寫出，而阿監宮娥泣涕皆不稱矣。至於《舞盤》及末折演舞，原名《霓裳羽衣》，只須白襖紅裙，便自當行本色。細繹曲中舞節，當一二自具。今有貴妃舞盤學《浣紗舞》，而末折仙女或舞燈、舞汗巾者，俱屬荒唐，全無是處。」（《長生殿》例言）可見，傳奇作者的視野已不再局限於案頭成敗，而且還熱切關注著舞臺得失，這對洪、孔這樣的上層文人來說，是理性思索的結果，也是戲曲理論與實踐縱向承傳的結果。

在蘇州派作品抄本的墨跡中，我們也早已感受到了舞臺的活力和氣息。他們是專業的曲家，其戲曲文本更直接地走上舞臺，他們對場上效果的重視是那麼自然，也是那麼必然。只是沒有以理論的形式更明確系統地提出而已。

第三節　維度三：橫向比較

一、與清初雜劇

蘇州派與清初雜劇相比，有兩點不同。

其一，事實上我們今天看到的很多文學史或戲曲史中，都沒有設清初雜劇的章節（如周貽白《中國戲劇史長編》，張庚、郭漢城《中國戲劇通史》等），

其中一個重要的原因，可能就是雜劇在當時的舞臺上（而不是案頭上）已基本銷聲匿跡了。這一方面是由雜劇本身的缺點所導至——雜劇的體制板滯而單調，舞臺局限性極大，一方面也因爲它的對手——崑腔傳奇此時的勢頭實在是太強大了。也就是說，明末清初的雜劇實際上是孤芳自賞地存在於文人案頭的，而明末清初的蘇州派傳奇卻是風光無限地存在於舞臺之上。

其二，此時的雜劇與蘇州派傳奇作家身份不同。

清初雜劇的作家，多爲文人士大夫，一方面名著於文壇，一方面身重於朝廷。比如吳偉業，比如尤侗。他們都不是專業的戲曲作家，在創作雜劇的同時，也有傳奇創作，而對他們來說，最重要的還應是詩文創作。對不同體裁，他們採取了不同的態度。在雜劇創作中，多寄託了抑鬱於心的苦悶情懷。這一方面使其作品的思想傾向更多地含有興亡之感，反映出江山鼎革之際文人的審美情懷，一方面也導致其曲詞典雅莊重淒涼哀感的美學特徵。吳梅說吳偉業的《通天台》：「其詞幽怨慷慨，純爲故國之思，較之『我本淮南舊雞犬，不隨仙去落人間』句，尤爲淒惋」，說尤侗：「曲至西堂，又別具一變相。其運筆之奧而勁也，使事之典而巧也，下語之豔媚而油油動人也，置之案頭，竟可作一部異書讀。」〔註30〕在這些文人的筆下，清初的雜劇越來越詩化，雅化，當然，離開舞臺與觀眾也是自然的。

而蘇州派作家，則主要是下層文人，他們中的大部份人不曾參加考試，沒有人做過官。雖然他們具有傳統文人的學識與情懷，但是他們卻是以編戲寫戲爲職業的。所以在他們的劇作中，雖也有抒寫塊壘之處，雖也常常涉及國家的興衰存亡，但是卻不僅於此，而是觸及到了各個階層的社會生活。在蘇州派的筆下，傳奇是越來越接近群眾與舞臺的。

二、與李漁

李漁生於 1611 年，卒於 1680 年，幾乎與蘇州派作家同時。但是他做爲清代的戲曲批評大師和小說戲曲作家，在當時的聲名和對後世的影響都遠遠超過了蘇州派作家甚至他們的領軍人物李玉。這一方面是由李漁卓越的戲曲理論成就決定的，一方面也是由李漁廣泛的交遊、富有爭議的處世態度及創作傾向決定的。

〔註30〕吳梅《中國戲曲概論》，180 頁，上海古籍出版社，2000 年。

　　李漁也曾參加過科舉考試，但鄉試屢屢不中。後來放棄功名，也放棄了中國正統文人所秉持的許多人生理想與處世準則。他以卓越超凡的才華與放浪形骸的個性走出了迥異於李玉等的一條創作道路與生活道路。他身上似乎缺少清初人所多有的關於社會與人生的沉重與思索，倒像是晚明士人那樣更喜歡在世俗與放縱中尋求自我的生存意義。與蘇州派作家不同，他不僅是專業的戲曲作家，還是專業的戲班班主。著述而外，他蓄養家庭戲班，挾妓出遊，往來於縉紳豪門，以博程儀。因此對他人格的評價常常是毀譽摻半。

　　如果以蘇州派與李漁對比，我們可以看到：

　　就其戲曲創作的內容與風格而言，正可謂雙峰並峙，二水分流。李漁所作傳奇，雖前後亦有變化，但都沒能脫離才子佳人的相思主題，通俗淺易。而蘇州派作家則創作了大量的社會劇，寫國計寫民生，感慨寄之，莊重深沉。於此意義上來說，二者實為一種並列，一種互補，共同組成了清初傳奇劇壇的多彩風貌。

　　就重戲曲創作中重視舞臺與觀眾這一原則而言，蘇州派與李漁亦同中有異。由於李漁是戲班班主，要為戲班謀生計，作為一個奢侈家庭的家長，也要為這個家庭謀生計。因此他可能要比蘇州派作家與舞臺和觀眾的距離更近一些。他自覺而明確地提出「貴淺顯」、「重機趣」、「手則握筆，口卻登場」等將適於舞臺和迎合觀眾置於首位的戲曲理論。而且李漁曾帶著他的戲班周遊各地，他說：「漁二十年間，遊秦，遊楚，遊閩，遊豫，遊江之東西，遊山之左右，遊西秦而抵絕塞，遊嶺南而至天表。」〔註31〕在此過程中，儘管他主觀上可能只是為了維持他「無半畝之田，而有數十口之家〔註32〕」的「山人」〔註33〕式生活，但客觀上無疑會擴大其自身的影響，也會促進其傳奇作品和崑曲藝術的傳播。蘇州派作家雖然也以寫戲為職業，但是卻未必似李漁和戲班有如此切近的關係，他們的作品在當時雖也流行，但更多限於蘇州地區及其周邊如揚州等地。此其又一不同之處。

〔註31〕李漁《笠翁文集卷三‧覆柯岸初掌科》，轉引自郭英德《明清傳奇史》，386 頁。
〔註32〕李漁《笠翁文集卷三‧覆柯岸初掌科》，轉引自郭英德《明清傳奇史》，386 頁。
〔註33〕郭英德：「李漁的這種生活方式，沿襲的不過是明中後期山人的風氣」。《明清傳奇史》387 頁。「有明中葉以後，山人墨客，標榜成風。稍能書畫詩文者，下則廁食客之班，上則飾隱君之號，借士大夫以為利，士大夫亦藉以為名」《四庫全書總目》卷一八○趙宧光《牒草》條，轉引自郭英德《明清傳奇史》387頁。

李漁的戲曲理論在當時是最系統全面的。他論述了戲曲的整體特性與價值，雖然力倡通俗性與娛樂性，但亦提出應有裨風教；而論結構論語言則闡述了戲曲創作的詳細準則。在蘇州派的傳奇作品中，李漁所倡的許多理論都得到了體現。所不同的是，蘇州派傳奇還是以雅正為主，而略帶諧俗傾向，李漁卻將「俗」字置於第一位。所以吳梅說：「蓋笠翁諸作，布局雖工，措詞殊拙，僅足供優孟之衣冠，不足入詞壇之月旦。」〔註34〕

上述比較是我們人為地將二者並列在一起，而對《秦樓月》的評點，則證明了李漁與蘇州派之客觀聯繫的真實存在〔註35〕。

在康熙時刊本《秦樓月》的第一齣前，刻有「吳門朱素臣編次　湖上李笠翁評閱」。李漁在劇本多處作以眉批，包括以下幾方面的內容：

對該劇語言的評賞

第二齣末李漁評：通本集句俱極自然，無斧鑿痕。

第三齣淚弔，李漁評：詞極盡淒涼，情思回首，鳥啼花落，真娘當於九原（疑為「泉」）倍增浩歎。

第七齣李漁評：快心快語，卻能以快筆出之；文字快心，威風刮面，三尺氍毹中凜凜有生氣。

第十齣「心許」，李漁評：綢繆旖旎之情溢於言外，文生情，情生文，筆端湧出玉芙蓉也。

「文」、「情」、「有裨風教」是李漁推崇的傳奇三美，這種觀點於此評語中也可見一斑。

對該劇結構的分析

第二齣「論心」中，呂、袁二人有一段對話：

　　　　生：小弟鬚眉如許，豈為冶豔移情，萬無此事。

　　　　小生：這個，下官也不能全信，空談論誰無至誠，只怕事到頭
　　來不由人，難執性。

李漁評曰：雖一折中對答閒曲，一部文字已概之矣。

又如第四齣「癡訪」中，素娘呂生皆來弔真娘墓，李漁評曰：素素有意而弔，呂生無意而遊，遂生出無數情癡姻緣巧合，真娘孰謂非月老耶？

〔註34〕吳梅《中國戲曲概論》，187頁，上海古籍出版社，2000年。

〔註35〕鄭振鐸在其《插圖本中國文學史》中稱李漁與朱素臣為好友，但並未提供其交遊之佐證。

　　當呂貫向陶打聽素娘，陶回說花案一事。李漁評曰：無意中點出花榜一事，呂生胸中毫無成心，方見下文的是情癡，非是狂妄一輩。

　　第八齣劉將軍安排呂貫與素素相遇，兩情相屬但不肯苟合，李漁評道：要緊關目，卻做得細膩端莊，便不落妖淫窠臼；此時不肯苟合，方是憐才，下文心許一折，始覺整密生動。

　　對於結構的重視是蘇州派的創作與李漁的理論最一致之處。

　　對劇作內容的增補

　　《秦樓月》第二十一齣「誤覓」及第二十二齣「全節」均為李漁所加。第二十一齣題曰「此齣原本所無，笠翁新增」；第二十二齣則題曰：「此齣亦笠翁新增，聊取悅於世人之耳目，非於原文有所損益也。笠翁自記。」

　　第二十一齣題目為「誤覓」。寫呂貫聽信許秀之言，以為素素被拐至京師，所以赴京後獨自尋找。先至一家妓院，鴇兒稱有蘇州素素在，結果是一老醜之妓，呂貫落荒而逃；又至一賈姓官宦家，新娶小妾姓秦，常州人，呂貫誤聽為姓陳，揚州人，謊稱其表兄前去相認，被逐出。其中一些情節對白，不失熱鬧但失於鄙俗。

　　第二十二齣題目為「全節」。寫素素絕望輕重，自縊尋死。死後成仙之侍女繡煙，派人將素素救起，二人於仙界相見，囑以大難將脫，塵緣未了。並請求上元夫人以火部助劉將軍滅賊。

　　這兩齣的確於原文情節關目無大損益，只是平添些須波瀾，增加些須笑料。為原劇加些調劑。從中亦可看出李漁作劇的尚俗傾向和「取悅」觀眾之良苦用心。

　　其他如劉將軍所品花案而素素未能得中花魁，李漁評曰：以素素佔了狀元，無意味矣。這評價則正反映了李漁對「重機趣」的提倡和欣賞。

　　由此我們也可看出，蘇州派傳奇的創作不僅在某些方面與李漁的理論異曲同工，而且為李漁戲曲理論的總結提供了參照和佐證。

小　結

　　以上，我們勾勒了蘇州派傳奇的存在背景。明末清初的社會生活、思想潮流以及蘇州地區在崑曲發展史上的地位，這些為蘇州派傳奇的創作提供了根基與土壤，使他們有豐富的主題可以涉獵，有悠久的傳統可以發揚。而蘇州派在戲曲史上，自有其獨特的價值。這可以從縱向與橫向的比較中清晰地

看出來。他們吸收了湯沈之爭的理論成果，有才情，重聲律；他們以理性的精神感召著後世的曲家，如洪孔等，使戲曲史理性的鏈條得以流暢地接續下去。而相對於同時的曲家，他們顯示出了卓絕的個性特徵，與雜劇相比，他們更帖近民眾，更適於舞臺；與李漁等相比，他們更雍容雅正，更深沉蘊藉。

第二章　蘇州派傳奇思想內涵補論

　　蘇州派傳奇存世者有七十餘種，出自十餘位作家之手。其思想傾向頗爲複雜。雖然做爲一個作家群體他們有著更多的相通之處，但十幾人仍然有不同的風格與個性。況且蘇州派傳奇所處的乃是一個承前啓後的時代。新與舊、先進與保守都在蘇州派作家的作品中有所投射。這更使其思想傾向多元化起來。

　　人們一般認爲，蘇州派傳奇的思想傾向是比較傳統的。在對其思想的評介中常看到此類語句：「蘇州派最終標舉的仍舊是封建道德的旗幟。他們或者懷著救世的熱情，投入對明末世風的批判，或者在反思歷史的過程中謳歌忠孝」。〔註1〕

　　前賢與時賢所做的關於蘇州派思想的研究，在兩方面達成了共識。

　　一，蘇州派傳奇作品有一個傳統的思想內核。這傳統的思想內核包括忠義觀念、果報觀念、清官情結與情理調合傾向等等；

　　二，蘇州派傳奇作品中包含著某些時代精神。如新的士商或市民觀念、批判現實的精神等等。

　　這些方面在當代學者的研究中多有論說，如康保成《蘇州劇派研究》、李玫《明清之際蘇州作家群研究》等等，筆者不再贅述。這裡僅就閱讀文本過程中的某些體會或不同見解做幾點補充。

第一節　讀書人的價值失落與出路求索

　　在中國傳統價值觀念中，讀書人的理想價值座標自然是修身、齊家、治

〔註 1〕　康保成《蘇州劇派研究》，154 頁，花城出版社，1992 年。

國、平天下。隋唐以來確立的科舉制度則給這一價值指向提供了一條清晰穩定的路線：十年寒窗，金榜題名，爲官一任，造福一方，繼而建功立業，保國安民。但是這一信條與道路也往往因時代的變化而有所動搖和改變。比如在元代，科舉制度基本廢除，科舉與仕宦之途被堵死，讀書人那光明而顯赫的人生之路也從此失去了光彩。而有明一代，科舉雖然恢復，但勢不可擋的商品經濟又將「商」這一階層推上了歷史舞臺，當時流行一種說法：士而成功也十之一，商而成功也十之九。而到明清易代之際，兵戈鐵馬，風雲變幻，讀書人的精神理念與價值取向都經受著前所未有的洗禮和考驗。

在蘇州派傳奇中，我們首先感到的是書生題材的減少。在代表作家李玉現存的十九種（加殘本爲二十一種）作品中，只有三種是以青年書生爲主角的（當然，李玉描寫了一些清官忠臣，是爲讀書人之將來時態）；朱素臣十種作品中種只有四種是以書生爲主角；張大復雖寫到幾個書生，但都被濃重的神道色彩淹沒了；邱園的三部作品都寫書生，可是他又只有這三部作品傳世；只有朱佐朝劇中讀書人形象略多一些。這一方面自然顯示出蘇州派作家開闊的視野與廣泛的關懷，但同時，他們又特別關注了市民、俠士等階層的生存狀態，也客觀地反映出讀書人在社會生活與文學作品中價值的減弱和消褪。而且，即使在書生題材的作品中，我們會看到讀書人在當時的社會背景中與作家筆下所呈現的某些新異的形象特徵。現從以下兩方面進行論說。

一、功名價值的淡化

事實上，豐富的中國文化在發展至明清之前已經爲讀書人提供了姿態各異的人生模式。放誕如嵇阮、隱逸如陶潛，狂放如李白，沉鬱如杜甫，風流如柳永等等，各具特色，不一而足。這些人雖不能代表其所屬社會背景下文人的主流，但卻以其鮮明的個性而成爲種種人格的經典。因此，我們對讀書人的審美，也由於歷史與文化的因素而具有了廣泛的兼容性。甚至在某種程度上說，那些略帶坎坷略顯另類的特徵更具有其獨特的魅力，並因此而成爲後世讀書人追求的人格範型。

而到了明末清初，特別是明末，社會風尚與文人風氣都更富有一種叛逆性。與這些人格範型相比較，功名利祿之類，則被看成俗務。比如朱素臣《秦樓月·論心（二）》中有這樣一段對白：

　　小生（袁皓）：可知仕路崎嶇，世途逼窄，下官這番待罪呵〔玉
芙蓉〕虛擔鹵莽名，大減豪華興，笑烏紗才戴，俗吏俄稱。

　　生（呂貫）：先生以七步才，授二千石，得志行道，何俗之有？

　　小生：吾兄有所未知，當今功令，首重催科，況吳興豪強輩出，
馴治最難，將來日鑄刑書，斯有何樂，恐風流故我，從茲不可問矣。
盼不到琴樽湖上完公事，但只合鼓吹階前聽肉聲。

　　在這裡，袁皓新授吳興太守，卻並無「得志行道」的欣悅或自豪，而是
自笑爲「俗吏」，將處理公務調侃爲「日鑄刑書」與「鼓吹階前聽肉聲」，爲
官做宰的神聖性與使命感都被消解了。他還羨慕優游於世的好友呂貫，說：

　　「吾兄雖則困守寒窗，可也出沒的三春花鳥，嘲弄的五湖風月。
萬一神通遊戲，即紅葉可傳，玄霜可搗，瀟瀟灑灑，何束何拘，比
我二千石便宜更多也。君何幸，溫柔鄉任行，不似下官呵，坐公堂，
一顰一笑，動輒有官評。」

　　可見，袁皓所篤信和崇尚的是個人心性的自由與滿足，而非傳統價值觀
念所崇尚的治國平天下。李漁在此處則評曰：「兩翅烏紗，改多少才人面目，
當世誠然，袁公此數語亦不易得」，好像烏紗帽給才子們帶來更多的竟是桎
梏，而不是榮耀，坐公堂帶來的也不是明鏡高懸的神聖感與使命感，竟是坐
囚牢一般受到了限制與束縛。而劇中的呂貫雖然一出場即抒發了自己「心懷
萬里」定要「虎榜先登」的遠大理想，卻終於陷入與素素生死繫之的情網之
中，應了袁皓「一旦佳人邂逅，芥柏相投」的預言，而其「鬚眉如許，豈爲
冶豔移情」之語則不攻自破。

　　除袁皓這種對風流浪漫的嚮往和呂貫看似身不由己地墜入愛情以外，有
的書生則在自覺意義上將婚姻作爲生活的頭等大事、第一目標，如葉稚斐《琥
珀匙》中的胥垠表達自己的心跡說：

　　「讓風流於司馬，未結琴心，邀實信於尾生，誰期梁上。我想
兩姓未聯，畢竟焚香欠到，三生不偶，多應鑿石無緣。目此叩仰靈
山，拜瞻西相，早祈露灑楊枝，惠我蓮生並蒂。」

又如《意中人》裏的史弘，出場後即說：

　　「自分功名二字，信手取之不難，只爲婚姻未定，未免早夜縈
懷，又爲邇年以來願許東床者頗多，但見耳邊聒絮。我想夫妻二字，
乃是情性之所相兼，必遇魂銷心醉，方能適我。意中稍有一絲不甘，

未免終留一隙，所以轉展遷延，未敢輕許」。(李玉《意中人‧二遊學》)

在史弘心中，博取功名是輕而易舉之事，並不放在心上，卻把婚姻視為人生中最重要最繁難最馬虎不得的事情。而且，提出了十分新鮮的婚姻宣言：夫妻二字，乃是情性之所相兼，必遇魂銷心醉，方能適我。所以遠走他鄉，借遊學之名去尋求愛情。

當然，這些風流浪漫的理想是有其產生的原因的。其一，在中國文學史上，從元雜劇《西廂記》開創了才子佳人戲的主題系統以來，到明末清初已經蔚為風氣。大量的才子佳人小說與十部九相思的傳奇相映相照，形成了一種漸趨穩定的審美範式。所以書生而有才氣者，必定會以佳人為意，風流纏綿，自成一種美感。蘇州派傳奇雖對此有較大超越，但一點痕跡也不留也是不大可能的。其二，從晚明以來，傳統的價值觀念受到強烈的衝擊，隨著浪漫的文學思潮的興起，「人們首先否定了客觀世界的價值，把目光轉向主體。過去被認為具有重大意義的朝政盛衰、國家興亡等，現在遭到漠視；而主體的命運則被看作最實在最值得關注的對象。」〔註2〕對於青年的書生來說，自然是以愛情為第一要務了。

當然，蘇州派作家並不是完全奉行明末的大解放思想的，在有些書生身上則寫出了一種「世皆濁兮我獨清」的孤獨與悲憤，也寫出這非憤而後的放浪形骸。在這種形象中，謝瓊仙是較突出的一個，這可以從如下曲詞中體會出來：

《黨人碑》第四齣：

生(謝瓊仙)：既付我一個人身，就該把福祿簿上填寫停當了，終是到今日呵，枉卻我八斗才華、滿腹珠璣、氣吐虹霓、名魁群英，既若不與我功名富貴，寧可目不識丁，或山而樵，或水而漁，也作完我一身之了，又要讀這幾本破書，何用得我天涯浪跡、鍛羽垂首、怨天由命。

這一段抒寫讀書人懷才不遇的憤懣之情，出以本色之詞，可謂酣暢淋漓。又如《黨人碑》第七齣「醉酒打碑」中的幾段曲詞：

生：〔端正好〕豔陽天，平夷道，眼迷螃，信步遊邀，則索向醉鄉中覓幾個同調，怪眼底乾坤小。

〔註2〕廖可斌《晚明浪漫文學思潮美學理想的三個層次》，見吳承學、李光摩主編《晚明文學思潮研究》，410頁，湖北教育出版社，2002年。

咳，我好笑那蔡京這廝賄賂公行，白丁橫帶，使俺們擎天有志
無路請纓，好不可恨，不如我謝瓊仙今日藉此村醪用澆塊壘，好不
灑樂也。

〔滾繡球〕走荒郊腳斜，笑春風意氣饒。憑著俺那千杯美酒，
盡消得愁苗。休提起際風雲龍虎遭，且締那伴煙霞漁牧交，得意處
披襟長嘯，放懷時趁口長嚎，俺自有山高水遠共題橋，俺自有鳥語
花香破寂寥，因什麼青紫金貂。

〔叨叨令〕你看那一溪紅浸霞光耀。三山黛鎖雲容罩，求魚野
叟在江邊釣，鳴春好鳥在枝頭噪，兀的不暢殺人也麼哥，兀的不樂
殺人也麼哥。添俺個瘋瘋生，醉醺醺獨自個舞狂叫。

人物好像已經從憤懣中解脫出來，而進入了寄情山水放浪形骸的理想境
界，縱情恣意，自得其樂。但接下來謝瓊仙並沒有真的置身世外，這幾段唱
詞過後，他就看到了蔡京所立黨人碑，借酒將其打碎。從而與他的岳父大人
一起，上演了一場忠奸鬥爭的精彩大戲。事實上，李玉等蘇州派作家正是通
過這種方式完成了為數不多的書生題材戲對才子佳人主題的超越與昇華。雖
然他們對功名的信念發生動搖，但仍有著自覺的社會使命感。這其實就是知
識分子——古代即為正統文人——不管身處何地都不能拋卻的一種情懷。

除了追求這些浪漫的理想，蘇州派傳奇中的書生還有兩種選擇，那就是
投筆從戎或棄儒經商，換一種方式來實現自己的人生價值。比如《兩鬚眉》
中因覺「邦國殄瘁」而「敢向軍前試請纓」的黃禹金：

〔破齊陣〕忠孝百年，堂攜詩書，奕業箕裘，虎館論文，龍亭
學劍。自歎逢時未偶，厭亂嘗為中夜舞，投筆期封萬里侯，男兒志
不猶。（《兩鬚眉》第二折）

比如《十五貫》中迫於生計的熊友蘭：

〔減字木蘭花〕衰宗未振，一身長抱終天恨。誼篤鴒原，側陋
誰將錫有鰥？書窗勤苦，五更風雨三更火：破甑生塵，滿腹文章不
療貧……既乏囊底之資，復少經營之技，漸致炊煙屢絕，短褐不完。
咳！如此奇窮，眼見得為溝中之瘠，安望恒心力學，顯祖揚名……不
若小生暫爾出門，身執微業，多少覓些工價……（《十五貫》第二齣）

從他這段獨白及後面兄弟分別的淒苦無奈，既可以看出讀書人生計的艱
難，又可看出經商仍為「微業」，雖有利可圖，讀書人卻是不得以而為之。

如果說前面幾種傾向還只是在傳統價值觀念上發生一點疏離，本質上並沒有改變。那麼這兩種選擇卻是一種人生方向的重大調整。它揭示出讀書這一傳統途徑在這一時代所處的尷尬境地，也揭示出讀書人不甘於沉淪的一種掙扎與求索。

總之，或出於主動，或出於被動，在蘇州派傳奇作品中，讀書人的理想顯示了多元化的傾向。

二、儒俠兩道的合途

在蘇州派傳奇中，還有一種現象值得關注。那就是在讀書人身邊，常常會有一個輔助人物，他們雖不是作品的主角，但是主角命運絕處逢生的轉機、作品情節大波大瀾的起伏常常是由他們完成的。這樣的人物有丘園《黨人碑》中的傅人龍、朱佐朝《豔雲亭》中的洪遠、畢泓、葉稚斐《琥珀匙》中的金髯翁、盛際時《臙脂雪》中的賽虬髯與白簡微、朱素臣《錦衣歸》中十八姨、程衍波，等等。他們的一個共同特徵是：不習文而習武，不是儒生而是俠士。

在《黨人碑》中，俠士傅人龍偶見書生謝瓊仙落榜題詩，愛其才氣，二人遂結拜金蘭。後來謝瓊仙酒後醉打了黨人碑，被蔡京抓去，審出是劉逵女婿，決意陷害，遂送入童貫府中。又不放心，密遣高衙將帶令箭至童府欲取謝瓊仙首級。正在生死關頭，於酒店中得知謝瓊仙被抓的傅人龍，前來營救。他急中生智，在童府門口謊稱自己是童府衙役，將高衙將哄入青樓，偷得令箭，返回童府，將謝瓊仙救出。這是謝瓊仙第一次死裏逃生。

蔡京下令全城戒嚴。謝傅二人逃至一所破廟，適逢算全命先生劉鐵嘴亦在廟中。這時官兵追至，又是傅人龍打殺官兵，二人逃出城外，這是書生謝瓊仙第二次轉危為安。

《豔雲亭》的主要人物是書生洪繪。樞密使蕭鳳韶有女蕭惜芬。蕭本欲招洪繪為婿，可是洪繪醉中與蕭相見，蕭怒罷婚事，將洪逐出府去。蕭鳳韶彈劾姦臣王欽若，遭到報復，被派出鎮壓西夏李元昊的反叛。蕭惜芬被選為繡女，押在王府。洪繪攔駕喊冤，皇帝下旨釋放繡女。王不甘心，欲將惜芬扣留，同時派府役畢泓刺殺洪繪。畢泓放了洪繪，又放了惜芬，隨即自盡。

蕭鳳韶平叛受阻，則是洪繪之兄、自幼習武的洪遠、女俠上官瓊珠夫婦共同定計協助，才得成功。

　　《琥珀匙》中的配角金髯翁是一個義盜，他在自己的山寨中約法三章：「一不許動取皇家庫藏，二不許護掠民間財帛，三不許搬搶客商行李」。不僅如此，他還不時下山，到江南一帶察訪州郡官員政績，若有官員從山寨經過，他定要查其優劣，有劣跡者，則調兵遣將，「罄取囊資」，若遇為官清廉者，則以銀相贈。他說：「朝庭既無公道，孤這裡定有處分。」

　　金髯翁在劇中不是主角，但劇中風浪波折皆由他起。他先是盜得貪官贓銀一千兩，買走了桃南洲的機錦，桃南洲因此而下獄，桃佛奴賣身救父，致使胥塤與桃佛奴的婚約成為一紙空文。金髯翁與胥塤結為兄弟後，得知此事，他又以銀贈胥塤，讓他贖取佛奴；佛奴被束御史夫人使女繡娘帶至江邊欲行殺害時，又是他射死繡娘，將佛奴救下。

　　對於胥、桃的愛情，金髯翁是功過各半，所謂解鈴還是繫鈴人。但是從他的一系列義行中，可以看到作者對黑暗現實的不滿，對光明公正的期待，以及將這種期待寄託於綠林之中的無奈情懷。焦循《劇說》引《繭翁閒話》說葉稚斐《琥珀匙》原本中有「廟堂中有衣冠禽獸，綠林之中有救世菩薩」之句，因而「為有司所恚，下獄幾死」，當為實情。

　　《胭脂雪》中的賽虬髯在劇中的功能與金髯翁相似。劇中女子韓青蓮被貪婪跋扈的鄉紳莫亮劫至莫宅，是賽虬髯將其救回山寨；但也是因為替賽虬髯做工，韓若水拾得寶鏡而被莫亮誣陷入獄。賽虬髯得知被劫上山的白簡微是應考書生，則以禮相待，並將青蓮託付給他，請他幫忙送歸家中。他派人到地方徵用工匠，亦是以禮相請，一旦完工，旋即厚贈工銀。韓若水一家的命運全靠他和白簡微拯救於水火中。

　　在這些劇作中，假如沒有這些豪俠人物，主人公的命運可能就完全是另外一種情形了。末路書生、落難弱女或貧苦百姓，這些人的人生轉振點，如在災難中的脫險，如實現對理想的追求，都是借助於身邊俠士的幫助，才得以成功的。

　　當然，這種對俠士價值的關注也淵源有自：

　　其一，崇尚豪俠精神是中國重要文化傳統之一。俠作為一個社會階層在春秋戰國時期就已經產生，司馬遷《史記·遊俠列傳》則確立了俠這一階層的社會價值和精神內涵。他說：「今遊俠，其行雖不軌於正義，然其言必信，其行必果，已諾必誠，不愛其軀，赴士之阨困，既已存亡死生矣，而不矜其

能，羞伐其德，蓋亦有足多者焉」〔註3〕。雖然後世史書不再爲遊俠列傳，但是俠士們的「重然諾，輕生死」卻成爲一份精神佳釀，滋育著人們渴望正義公平的心靈。在不同的歷史時期，俠在社會上發揮著不盡相同的作用，其形象也逐漸進入文學藝術領域。詩詞，小說，戲曲，我們都能從中感到俠的風骨與豪情。傳奇這一戲曲體裁產生以後，也塑造了大量的俠士形象，比如聶隱娘、虬髯客等等。

其二，明末清初的社會現實喚起人們的豪俠期待。俠這一階層的特殊之處本來是他游離於社會各階層之外，他們超越了世俗的種種利益紛爭，能夠左右其寶劍機鋒的，唯義而已。但是後來，人們把俠的形象理想化了，他們成爲主持正義的超人。

所以有人說：「世上何以重遊俠？世無公道。民抑無所告訴，乃歸之俠也。俠者以其抑強扶弱之風，傾動天下。賞罰黜陟，柄在天子。俠之所爲，類侵其權。僭乎？抑爲上者自棄之，乃起而代之乎？世之達者，有定論矣。」〔註4〕這段話指出了俠之所以產生的社會原因，即「世無公道」。而在奸宦當途、禍事頻仍的封建王朝末年，俠的產生或人們對俠的期待就是自然而然的事了。而且到了明末清初，隨著章回小說的成熟，俠義故事的創作蔚然成風，俠義小說也可謂汗牛充棟了。

與從前的戲曲和當時的章回小說不甚相同的是，蘇州派作家筆下的俠士形象，大多不是劇中主角，他們的作用是輔助性的。他們或者一出場即與書生相識，情義相投，然後以書生爲中心，共成大業，或者是以被朝廷招安爲最後歸宿。這說明作家們仍然對儒家政治與王道精神抱有希望，仍然希望那些讀書人在俠士們的輔助之下完成治國平天下的傳統使命。

從上面兩個標題的探討中我們發現，讀書人的社會價值指數正在下滑，正在面臨嚴峻的挑戰。書生們主觀上與傳統的價值觀念發生著疏離，客觀上又不得不借助他人的力量來挽救自己，所以在蘇州派傳奇作品中，讀書人的形象比起俠士武將來，眞是黯然失色——而黯然失色也許正是當時讀書人存在的本色——俠士幾乎成了與書生平分秋色的重要人物。當然，這也符合中國文學傳統中以俠輔儒的一貫精神，其實也是中國一種文化傳統。

〔註3〕 司馬遷《史記》，2399 頁，上海古籍出版社，1997 年。
〔註4〕 江子厚《陳公義師徒》，載《武俠叢談》，上海書店出版社，1989 年，轉引自陳穎《中國英雄俠義小說通史》，江蘇教育出版社，1998 年。

如果說對遊俠或俠士的描寫還沒有剝奪讀書人在劇中的主角地位，那麼在蘇州派傳奇作品中，大量的對武將的描寫對英雄的謳歌則在某種程度上反映了當時人們對於文治的失望與對武功的崇尚。這樣的作品如李玉的《麒麟閣》、《兩鬚眉》、《風雲會》、《牛頭山》、《昊天塔》；朱佐朝的《奪秋魁》、；葉稚斐的《英雄概》；丘園的《御袍恩》等等。在這些劇作中，武將與英雄擔起了歷史舞臺的主角，也擔起了傳奇劇中的主角，讀書人則更大幅度地疏離了舞臺。

第二節　對女性的發現與制約

「女性」，一直是一個沉重、敏感、複雜而又棘手的話題。在蘇州派傳奇作品中，女性形象不是十分突出。其中沒有杜麗娘那樣以一腔至情而死而生者，也沒有李香君那樣血染花扇而繫興亡離合者。非關至情至理，非涉大榮大辱。然而蘇州派作家筆下的女性仍然構成了一道道清新可人的風景。與明末清初其他敘事文學中的女性相比，實為自成風格的一群。因為在她們身上透露著作家們有意無意的復合型女性觀念，其中包括對女性的發現，也包括對女性的制約。

一、對女性的發現

（一）文韜武略：對才智的發現

中國古代文學作品中，對女性的發現一般都反映在兩個方面：容貌與文采。蘇州派傳奇作品中，像李玉《永團圓》中江蘭芳那種「貌如冰桃、詩堪詠絮」者筆筆皆是。而且在某種程度上有千人一面的感覺。那些作品，往往是以情節勝，而不是以人物勝，或者說，那些作品的魅力來自於情節的戲劇化，而不是來自人物的個性化。倒是一些對女性勇武智謀的發現和認同的作品顯得更具有其獨特的魅力。

在張大復的《金剛鳳》中，杭州刺史李彥雄仁政愛民，對搜刮民脂討好皇上的順吉侯魯金不以為然，同僚秀州、湖州刺史又「唯榮是圖」，對魯金極盡奉承，李彥雄因此鬱鬱不樂。又值錢婆留辱罵魯金，鬧衙而逃。魯遂誣李彥雄抗旨，「著人行刺，謀為不軌」，李聞訊後亡羊補牢，追送下程禮物。這時，其女鳳娘沉著而具遠見，暗為父計：

「我爹爹但思爲國爲民，不願喪身滅族。幾番苦勸，一意不回，
日後必遭奸人之手。我看總巡官鍾起，謹慎小心，不免假作爹爹手
諭，早晚提防，不致臨期有誤。」（《金剛鳳》第十一齣）

於是她寫好一封文書，差家人急送於鍾起手中。後來又有一段獨白，則
亦可見其不肯屈服於權臣，不肯任人宰割束手待斃的自強志向。

「奴家爲鄰境與爹爹不睦，又攖宦豎虎威，爹爹立正存忠，不願
喪身滅族，奴家眼見身死家亡，豈肯傍觀袖手……可惜我是個女子，
若是男兒，怎肯干休。終有日勁草知風急。咳，難道這做女兒的就不
能救親於水火了？怎見得嬌花傲雪幽。」（《金剛鳳》第十三齣）

後來京城使節來解李彥雄進京治罪，鳳娘殺死使臣，鍾起殺退秀州軍隊，
李彥雄從此造反，自立爲南唐王。如果沒有鳳娘的運籌帷幄，防患於未然，
李彥雄也許早就成爲魯金屠刀下的冤魂了。

在對錢婆留的態度上，也可看出鳳娘慧眼識英雄，而又充滿理性。他先
是對父親說：

「父王，孩兒看此人，雄威糾糾，言詞慷慨，必非池中之物，
父王當另眼相待」。

見父親有所遲疑，她又說：

「父王，若不重用他，即當斬之爲是」。（《金剛鳳》第二十三齣）

儘管她對錢婆留心儀已久，但是卻沒有爲兒女情長所困擾，而是向父親
提出了一個理性睿智的軍師所應提出的建議。在女性身上，我們常會看到那
種因道德意識而產生的對愛情的超越，而在她身上，我們看到的是從利益觀
念而產生的對愛情的超越。所以她超越了愛情，也超越了自我。

鳳娘挽救了父親和自己的家族，提撥杭州百姓於水火之中，同時也譜就
了自己不同凡響的女性生命之歌。

當然，從文韜武略方面來看，最引人注目的還是《兩鬚眉》中的黃夫人
鄧氏。不論作者對農民起義的態度如何，他都爲我們塑造了一個頗有價值的
巾幗英雄。萬山漁叟之敍說：「至若女子，目不睹《陰符》《黃石》之書，身
不歷名山大川之途，頻繁箕帚，而外無他事，一旦臨大難，遇大敵，嚴城於
累卵，活萬命於重圍。雖偉男子猶難之。」〔註5〕而在這部劇作中，鄧夫人就
做出了「偉男子猶難之」的豐功偉績。

〔註5〕 《兩鬚眉》萬山漁叟敍，《古本戲曲叢刊三集》。

　　她初顯不凡是在兵臨城下之前，果決地帶著全家及公婆棺槨，出城安頓。既避免了自家的流離，又給後來倉皇出逃的百姓建立了一個根據地。此後，她的壯義之舉有二：

　　一是開糧倉煮粥，以活百姓。一是組織鄉民，築寨保民。如果說前者是開明地主的一種慈善意識，沒有什麼奇處，那麼後者則是與對手荷槍實彈、生死相見，非大智大勇者所不能為。而正是在這樣的壯舉中，鄧氏顯示出了「女中韓范」的非凡氣度。

> 「你們眾男女聽著，流寇橫亂，劫掠鄉村，爾等百姓既無城郭依棲，又無官兵救護，眾力築成營寨，推我權為盟主，彼攻我守，萬命修關，兵凶戰危，非同兒戲。凡軍中戰守事宜，我先有告條張掛，今日再行三申五令，爾等須宜屬守遵行。大凡守與戰不同，守寨與守城又不同，爾等千家性命，與我共一性命：我生則眾亦生，我死則眾亦死。」

> 「眾百姓果欲投降，便當縛我以獻。」（李玉《兩鬚眉》第十

三折）

　　這樣的裙釵將帥，脂粉英豪，在蘇州派傳奇作品中所在多有。如張大復《金剛鳳》中的鐵金剛、李玉《昊天塔》中的楊拍鳳、朱佐朝《豔雲亭》中的上官瓊珠等等。這都在一定層面上表現出傳奇作家們對女性價值的另一種發現和認同。

（二）對情感的發現

　　自從「家傳戶頌，幾令《西廂》減價」的《牡丹亭》問世以來，女性的情感以一種極至的狀態被發現。杜麗娘則成為至情的象徵，以其對生命的熱愛、對愛情的執著，在女性形象的歷史上成為一個典型而難以超越。

　　在蘇州派傳奇作品中，總體的思想傾向、倫理價值都是以傳統保守為主的，所以像杜麗娘那樣以生命代價去超越現實超越禮法者並不多見。但是作家們從現實的生活出發，在力求真實地描寫人物時，也自然而然地觸及到了女性的感情。

　　下面是《秦樓月》中素素憑弔真娘時的兩段曲詞：

> 〔滾繡球〕「奴不是愛鮮風逐馬路，也不為鬥新妝整鳳靛。一任他最牽情種花成市，也不管慣撩人賣酒張旗。奴則為，慈朝朝冶豔

愁，動年年搖落悲。怕桃李顏鏡中難駐，車馬客戶外終稀。打算著
紅顏同調惟憐汝，除卻了青冢知心更數誰？因此上獨弔名姬。」

〔小梁州〕只是還有一件，既然你珊衾夜夜呼連理，怎便一概
覷露水夫妻。何不謝高名收急淚，早得鴛鴦，並化梓樹一雙棲？（《秦
樓月‧淚弔》）

在這兩段唱詞中，固然表現了陳素素不肯從俗的貞節之志，但同樣也表
現了她的一種人生憂慮。「怕桃李顏鏡中難駐，車馬客戶外終稀」。所以她對
真娘的自盡雖有欽敬之意，但字裏行間更有一種同情惋惜。而「何不……」
一句中甚至包含了幾分責怪和埋怨。所以素素之貞，並非完全等同於綱常所
要求之貞節，而是對愛情的忠貞。她的忠貞是建立在與呂生的相互愛慕之上，
在「邂逅」一齣中，呂生對素素已先有一段癡處。「呀，好一位麗人也，我若
不橫礙個素素在胸中，也須有幾分兒俛睞。」當劉將軍說眼前佳人既有才又
有貌，請他留心，呂貫說：「這個萬無此事，即或有之，小生還是守定素素，
不致得隴望蜀。」

《金剛鳳》中的李鳳娘，聽得家人說起錢婆留的英豪之舉，心中頓生愛
慕，不由得脫口而出：

「可惜我是個女兒家，若是個男子漢，情願天涯海角去訪問他。」
（《金剛鳳》第十三齣）

這是一段毫無掩飾的真情告白，出自鳳娘之口，實需一份勇氣。而諸多
私訂終身的故事也自然地表現了女性對愛情的自覺追求。比如《意中人》裏
的夢花，《五高風》中的蕭瑞英，《龍鳳錢》中的琴心、《九蓮燈》中的鄧菲煙
等等。

當然，除愛情而外，作家也注意到女性的某些個性意識或自我意識的發
現，如《龍鳳錢》中的書心，出場後有一段獨白和唱詞：

「奴家性厭繁華，志甘岑寂，春花秋月，觸目處總是凄其，暮
雨朝雲，總成悲痛……〔二郎神〕悽惶我遍照空愁心似火，自怪多
愁原不可。才離眼角，驀忽地又頓心窩。（白）呀，來到園中，你看
繁花零落，眾木離披，入秋才得幾時，遂爾蕭條。（歎）風雨黃錯，
經幾個早，恁地每逢折挫又催科。呵，不得秋風四壁蟲歌。（《龍鳳
錢》第五齣）

這樣不由自主的傷春與悲秋，實際上往往預示著生命意識和自我意識的覺醒。只可惜，在蘇州派傳奇中，這種意識一般只存在於旦角的出場，然後就無跡可尋了。

（三）對道德意識的發現

《論語·陽貨》中說：「唯女子與小人為難養也」，雖然這句話的本義究竟如何以及《論語》中的女性觀念究竟如何尚有爭議，但是後世常以此來指責女子道德意識之低下卻是一種事實。當然，與這種論調相反，歷史和文學作品都為人們提供了大量的人格完整、道德高尚的女性形象。蘇州派傳奇作品也不例外。

如在《翡翠園》中，寧王府長史麻逢之之女翡英，見父親為富不仁，欺壓貧苦書生舒德溥，便一再好言相勸。後來舒德溥冤獄昭雪，麻逢之因與寧王謀反，死罪在身，是因為翡英大賢，才得赦免。《漁家樂》中的馬融之女瑤草，亦因父親為權臣梁冀黨羽而每每相勸。她們對是非的判斷，對正義的篤信，與其父輩的不辨忠奸、見利忘義形成了鮮明的對比，使女性的道德價值與傳統美德融為一體，得到一種自覺的凸現。

比如《一捧雪》中，莫誠代死後，湯勤認出頭顱為假，又將戚繼光陷害。雪豔為救恩人戚繼光，答應嫁給湯勤，以翻改供詞。迎娶之夜手刃湯勤，繼而自殺。她以生命為代價解救和報達了親人莫懷古、恩人戚繼光。

如果說雪豔的高尚表現在知恩圖報、威武不屈，那麼還有一些女性的道德風尚表現為貧賤不移、矢志不渝。

《雙冠誥》中的碧蓮，本是書生馮瑞家中一個婢女，後收為小妾，三個妻妾中她地位最低。馮瑞病重，詢問妻妾們的志向，問到碧蓮，她沒有向正房二房那樣信誓旦旦，而是說：

> 「我元是可去可留之人。久侯若做得一番正經事業，也是各人
> 的志氣。今日說也沒用，何須問我」（《雙官誥》第四齣）

所謂巧言令色鮮矣仁。當得知馮瑞死訊（此訊為假）後，其他二位卻盡悔前言，未能改嫁之前，正妻已先拿馮瑞之子出氣：

> 「聲聲句句只怨著小官人，心上稍有不如意，就把他來出氣。
> 不是咒罵，定是毒打」。（《雙官誥》第十四齣）

碧蓮在馮瑞彌留之際回答的一番話遠沒有另外兩位妻妾說得動聽，但這時，卻唯有碧蓮用心撫恤馮瑞之子：

「碧蓮曉得他們的意思，無非不肯守節，故遷怒於小官人，我
若不救護他，馮門宗祀，從此絕矣。爲此，這兩日見他啼哭，被我
摟在懷中，百般哄誘，又教老院公買些果點，放在床頭晚間好騙他
同睡。」(《雙官誥》第十四齣)

也許碧蓮亦有她的局限，如對一夫多妻的認同，對宗祀觀念的認同。但
是透過這些，我們也能看到一份惜弱憐幼的愛心，一種充滿同情、救人於危
難的樸素人文精神。

在《永團圓》中，江蘭芳之父江納因爲女婿家貧，想方設法毀約退親，
這讓蘭芳倍感苦惱：

「幼年許配蔡氏，自幸終身有託，奈彼清白傳家，未免門庭冷
落。爹爹世俗之見，嘗以炎涼介意，反增奴家一番愁緒。」(《永團
圓·砥芳》)

蘭芳後來的投江之舉雖說出於一女不嫁二夫的考慮，自有其迂腐不能超
越禮法之處，但是此時的愁緒卻表現出不棄貧賤的傳統美德來。

《人獸關》中，施家敗落後，母子跋涉千里，尋求桂薪幫助。可是桂薪
與妻子忘恩負義，拒不認親。這使桂薪之女極爲不安：

「奴家桂氏貞兒，父母受施家大恩，將奴許配施郎，今施家母
子遠來探望，理合款留酬報，誰想父母設計拒絕，昨日施郎上門，
百般恥辱，婆婆寄居飯店，旅況必定難堪，奴家欲待痛諫一番，又
害羞不好說得，好悶人也。」(《人獸關·惠姑》)

她後來請王媽將金釧一副、白金十兩送與施家母子，最後才與父親免於
犬變之罰。

與此相類的還有《錦衣歸》中南海縣令白木賓之女白筠娥，她亦對父親
的嫌貧悔婚有所不滿，且親自探望被父親做爲盜犯幽禁於府中的婆母，表明
心跡。

理性地關注這些女性所恪守的道德準則，論其本質當然有許多都帶著封
建性和保守性。但是透過封建道德的迂腐之處，也會看到一些感恩知報、不
輕貧賤、不棄殘弱的永恒的人道主義氣息。同時，她們也在這種恪守中不自
知地實現了對父母之命的一種揚棄與超越。

二、制約

蘇州派作家從生活的真實出發，對女性生存狀態與人生價值有了許多客觀的發現。但是我們仍不能說他們的女性觀念是進步的，因為無論是作家還是作品中的人物，都傳達出諸多對女性的出於傳統與保守觀念的制約。

（一）作家女性意識的保守性制約

1、角色豐富而性格單薄的女性形象：

蘇州派傳奇作品中的青年女性形象，從身份上說涉及很廣：宦門小姐、平民女子、婢妾、妓女、俠女等無所不包。因而他們所觸及到的女性生活也相當廣泛。遺憾的是，在蘇州派作家的筆下，多數女性形象成為一種符號載體：有的承載的是作家要敘述的事件，有的承載的是作家的思想觀念。因而女性形象雖多，真正堪稱有獨特個性者卻寥若晨星。寫宦門小姐，多是貞靜有節；寫平民女子，多是大方自然；寫婢妾，多是身卑而情重；寫妓女，則才貌雙全，忠貞不渝。其中或有以平凡之位而有驚人之舉且從中可見性格者，雪豔、碧蓮、趙翠兒等幾位卑微女子或可當之。其他則多限於平平了。

2、婚戀故事的結局：

蘇州派傳奇在描寫婚戀故事時，有很多作品都採用了二女同歸的結局。比如李玉《眉山秀》、《永團圓》、《人獸關》，張大復《金剛鳳》、丘園《黨人碑》、《幻緣箱》，朱素臣《翡翠園》、《龍鳳錢》，朱佐朝《血影石》、《瓔珞會》、《吉慶圖》，葉稚斐《琥珀匙》、陳二白《稱人心》等等。

在這些作品中，除《眉山秀》中秦觀對蘇小妹與文娟當屬「魚我所欲也，熊掌亦我所欲也」而難以取捨外，其他人多因偶然機緣，或以李代桃，或將錯就錯。而新娘們則大都是隨遇而安的模樣，只有《琥珀匙》中媚姑在與胥塈成親之夜，責問胥塈說：

> 「郎君，你好薄倖也！我姐姐救父心切，失身匪類……至今尚無下落，你若繫戀新婚，竟忘舊盟，情之所致者，恐不如此也！〔園林好〕你睹箋箋血書數行，怎硬撇開痛腸？可見你負心人本來色相！你若不尋著我姐姐，奴家斷不與你成親的！甘隻影守空房！」
> （《琥珀匙》二十一齣）

如果媚姑不是佛奴之妹，恐怕也沒有這些話說。及至後來大團圓之時，媚姑亦曾自稱「花燭之下，增一贅疣」，但結局還是娥媓女媖共侍一人。

至於其他新娘，則多是沉默的。用句時髦的話說，作家剝奪了她們的話語權力。也就是說，作家對女性此情此景下的自我意識是忽略了的。他們在這樣安排情節時，沒有絲毫的不自在，且有奉爲美談之意，這不能不說是一種父系文化的思想局限了。

當然，蘇州派傳奇中也有對一夫多妻表示過不滿的人物，那就是《琥珀匙》中的束御史夫人，束御史信中娶妾的玩笑讓他醋意大發，甚至要殺死佛奴。但是這一情節在劇中只是一個笑料，平添一些波瀾而已，作者之意並不在發現束夫人態度中的積極價值。相反，卻是將她的「妒」做爲女性的一個缺點來批判和諷刺的。

此外，《金剛鳳》的結局也頗令人尋味。錢婆留本是先與金剛女有婚約的，但即欲成親時，金剛女攬鏡自照，恨己之醜，竟羞愧而死。她的勇武，她的婚約，都不足以讓她有勇氣面對自己的婚姻。作品這樣結局，應該也是一種踐踏女性價值的傾向性宣言。

（二）女主人公性別意識的保守性制約

當然，作家不能超越自己的時代，女性也很難突破歷史的局限。在蘇州派傳奇作品中，我們也不難看到女主人公自身的性別意識大都是比較保守的。

1、對傳統女性婚姻觀的認同：

在上面提到的那些二女同歸的婚戀故事中，不惟作家奉爲美談，便是婚姻當事人自己，也很少有絲毫的不滿或怨言。不僅如此，還有一些女性主動爲丈夫謀取婢妾。如《兩鬚眉》中的黃禹金夫人鄧氏，就親自挑選兩名侍妾送至黃禹金任上，她對兒子說：

> 「我只爲胡姨病篤，因此近日預娶劉氏一女，以備你爹爹小星之數。娶過門來，喜得生性幽閒，雅志貞靜，只是他長齋自持，金經日誦，止堪與我作伴晨昏。故此又聘金氏潘氏二女，欲娶他送至你爹爹任紮，聞得潘氏又善琴書，庶衙署不十分寂寞。」（《兩鬚眉·病憶》）

黃禹金先後竟有四妾，其中倒有三人是鄧氏爲他操辦的。可見鄧氏對一夫多妻制的認同與支持。

《眉山秀》中的蘇小妹，在秦觀與文娟的相戀中也是積極撮合，沒有半點妒意。

可與一夫多妻相對看的，則是女性的從一而終，此二者是以男性為中心之婚姻觀的兩個方面。蘇州派傳奇中的女主人公，雖多是未婚女子，但這種從一而終的觀念已經明顯地表現出來了。李玉《永團圓》中的江蘭芳就是一例。面對婚姻的變故，她的心理活動如下：

> 「蔡生賺歸控府，奴家驚喜得見天日。誰想官府糊塗，斷給退婚銀六百兩，父親忙碌收拾銀子，思量納官去了。我想此局一結，父親必然迫奴重婚，咳，蔡郎蔡郎，你一見重利，頓違前志，書生薄倖，一至於此。但我蘭芳寧甘九死，豈事二夫。只守著節操，視死如歸而已。」（《永團圓·貞夢》）

前面提到過的陳二白《雙官誥》亦是此類。侍妾碧蓮無疑是從一而終的，儘管她的價值不僅限於守節，而是通過「撫孤」在更高的人道主義層次上彰顯出來，但是作家對另外一妻一妾急切改嫁之舉的批判則從反面表現出對從一而終觀念的贊同與宣揚。

2、**對傳統的女性人生價值觀的認同：**

除了對一夫多妻這種制度的認同以外，女性的另一個思想局限就是對封建女性人生價值觀——即所謂「三從四德」的認同。「三從」，即在家從父，適人從夫，夫死從子。四德，即「德」、「言」、「容」、「功」。從封建倫理學家們對這四德的具體闡釋當中我們就能看到封建女性價值保守性了。比如：「婦言不貴多。要於當」；「婦言不必辯口利辭也，擇詞而說，不道惡語，時然後言，不厭於人，是謂婦言」；「婦容不必顏色美麗也，盥浣塵穢，服飾鮮潔，沐浴以時，身不垢辱，是謂婦容」；「婦功先蠶織，次中饋，為奉養，為祭祀。名執其勞，而終之以學問」〔註6〕。具備了這些，或僅僅具備這些，就是封建淑女的典範了。

在蘇州派傳奇作品中，大多數小姐身份的女性都是按這樣的典範來塑造的，比如《永團圓》中的江蘭芳，她的日常生活場景如下：

> 「奴家江氏，小字蘭芳，容若冰桃，詩能詠絮。描鸞刺鳳，休誇薛氏神針；剪尋雪裁冰，不數蘇蘭錦字……今日刺繡閒暇，不免將古今女史展玩一遍。」「平章今古，原非女子分內之事，但閨閫貞淫，亦該略識一二。」（《永團圓·砥芳》）

〔註6〕參見清·藍鼎元《女學》，臺北文海出版社，1977年影印。

蘭芳很有才華，但是她非常自覺地含斂著這份才華，因爲她知道這不是她必須的。此外，家長們也是按照這些原則來規箴自己的女兒，比如《人獸關》中山東廉使俞德見女兒春日遊園，即訓之說：

> 外：我兒，你生於富貴之家，還該習些勤苦，窗前刺繡、燈下描鸞，才是女孩兒的事。怎麼在園亭中遊玩？你自幼失了母親，無人教訓，我又鎮日匆忙，失於拘管，如此規模，他日怎好到人家去做媳婦？三從教千古堪欽，四德箴宜三省。晨興凤寐須傲。……女職今朝自勤修，他年婦道真堪敬。(《人獸關》第六折閨箴)

這便是蘇州派作家筆下大多數女性的代表。她們的生活大都遵循著三從四德與七出等傳統軌跡。或者會有一些偶然的遭際或機遇改變了生活，但那些奇幻的波瀾過後，仍然是古老的模式，不變的現實。當然，蘇州派傳奇中也湧現了一批才女形象。但是以其才能而投入社會生活者並不多見，她們至多因此而引起男主人公之青睞，最後有情人終成眷屬。

倒是一批俠女或有俠女風範的女子得以參加到社會生活中去，實現了更豐富的人生價值。比如《兩鬚眉》中的黃夫人、《金剛鳳》中的李鳳娘、鐵金剛、《錦衣歸》中的俠女十八姨、《英雄概》中的鸞英公主、《漁家樂》中的漁民之女鄔飛霞、《翡翠園》中的平民女兒趙翠兒等等。她們纖弱的肩上不僅僅擔著個人或親朋的安危，甚至還擔著維繫江山、保家衛國的莊嚴使命。

小 結

將以上所談蘇州派傳奇中女性形象與才子佳人小說中女性形象相較，有如下不同：

其一，蘇州派傳奇中的女性更具真實性。無論是容貌，還是才智，還是品德，她們都沒有那麼超凡絕倫。文則只是文，武則只是武，沒有人能夠兼善。因而也沒有夢幻般完美的人物出現。甚至有些下層女性如《翡翠園》中趙翠兒，即便在出場時都不曾有關於相貌姣好的一點介紹。這就與「鏡花水月型」〔註7〕的佳人們迥異了。但是與生活、歷史的真實，可能蘇州派傳奇中的女性就更貼近一些了。

〔註7〕 參見劉敬圻《〈紅樓夢〉女性世界還原考察》，《載明清小說研究》，2003 年第4 期。

其二，在劇中地位份量的從屬性。蘇州派作家的目光，並非只集中在女性身上。即使他們描寫女性及其愛情，也在多數作品中將其置于忠奸對立或善惡鬥爭之中（少數較純粹的愛情劇除外，如朱素臣《秦樓月》），從而完成劇作的倫理教化功能。當然，蘇州派作家塑造女性形象的保守之處亦在於此，他們並不是主動地充滿熱情地「顯揚女子，頌其異能」。在這一點上，它甚至是遜色於才子佳人小說甚至更早的明末通俗短篇小說的。

第三節　義殉現象的雙重價值

在蘇州派傳奇作品中有一類現象是值得注意的，那就是義殉現象。所謂義殉，當指文學作品中有的人物，爲了堅持正義，爲了挽救危亡中的他人，而自願犧牲自由甚至獻出生命。我們承認在義殉現象中，某些人特別是某些僕人的「義殉」是出於一種報恩觀念或一種奴隸道德，但是又不能一概而論、簡單視之。

一、關於「義」的觀念

「義」之概念，在古代典籍中有形形色色的闡釋：最初的意義爲「宜」，即適宜，指合乎禮儀。是一種道德要求。和它相對的是利，要求人們求利的行爲必須符合禮的規定。同時也指出，義是利的根本，所謂：「夫義所以生利也」、「德義，利之本也」等等。至孔子，將這種理念進一步發展，「君子義以爲質」，「君子喻於義，小人喻於利」，義成爲劃分君子與小人的道德標準。至孟子，則「舍生而取義」的觀念確立了。義已經超越了利，甚至取得了高於生命的倫理價值。〔註8〕在利與禮之間，它意味著對利的捨棄，在人我之間，意味著對「我」的捨棄。其他或後來的義利觀或對此予以補充，或對此有所衝擊，但從宏觀與歷史的角度來看，義的崇高地位在中國主流文化中是歸然未動的。

除此，還有一點應該詳加辨析，那就是「忠」與「義」的區別。

在中國的封建道德中，其實有兩個體系。一個體系是爲了維護其等級秩序的，這就是所謂「三綱」──君爲臣綱，父爲子綱，夫爲妻綱；另一個體系則是爲了穩固社會根基的，這就是「五常」──仁、義、禮、智、信。雖

〔註 8〕　參見朱貽庭《中國倫理思想史》相關部份，華東師範大學出版社，1994 年。

然自董仲舒使這對概念在倫理觀上確立以來，它們就總是被相提並論，但二者實有層次不同的倫理指向。「三綱」規定了上下等級之間的倫理關係，「五常」則為個人處理人際關係的道德準則。前者是封建社會的標誌性精神理念，是不可動搖的，一旦觸及了它，也就觸及了封建制度本身；而後者，是在任何社會形態下都具有積極價值的道德理念，在封建社會時人們曾提倡，到了今天，民主制度下，還是有它不可取代的價（當然，法制已經對它給以限制），它是人類和諧共存的精神基礎。

所謂的「忠」，是出自君為臣綱的理念，是等級制度的產物。它表現為下級對上級的服從與盡職。在忠的道德準則下，人們可能會失去很多自我和自由，因為忠是具有專制色彩的。所謂「義」，「五常」之一，則屬於一種更自由化的理念。它常被應用在處於自由或平等狀態下的人際關係中。在義的道德準則下，人們有更多的機會去彰顯自我。因為義是具有個人色彩的，所以，忠是為人臣者、為人僕者必須做到的。至於義，則完全取決於人物的自我意志。

正因為如此，當關羽掛印封金過五關斬六將千里尋兄時，我們看到了忠與義的完全統一，而當他於華榮道上放走曹操，實現了「義」的價值，卻必然要面對「忠」的檢視，因為忠和義發生了背離。當《水滸傳》中的聚義廳改為忠義堂，梁山好漢的「革命」方向則發生了變化，他們的道德準則也由原來單純的江湖義氣改變為此後的忠義結合，或者說是義的觀念開始服從于忠的大前提下。而事實上，義與忠正是這樣時常紐結在一起，因為人與之間的關係常常表現為複雜的狀態，可能是尊卑關係，可能是平等關係，也可能既有尊卑，又暗含著平等。

另外，「義」也應當與「正義」相區分，有時二者是重合的，有時卻是相背的。

二、義殉題材的歷史淵源

最著名的義殉題材的戲曲作品，當屬《趙氏孤兒》無疑。這是一部歷史劇，取材於《國語》、《左傳》、《史記》。有紀君祥元雜劇與無名氏南戲兩種劇作，二者情節有所出入。

在這個故事中，趙盾為晉國上大夫，忠君愛民，下大夫屠岸賈諂媚靈公，助紂為虐。趙屠二人發生矛盾，屠找藉口滅趙氏一族。趙盾之子趙朔為附馬，

所謂孤兒，趙朔遺腹子也。爲了保全這一血脈，出現了一系列人物的義殉之舉。在這些義殉人物中，據《史記・趙世家》，公孫杵臼曾爲趙氏門人，程嬰乃趙盾之友，韓厥是不相干的屠府將軍；紀君祥雜劇中，程嬰乃一草澤醫生，公孫杵臼爲趙盾故交；至南戲中，韓、程皆曾爲趙氏門人，公孫杵臼爲程嬰故交，趙朔被受恩於他的靈輒所救。

在這個故事中，我們看到爲孤兒舍生之人，並非都是趙府門客（即便是門客，也是有人身自由的，不同於奴僕）。也就是說，他們對趙家並不存在下級與上級或僕與主的關係，無須以生命爲代價向趙家盡「忠」。而且一個世大夫一旦身敗名裂，他的僕人也無須再盡忠於他了。

那麼，這些爲孤兒捐軀之人，所殉者何？應當是「義」字。

一方面，趙氏一門忠心爲國；一方面，屠岸賈奸詐誤國，殘忍狠毒。因此人們聯合起來不惜以生命爲代價向屠岸賈宣戰，向邪惡的勢力宣戰。他們不僅是爲了保全一個趙氏孤兒，而且是爲了伸張一種人間正氣。正是因爲這是一場正義與邪惡之間的鬥爭，人們才會爲其中人物所做出的犧牲深深感動，這部劇作才成爲蜚聲中外的傳世名作。

從這個故事也可以看到，義殉故事題材的特點是一般首先表現爲忠奸鬥爭或善惡鬥爭，繼而忠者處於下風，這時就出現了義殉情節，爲忠者保存實力，等待機會東山再起，完成復仇，也完成忠者之勝。在此類故事模式中，悲劇氣氛與喜劇氣氛都蘊含其中，反映出人們對殘酷現實的清醒認識，以及對未來的美好希望。

三、蘇州派傳奇中的義殉故事及其思想傾向

（一）蘇州派傳奇中的義殉故事

在蘇州派傳奇作品中，也出現了大量的義殉故事。

義僕殉主可視爲其中一類，也是數量最多的一類。《未央天》中馬義之妻臧婆自殺獻頭來解救主人；《一捧雪》中莫誠代主人莫懷古而死；雪豔爲主人報仇而後自殺；《五高風》中王成代小主人文繪而死，《軒轅鏡》中張恩代王同死，等等。對這類現象及其產生背景、思想含義，李玫在其《明清之際蘇州作家群研究》中都已有深透精當的論析〔註9〕。

〔註9〕　參見李玫《明清之際蘇州作家群研究》，第八章：爲主獻身的義僕。中國社會科學出版社，2000年。

這裡要補充的是，除了義僕殉主而外，還有一些人物的義殉現象，可與義僕現象對看。《豔雲亭》中蔡府府役畢泓私放素不相識的洪繪、蕭惜芬，而後自刎；《黨人碑》中算命先生劉鐵嘴之女劉翠代戶部尚書劉逵之女琴兒進京赴獄；《錦衣歸》中義士程衍波因曾受恩於書生毛瑞鳳，又與毛瑞鳳面貌酷似，所以甘願代毛瑞鳳赴死（後程亦被救出）；《九蓮燈》中戚輕霞也因自己與書生閔遠面貌相似而情願代閔遠自投官府。在這些義殉故事中，受難之人與代赴刑戮之人，都沒有主僕貴賤等關係。除程衍波而外，在他們的義殉之舉中，甚至連一些報恩的因素都沒有。所以這些故事是與義僕殉主有所不同的。他們的義殉，不是出於報恩，也不是出於盡忠，而是完全出於對正義的堅持，對受害者的同情，以及由此而來的對個人之利益幸福的捨棄。因而是更純粹的「義」舉，具有更永恆更普泛的道德價值。

（二）義殉人物的思想觀念

義殉現象後面，到底是什麼樣的思想在起作用，究竟該如何看待這種現象，這有必要看一看作家對義殉者語言、心理的描寫。

在《豔雲亭》中，姦臣王欽若囚禁忠臣之女蕭惜芬，又派手下畢泓刺殺書生洪繪（蕭氏後來的女婿），結果畢泓放了洪繪，又放了蕭惜芬，旋即自刎。他說：

> 「小姐，我的念頭定在此了。我畢泓雖則身為賤役，原是戴髮含牙的漢子，這顆頭顱長思血淋淋提贈英豪。今日救你前去，明知我有禍無福，若怕死貪生，這事也不做了。我畢泓啊，〔唱〕這顆清白頭顱，不受權臣輕蔑。」（《豔雲亭·放洪》）

《黨人碑》中琴兒之被捉，實出一種誤會。她的俠義表現為誤捉後的從容就逮。直至與劉逵見面，她才說出其中原由：

> 「小奴那時不知分曉，誤捉到此，我想老爺姓劉，小奴也姓劉，念小姐金閨弱質，正堪指鹿為馬，奴是村戶蒲姿，何妨以李代桃。因此上奴甘代落花無主，一任到天南」（《黨人碑》第十六齣）。

這一段話，特別是「念小姐金閨弱質，正堪指鹿為馬，奴是村戶蒲姿，何妨以李代桃」句，常成為學者們批評其奴隸道德的證據。但是應注意的問題有二：其一，琴兒與劉小姐並無主僕關係，其二，琴兒也不曾受恩於劉家。所以她的以李代桃，並不是殉主，亦不出於報恩。在另一段獨白中，琴兒坦露了心跡，她說：

「我琴兒悞入深宮，甘受網羅之災，代彼冤仇。倘日後復得出，
也顯婦人之俠不愧熱心男子。我今對此浣衣池上，好不傷感人也。」
（《黨人碑》第十七齣）

無獨有偶，《九蓮燈》中的戚輕霞要代閔遠赴官時也有一段表白：

「古來俠義，豈獨男子爲之，我今藉此一死，一則全吾之名節，
二則存人之宗祀，三者以無用之身赴有用之地。惡叔無我則爲之膽
消，公子有我則爲之氣壯。傳之後世，我之俠骨自香，青史可表。
彼蒼頭爲之保孤，我輕霞爲之消難，自不愧千古人之儔矣。」（《九
蓮燈》第十四齣）

可見，義殉者的初衷頗爲複雜，有出於報恩者，有出於忠者，有出於義者，
不一而足。出於報恩與盡忠者，自有其價值，而完全出於義者，更有其價值。
而且我們看到，在這種義殉中，義殉者的個人意志不是悲哀地、委屈地消解在
倫理道德的光環之中，而是悲壯地、驕傲地彰顯於留取丹心的豪情裏面。

除了倫理學上的意義而外，不應忽視的是，但凡義殉現象，都會產生一
種較渾厚的悲劇意蘊。因爲義殉者以其崇高的品格和無畏的精神向我們展示
了一個個可敬的靈魂與生命，而在我們認識到這生命與靈魂的可敬時，他們
卻在義殉的壯舉中永遠毀滅了。對美好生命的惋惜，對高尚人格的景仰，交
織成爲一種悲劇性的審美情緒，義殉現象的價值獲得了另一種體現。

至於蘇州派作家筆下爲什麼會出現這些義殉篇章，學者們的觀點基本相
同，大都在明清之際遺民心態方面進行闡釋。如周貽白說：「特別是清代初
年，有一部份明代遺民，因不願赴清廷考試，或以在野的身份作劇自遣；另
一部份人，遇不甘爲清朝統治的奴役，思借戲劇排場而發抒憤懣。他們雖然
不能明張旗鼓地向清廷提出反抗，但於劇情的安排或關目的布置，隱約地都
含有不滿於當時現實情況的筆調。他們甚至用表揚忠義的形式，來鼓勵人
民，或者歌頌一班當時所謂下層人物的忠義，藉此來譴責那些降順清朝的漢
奸。」〔註10〕李玫說：「劇作家們在目睹明亡悲劇後，極力在尋找希望。歌
頌義僕正與他們歌頌忠臣意旨一脈相承」〔註11〕。

同時我們也應看到，義殉現象自有它的歷史淵源，也包含著民族情緒的
宣泄，但它本身的確蘊含著超越歷史、超越民族文化的豐富的美學意蘊與思
想價值，所以，恐怕無論在什麼年代，它都會有一個精神市場。

〔註10〕周貽白《中國戲劇史長編》，370 頁，上海書店出版社，2004 年。
〔註11〕李玫《明清之際蘇州作家群研究》，161 頁，中國社會科學出版社，2000 年。

第三章　蘇州派傳奇的藝術品位

　　因爲戲曲藝術縱向承傳的關係，也因爲作家自身身份的關係，蘇州派傳奇作品具備了案頭場上雅俗共賞的雙重品質。其實所謂案頭，即是將其作爲文學作品來關照其審美特徵；而所謂場上，則是將其作爲舞臺藝術來關照其審美特徵。因此，我們姑且將蘇州派傳奇作品的藝術特徵分爲文學文本與戲曲藝術兩部份來加以探討。

第一節　文學文本藝術摭談

　　作爲文學體裁之一，戲曲文本其實也是綜合的。從總的功能來說，它是敘事的，可是它所運用的手段之一——曲，卻是與抒情體裁詩詞〔註1〕相類似的。所以戲曲文本本身，就是一種綜合性的文學樣式。所謂：「傳奇雖小道，凡詩賦、詞曲、四六、小說家，無體不備」。〔註2〕其中可見作家的語言藝術、人物塑造、敘事手法、修辭手法等等。

一、語言特徵角色化

　　戲曲語言包括曲詞與賓白兩種。曲詞無疑是詞的發展和變異，而賓白則是口頭語言和書面語言的綜合。蘇州派傳奇作品中的語言特徵，常常是由角色的身份決定的。也就是說，某一類的角色，常擁有相對穩定的語言特色。

〔註 1〕 儘管詩也可以用來敘事，但是中國的敘事詩並不發達。我們的傳統，詩詞多　　　　 用來抒情。
〔註 2〕 孔尚任《桃花扇·小引》，人民文學出版社。

現分別列舉如下：

典雅憂怨的旦角曲詞

旦角，所演人物一般是官宦家、或富家小姐、少婦，間或也有平民女子。在作品中既爲主角，又常爲正面人物。（在蘇州派傳奇中出現了旦角非主角的特例，但是並不多見。）而這些小姐少婦或者婚姻未諧，或者家遭變故，心頭眉頭總都有一段不解之愁。這樣，就決定了其語言典雅憂怨的特徵。

如朱素臣的《秦樓月》第三齣中有兩段曲詞：

旦：這就是眞娘墓了。呀，你看青山寂寂，黃土壘壘，紅粉如花，自昔情緣在否，綠雲委地，而今冤債塡無？眞好可憐人也！

〔右調秦樓月〕：香紅歇，青山一閉無年月，無年月，松枯栢老同心難結。東君不管花如雪，消磨鶯燕憑誰說。憑誰說，秋煙秋雨，幾堆黃葉。

在這兩段詞曲中，都使用了仄聲韻，令人讀之而由然生出悲傷之意。而顏色、動靜的鮮明對比，勾勒出時光的無情轉挪。素素對青春易逝、情懷寂寥的憂怨，被表現得悱惻纏綿。

再比如《奪秋魁》中幾段：

（小旦）〔風入松慢〕：滿庭落葉弄輕盈，捲起簾旌，西風蕭颯聞中聽，寂寥一片秋聲。〔白〕玉漏凋殊楓樹林，小窗閒坐欲停針。寒衣處處催刀尺，日暮聊爲梁父吟。（第七齣）

（旦）〔小蓬萊〕：瑞雪寒侵羅幌，玉梅綻，暗裏傳香。高柳春才軟，凍梅寒更香。暮雪助清況，玉塵散野塘。

〔步步嬌〕：剔起殘燈思惆悵，塞北寒尤廣。空閨心暗傷。冷意透羅裳，夜深沉添得淒涼況。（第九齣）

這幾段曲詞比素素多些深沉，也多些剛氣。但總體上仍是典雅憂怨的。

莊嚴雅正略顯沉重的生角曲詞

生角一般也是傳奇中的主角。可能爲書生，可能爲武士，也可能爲官吏。他們往往或存功名之念，或存立功之想，或爲朝政，或爲謀生，但總不失一份正氣。所以其語言有莊嚴雅正略顯沉重的特點。

如《胭脂雪》中書生白簡微背景離鄉前去赴考的路上有一段：

生：你看草枯木落風冷水清，殘雪乍消，曉霧初散霽，好一派
寂寞景況也。那更陰山雪積暮野雲迷，古木風鳴，我客心聊共馬蹄
輕，旅懷偏逐微裘冷。小生只爲功名念，卻背井離鄉，椿庭遠棄。
天那，倘得此去徼倖，不惟顯親揚名，就是婚姻之事也仗此舉。(《胭
脂雪》第九齣)

再如《龍鳳錢》中，崔白與琴心之魂夜乘小舟而逃，生唱：

(生)〔啄木兒〕雲生樹，浪撲堤，無數遙山碧，四圍望迷離。
花月揚毋意徬徨，風波天際。聽猿聲隱隱催人淚，方信道故國傷心
從此起。

蘇州派作家一般較少用典，如果用典，則往往是在生角口中。如《黨人
碑》第四齣中小生白：

「青虹射斗光芒映，歎年來匣蓋塵增。走馬邯鄲學少年，千金
覓劍出平延。相逢同調古來少。管鮑交情豈易言……十年浪跡，半
世浮萍，向羨季劍之爲人，常笑荊豫之亡命。

〔普天樂〕笑功名空奔競。爭魁首思僥倖。洛陽道如錦花明，
怕不遇老盡啼鶯……看荒院鎖、窗臺靜，我只得步入丹墀將衣冠整。
向如來瞻禮恭敬……只見那香消歊鼎，法堂前一憑風弄雲影。」

詼諧潑辣的配角語言

生與且的語言，佳處一般出現在曲詞中，而一些配角，他們的語言佳處
則出現在賓白中。特別是那些出身低微的角色，他們的語言多出於本色，而
傳情達意，生動準確，直接到位。

比如《黨人碑》中，謝瓊仙被官兵追殺，與傅人龍一起躲進一個破廟，
正值劉鐵嘴也在。劉鐵嘴很不情願捲進是非之中，但還是積極地幫他們算卦
出主意。二人殺死官兵後，無計可施，劉鐵嘴提醒他們可拿官兵令箭出城，
這時的情景：

小生：好計好計。

生：且剝下衣帽穿起來。劉先生，倘然脫得此難後有相會之期，
自當重謝。〔風入松〕承恩一計救鴛鴦！〔作揖介〕

丑：快些走吧，唱什麼喏？(《黨人碑》第十齣)

已經有剛才的同生死共患難，又值生死關頭，書生還要唱喏，果然有些

迂腐了，算命先生一句命令語氣的「快些走吧」和一句反問語氣的「唱什麼嗒」，把當時急迫的情景心境即刻活畫出來。

再如《永團圓》中窮書生蔡文英在花燈會上正巧遇到丈人（江納）也與一朋友（賈金）看燈，而丈人嫌他貧窮，正打算著與他退婚，但蔡文英尚不知情，所以親熱地上前招呼：

　　　　〔見淨介〕呀，這個分明是我岳丈。

　　　　〔淨欲避介〕〔生趨揖介〕岳丈拜揖。

　　　　〔淨答介〕〔各揖介〕〔丑問淨介〕：此位何人？

　　　　〔淨背語丑介〕：這便是蔡家的此人。

　　　丑：元來是令婿先生。失敬失敬！（《永團圓》第四齣）

在抄本「這便是蔡家的此人」處，有批曰：「奇稱」。這稱呼果然奇特，不是名字，也不是身份，而是一個指示代詞。只是兩個字，就把江納面對著窮女婿時的尷尬、懊惱活靈活現地寫了出來。

在《意中人》裏，有一位豪門公子吳聞，他上場時的賓白說：

　　　「受用的是美食鮮衣，全仗的是錢財勢力。我到了這般地位怎
　　　怪我挺其肚而搖其擺，高其聲而吆其喝者乎」。（李玉《意中人第七
　　　齣感悟》）

一個不學無術、仗勢欺人又滑稽可笑的紈袴子弟形象躍然紙上。

《翡翠園》的結尾，麻逢之喪失了官位，女兒嫁與舒芬，財產也歸舒氏所有，他見女婿，女婿又不肯原諒他，於是他說：

　　　「阿呀列位嚇，我一時做差了事，自悔無及，如今官職是壞了，
　　　家產是籍沒了，女兒是白白送你為媳婦了，新造翡翠園反送與你居
　　　住了，有什麼不像意還要把我這般羞辱，可惜地皮沒縫，不然我也
　　　只得鑽進去了。（《翡翠園》第二十六齣）

朱素臣在《翡翠園》尾聲中說：「陽春白雪成絕唱，要博得賢愚共賞，那怕他顧曲周郎說短長」。可見，作家們是在自覺地應用這樣的賓白，藉以吸引更多層次的觀眾和聽眾。所謂「凡傳奇，詞是肉，介是筋骨，白、諢是顏色」，[註3] 也許正是這些出於本色的配角賓白，給蘇州派的舞臺帶去了很多生氣和活力。

〔註 3〕袁宏道《沈際飛評點牡丹亭還魂記》，見隗芾　吳毓華《古典戲曲美學資料集》，162 頁，文化藝術社出版，1992 年。

　　另外還有一點值得注意的是，在蘇州派傳奇作品中有不少都使用了方言賓白。這樣的賓白也多用在下層人物身上，從角色說是多用在淨丑身上。即使在同一劇作中，生旦等主角也是用官話做賓白，是與淨丑等角色不同的。由此也可見，蘇州派作家十分重視語言的身份性。正是語言特徵的角色化，使蘇州派傳奇的語言呈現出多姿多彩的特點。

二、小人物人格的多面性——蘇州派傳奇人物塑造特點之一

　　蘇州派作家筆下塑造了各種各樣的人物，但最成功的當屬小人物的塑造。

　　在戲曲與小說等敘事文學中，有一種人物，他們地位低微，但極富性格，以平凡而又奇特的形象擁有一種美感，這就是小人物形象。小人物形象歷來是文學作品中最具特色的一類。在古今中外的文學作品中，提起小人物，我們都能如數家珍。作家在塑造小人物時比較有可能出新，比較容易成爲經典。這有兩個原因，第一，小人物有其藝術獨立性。他一般不會關涉到社會歷史之重大是非，作家可以在他們身上充分發揮藝術的想像力和創造力，從而形成獨具特色的人物形象。第二，小人物有其生活真實性。對小人物的描寫一般都來自於作家對現實生活的深入觀察和高度概括。看到小人物，我們就像看到了身邊的真實人物，親切自然，真實生動。

　　蘇州派的傳奇作品，塑造了大量的小人物形象。這和蘇州派傳奇的題材有關。「明代中葉以後，大多數傳奇作家，或者嘔心瀝血地玩弄辭藻，徒逞才情如文詞派劇作家，或者苦心孤詣地杜撰烏有子虛的才子佳人故事，或者津津樂道地稱賞評論學士的風流韻事。而蘇州派作家卻另闢蹊徑，繼承了宋元話本和元雜居的文化傳統，直接擁抱廣闊而豐富的世俗社會生活，尤其對下層社會的平民生活青目獨加，」〔註4〕就是在對下層社會平民生活生活的關注中，大量的小人物誕生了。

　　蘇州派傳奇對小人物的塑造有兩種類型。一種是人格單純化的小人物；一種則是具有人格多面性的小人物。

　　人格單純化的小人物一般有兩種，或善或惡。在他們身上，作者寄託著獎善懲惡的情懷，或傳達了因果報應的理念。惡者比如《一捧雪》中的湯勤、《人獸關》中的桂薪，善者如《胭脂雪》中的皁隸白懷、《人中龍》中的王木匠等等。

〔註4〕郭英德《明清傳奇史》，364頁，374江蘇古籍出版社，2001年。

　　而最引人注目的應是蘇州派作家筆下那種具有人格多面性的小人物。

　　比如《秦樓月》中，有一個陶吃子，其形象乍看去是個市井無賴。他與呂貫交好。在偶然得知素素被擄入賊營的下落後，他有一段獨白：

> 「我得了此信，戲文賣不成，撥轉身就走，如飛趁船，趕回家
> 裏。我思量呂儀生平昔待我極好，今日正該去報他個信息，一則酬
> 謝他恩惠，二則騙些酒水嗒嗒，也是好的。」（《秦樓月・得信》）

　　他一方面知道呂貫對他好，可以此爲酬謝。可是轉念就說「騙寫酒水嗒嗒也是好的」，究竟是善是惡，令人不解。

　　《琥珀匙》中的賈瞎子在第二齣上場時，是一副卑俗模樣。她與咸婆爭買桃佛奴的畫作，二人對罵撕打，無所不用。但是後來佛奴被騙賣至妓院，他得知以後，馬上表現出一種有仁有義的親人般的關懷。他說：

> 「老漢賈瞎子，在杭州專靠桃小姐書畫賣來度日。近是聞得此
> 間舊院，有個坐關女子桃佛奴，未知是眞是假，只得去走遭。」

　　相認以後，桃佛奴也悲喜交集：「一似夢兒中，瞥見了親鄉里，驀弔下悲」。爲了幫桃佛奴擺脫眼前的困境，他想出了一個主意：

> 「小姐把員外負屈情由，自小姐鬻身被騙，立志坐關的情節，
> 從頭至尾編成歌本，待老漢向十字街頭，高聲唱賣。一人傳十，十
> 人傳百，少不得員外安人有個信息相通。」（《琥珀匙》第十七齣）

　　這樣，《苦節傳》就誕生了，也正是通過賈瞎子的傳唱，金髯翁等得知桃家遭遇，人物命運和故事情節才有了轉機。

　　《黨人碑》中劉鐵嘴，特點是神機妙算。他先是幫助謝瓊仙、傅人龍逃走，做了一件大善事，後來因害怕捲入是非，逃回家鄉。正巧劉小姐躲在他家裏，他貪圖五百兩賞銀，出首了劉小姐，又做一件大惡事。

　　而先惡後善的一個典型是丘園《幻緣箱》中的陶模。他與陳酒鬼本是游手好閒的地方無賴，兩人因爭奪盜來的箱子而發生口角，陶模不愼將陳酒鬼打死，懼罪逃跑。後來他得知有三人因此將受冤而死，便憤而自首，救三人於屠刀之下。當皇帝（微服）稱讚他是好漢時，他說：

> 「咱家雖然做賊，這點良心有的。」（《幻緣箱》第二十九齣）

　　此外《豔雲亭》中的諸葛暗、《翡翠園》中的趙翠兒母女都是此類人物。正因爲有那些缺點甚至劣跡，這些小人物才更顯示出其豐滿性、眞實性。從而也可看出蘇州派作家對生活有著自然貼近而又深刻理性的體驗。

三、多種藝術手法的運用

戲曲的第一層意義當是娛樂。但是一個好的作家總要在娛樂中向觀眾或聽眾或讀者傳達一些精神信息。這些信息是高於娛樂而屬於深一層次的東西。一方面，作家通過劇本渲泄了自我，另一方面，也要通過劇本來表現世界。而這種渲泄或表現有時是不能直接表達出來的，這時就需要作家使用一些特別的手法，而不是對事件或觀念進行平鋪直敘。

在蘇州派傳奇作品中，作家們也注意了多種藝術手法的運用，茲舉如下幾例：

在《醉菩提》中有這樣一段話：

> 「既非爭奪田園，又何故盡心抵敵。一見面怒尾張牙，再鬥時揚鬚鼓翼。贏者扇翅高聲，輸者走之不迭。得利則寶鈔盈千，賞功則花紅整匹。縱然金石雕籠，都是世情虛色。倏然天降嚴霜，任他彥張亦熬不得。」（《醉菩提》第十八折　度蟲）

這段話初讀起來，似乎意在描摹人世紛爭及其繁華虛幻。但是作品中這段話說的是蟋蟀。所以這實際上是一種象徵。用蟋蟀的爭名奪利來象徵人間的熙攘而無意義。

再如《兩鬚眉》中，兵臨城下，城中兩位文官計無所出，膽戰心驚地在城上守望。這時其中一位說：

> 副淨：「老先生，當初，古人也有吟詩卻敵的，也有彈琴退兵的，如今我們閒在這裡，不若把心中苦處哭他幾聲，或者流賊聽得我們哭得悲切，去了亦未可知」。（李玉《兩鬚眉》第二十八折　歸旅）

本是無可奈何之舉，卻又找出歷史上的榜樣，說得那樣認真懇切，真是別出心裁，令人啼笑皆非。而作家正是在這樣的諷刺中，實現了對人物的批判，以及對當時社會的批判。

在《清忠譜·罵像》中，魏忠賢的塑像搬進生祠，卻發現頭太大而戴不上御賜的纓冠，不得已讓工匠將頭削小。

> 〔末向淨介〕你把爺的頭兒，收這一分兒。
>
> 〔淨〕曉得。（作上臺取像頭安膝上鏨收小介）
>
> 〔付、老跪介〕〔老哭介〕咱的爺爺啊，頭疼啊！了不得！了不得！

接下來要行禮時，又有一段：

〔付〕如今我們都行五拜三叩頭的禮了。

〔老〕不消，不消。別的要行這大禮，如今咱們兩個都是爺的
親生骨肉一般，不須行這大禮，也不用禮生虛文，竟自多磕幾個頭
兒就是了。

這兩段在平鋪直敘中完成了對人物的諷刺。其趨炎附勢、奴顏婢膝之態
暴露無遺。這些諷刺的情節，既實現了對人物的深刻揭露和嚴厲批判，又給
沉重的氣氛帶來一絲輕鬆詼諧。

作爲文學文本，蘇州派傳奇的藝術特徵還有許多值得探討的地方。這裡
只是選擇了其中幾點進行略說。

第二節　戲曲文本藝術摭談

一、結構

蘇州派傳奇的結構可分爲兩種，一種是繼承明末萬曆曲家如沈璟等所構
建的雙重結構，〔註5〕一種則是與「立主腦、減針線」一致的一線到底型結構。

雜劇因爲是一人主唱的，所以一般情況下，它們的結構也都是單線式的。
因爲一個主角很難駕馭雙線式的故事結構。南戲則因爲不受主角數量的限
制，而且還要照顧兩位主角戲量的平衡，於是就出現了雙線式的結構。

發展至萬曆時期，人們對雙線式結構的認同與採用都已處於一種自覺的
狀態。

繼承這一傳統，較多蘇州派傳奇也採用了雙線式結構。比如：陳二白《雙
官誥》一條線爲碧蓮撫孤教子，一條線爲馮瑞逃難求生；盛際時《胭脂雪》
中一條線爲白簡微求取功名，一條線則爲韓若水一家的不幸遭遇；張大復《金
剛鳳》中一條線是李鳳娘及其父親的生活，一條線是錢婆留的發跡；一般在
每一部劇作的結尾，兩條線再經過交叉合而爲一。

這樣一種程序化的結構有其優點，即可以關目非常清晰。而且兩條線往
往是兩種故事、兩種背景、兩種排場，通過雙線式結構就可以給人們展現更
豐富多彩的社會生活與舞臺場景。例如在張大復《如是觀》中，一條線在金

〔註5〕參見郭英德《明清傳奇戲曲文體研究》，311-328頁，商務印書館，2004年。

邦展開，描繪了二帝的被擄，秦檜的投敵；一條線則在中原展開，敘述了李綱、宗澤、岳飛等一系列忠臣的精忠報國。

但是這種雙線式結構一旦成為一種程序化的關目設計，它的弊病也會隨之而來。即如何處理好兩條線的關係，不讓任何一條線成為多餘的贅疣。這一點有的作品處理得很好，兩條線不離不棄，相輔相成，都為觀眾所期待和接受，如：李玉《眉山秀》，丘園《黨人碑》，張大復《如是觀》、朱素臣《龍鳳錢》等；有的作品則處理得不甚完美，兩條線不是非常平衡，人們認同的只是其中一條主線。比如李玉《占花魁》，為觀眾所喜聞樂見的終是賣油郎與花魁娘子相戀一線。

還有一些劇作，則服從於明末清初時期傳奇結構的一種新的發展。郭英德說：「以內斂敘事為主、開放敘事為輔，成為這一時期（明崇禎年間到清康熙前期）傳奇戲曲結構的主要特徵。由全本戲演出對戲曲作品整體結構一線貫串、始終不懈的要求所制約，文人曲家對戲劇衝突高度重視，極其自覺地追求戲劇衝突的單一化和戲劇結構的整一化」〔註6〕又說：「蘇州派傳奇戲曲作家李玉、朱素臣、朱佐朝等的劇作，一般也都主腦突出，體制精悍，情節曲折，布局嚴謹，結構周密」。〔註7〕

當然，前面已說過，這些作家的傳奇亦有很多為雙線式結構，但同時也有一些為單線式結構。如朱素臣《秦樓月》、《翡翠園》，張大復《醉菩提》等。這些作品都是以一條主線貫穿全劇。情節雖間有枝蔓，卻不曾喧賓奪主，而是有機地統一起來，成為主線的輔助。比如《未央天》中，侯花嘴賣陶氏、米世修賣身為僕、馬義滾釘板告狀等，都是圍繞著米新圖被誣陷以及求解救這一主要線索展開的。

無論是雙線式結構，還是單線式結構，蘇州派傳奇的結構都較為嚴謹。

二、聲腔保守性與題材開放性的辯證分析

（一）崑腔的特點

崑曲當初之流行，是因為魏良輔所進行的聲腔改革。它以溫柔婉轉、悠揚華麗的特點戰勝了其他幾大聲腔而風靡全國。其纏綿悠遠的特點主要產生於兩個因素：

〔註 6〕 郭英德《明清傳奇戲曲文體研究》，319 頁，商務印書館，2004 年。
〔註 7〕 郭英德《明清傳奇戲曲文體研究》，319 頁，商務印書館，2004 年。

其一是「咬字的工夫」。在崑腔中，每一個字的讀音須分字頭、字腹、字尾三個部份，發聲時分開口、閉口、鼻音三個部份。這樣就形成了迴環轉折的美感。

其二是樂音的不同。這種不同，指的是崑曲與北曲之不同，實際也是南曲與北曲之不同。簡單地說，即北曲有七音調，南曲則只有五音調。所以南曲沈於婉轉，而北曲尚能激越。

因而南曲曲調也是有其局限性的：適於表達纏綿深沉或清麗悠遠的感情。雖然它不同的曲牌也有不同的風格：「凡曲須要唱出各樣曲名理趣，宋元人自有體式。自《玉芙蓉》、《玉交枝》、《玉山供》、《不是路》要馳驟，《針線箱》、《黃鶯兒》、《江頭金桂》要規矩，《二郎神》、《集賢賓》、《月兒高》、《念奴嬌序》、《刷子序》要抑揚，《撲燈蛾》、《紅繡鞋》《麻婆子》雖疾而無腔。然而板眼自在，妙在下得勻淨」。（沈寵綏《度曲須知‧律曲前言》〔註8〕）但仍不能改變其纏綿婉轉的本質特徵。

《十五貫》的改編者說：「南崑曲調雖多，大都是婉轉纏綿、輕柔低回，旋律過平，剛勁激昂的腔調很少，快速奔放的腔調也缺。南崑曲調在崑劇家聽來，縱然是變化多端，韻味無窮，但從一般觀眾來說，就感到缺少高低舒疾，聽來大同小異。」〔註9〕

而且崑曲在發展成為流行全國的曲種以後，奉行了一種閉關自守的政策。沒有兼採各家之長。所以到清朝初年，它有一部份的市場實際上已被弋陽腔搶佔了。比如鄭振鐸評介《臙脂雪》云：此戲昆弋二腔雜用，每齣用何腔，皆於齣目下注明，可見清初昆弋二腔流行甚廣。這就說明自明末以來的崑腔的首席地位正被逐步取代。

（二）蘇州派傳奇的題材與崑曲聲腔的適用性

同時我們可以注意蘇州派傳奇的題材。蘇州派傳奇對戲曲史的一大貢獻就是其題材的豐富性。上自王室，下至市井，都已進入劇作家的視野，也復生於劇作家筆下。

而林林總總的人物，光怪陸離的情節，豐富多姿的情感，這些也需要不同風韻的曲調來表現傳達，但是讓崑曲來完成這個任務就難免捉襟見肘了。

〔註8〕 轉引自周貽白《中國戲劇史長編》，302 頁，上海書店出版社，2004 年。
〔註9〕 陳靜《〈十五貫〉劇本改編的構思和探索》，見《戲曲研究》第二十三輯，236 頁，文化藝術出版社，1987 年。

比如蘇州派傳奇中有大量的歷史劇和時事劇，其中較多慷慨激昂、剛烈壯闊之辭，在崑腔中難以酣暢淋漓地表現出來；又有許多市井人物本色詼諧之語，也難以發揮得恰到好處——這也是蘇州派傳奇作品中賓白特別發達的原因之一〔註10〕。所以有人提出，要針對傳奇劇作中的各種不同情緒重新創編或挖掘一些更爲適用的曲調來，從而滿足不同情境與情感的需要。〔註11〕

所以周貽白說，「『崑腔』的失敗，首先是『腔』，詞句的艱深，雖然也是重要原因，這便得看劇本的編製若何」，「《桃花扇》和《長生殿》初出，立刻便一紙風行，到處爭先上演，當因其取材、布局、關目、排場，在舞臺上有其長處。所以，『崑腔』的失敗，其病實在文辭和聲腔」〔註12〕。也就是說，《桃花扇》、《長生殿》等的流行，並不是因爲其唱腔仍然好聽，而是因爲其劇情著實好看。

三、蘇州派傳奇的諧俗傾向

所謂諧俗，是指在文學、藝術創作中，藝術家爲迎合受眾口味而有意識地做出某種努力，從而使作品具有某些世俗化的審美特徵或思想情趣。一般說來，它是和高雅的旨趣、理性的思考相對而言的。常常停留在滿足庸俗趣味或感觀刺激的層面。蘇州派傳奇作品有著明顯的諧俗傾向。這和當時的社會風尚文化風尚都是一致的。同時，也是戲曲這一特殊的藝術形式所特有的要求。雖然在某些案頭劇作中，俗不是很有市場，但作爲場上之曲的蘇州派傳奇卻恰恰需要適當的「俗」來加強其趣味性或舞臺性。

〔註10〕 比如康保成在評價李玉《占花魁》中「勸妝」一齣時說：「就性格刻畫而言，劉四的老謀深算，伶牙俐齒；莘瑤琴的不諳世路，天眞無邪，也都從賓白中見出……倘把這齣戲改成以唱工爲主，恐怕很難取得這麼好的效果。」
康保成還將蘇州派傳奇的說白特徵總結爲四方面，即：「性格化、動作化、音樂化、方言化傾向」。參見《蘇州劇派研究》142～152頁。花城出版社，1992年。李玫則更強調說白對表現人物內心活動的作用：「蘇州劇作家的劇作中的說白，就其大部份說，仍用作敍述情節，而他們劇作中有一類獨白，一肺了人物委婉曲折、微妙細緻的心理活動，發揮了近似於唱詞而又不同於唱詞的作用。作爲一種表現手法，這種內心獨白在他們的劇作中並非孤立地出現，有著獨特的審美效果和重要意義。」參見《明清之際蘇州作家群研究》，195～215頁，社會科學出版社，2000年。
〔註11〕 參見陳靜《十五貫劇本改編的構思和探索》，載《戲曲研究》第二十三輯，228～246頁，文化藝術出版社，1987年。
〔註12〕 周貽白《中國戲劇史長編》，389頁，上海書店出版社，2004年。

（一）產生諧俗傾向的原因

文學發展至明末清初，俗文學越來越興旺發達了，大量的小說戲曲應運而生。社會原因有二：一方面，社會經濟發展至此，產生了廣泛的市民階層，他們對娛樂和消遣的需要形成了巨大的文化消費市場；另一方面，文化傳播手段空前加強，著作的刊刻出版更爲容易，其中又蘊含著無限商機。

而俗文學之產生，本是與正統文學有不同的功能指向的。戲曲產生之初也是一種俗文學，只是後來有文人介入，才有雅化的傾向。以至於出現了戲曲創作的兩條道路：案頭之曲和場上之曲。

而當蘇州派這樣具有邊緣化身份的曲家提筆創作的時候，他們必須面對一個問題，就是他們的作品必須到舞臺上去尋求和實現劇本的價值。寫劇不僅僅是他們渲泄感情、排遣憤懣的業餘愛好，更是他們賴以生存的謀生手段。從他們的角度來說，戲曲不僅僅是用來自娛的，同時也要用來娛人。這就決定了蘇州派作家的創作必須在一定程度上迎合大眾的興趣和口味，這樣才能在舞臺上獲得生機。

因此，蘇州派作家是較自覺地加強了作品的諧俗傾向的。前面提過《翡翠園》的結尾，作家說：「陽春白雪成絕唱，要博得賢愚共賞，哪怕他顧曲周郎說短長！」正是這種自覺的一個宣言。

（二）蘇州派傳奇的諧俗表現及品位

從表面來看，蘇州派傳奇作品中的諧俗之處有如下表現：

首先是賓白的諧俗。

這是最簡單也最常用的一種諧俗手段。特別是在丑角、配角的賓白中，常通過幽默、調侃等方式來實現諧俗的目的。這在前面語言特徵中已有所涉及，這裡再舉兩例：

《人中龍》的王木匠賓白：

> 「你是官差，故是勿怪你。斧頭吃鑿子，鑿子吃木頭。個事務嚇。這叫做小胡同裏拽木頭——直賬」。

乍看去並無甚特別，但聯繫起說話人的木匠身份就格外有趣。

再比如《黨人碑》第四齣中，謝瓊仙責打過劉鐵嘴後，與傅人龍一起讓劉鐵嘴起卦，然後有這樣一段對白：

> 丑：「馬前問神明，關王卦有靈。五關斬七將。
>
> 小生：先生差了，五關六將。

丑：如今打我我又該死了，連我不是七個？

小生：休得取笑。

再者，是情節的諧俗

賓白的諧俗常表現爲智慧的幽默，而情節的諧俗常表現爲某種世俗的觀念。如《快活三》中蔣癡送窮鬼一段：

生：（白）我仔細想將起來，富自有富神，窮自有窮鬼。我爲什麼只管苦苦受他的累，今日酒是買不起，不免備一杯清水，起來送了那窮鬼出去換一個富神進來豈不快活。說得有理！噲，窮鬼老先生，請坐了，聽我蔣癡拜送：維大明國浙江臨安府蔣癡致祭於窮鬼老先生之靈曰……

末、付：大顛兄方才在此送那一個，別那一個？

生：一個朋友與我數年交好，他在我面上有許多不好，爲此送了他去，與他絕交了。

末、付：既是數年之交，爲何一旦輕拋？必有緣故。

生：小弟囊中有鈔、廚下有糧，不知怎麼被他暗暗地都算了去。

末、付：若是這樣朋友也該絕交。

生：小弟在此送的是窮鬼，有勞二位動氣。（第二齣，有刪節）

自此以後，蔣癡隨朋友經商，竟果然「脫貧致富」。所以這段說白已構成了一個有預言性的情節。它風趣地揭示了貧窮對人們的困擾以及人們對富足的希望。

當然，某些諧俗的情節中，卻除了低俗的趣味則所剩美感無多，落於庸境之中了。這比如《琥珀匙》中賈瞎子與咸婆的一段對罵對打；《秦樓月》中陶吃子與鴇母一段對罵等等。

此外，還有一些神道情節、果報情節、離魂情節等等也都帶著一些諧俗傾向。因爲在這些情節上所負載的都是一些世俗甚至蒙昧的觀念。

值得注意的是，蘇州派傳奇作品中雖有一些諧俗傾向，但並不能代表這些傳奇作品的整體精神和整體品味。諧俗只是其取悅於受眾的一個手段而已。在其劇作中，比如《清忠譜》、《千忠祿》、《黨人碑》、《豔雲亭》、《如是觀》等，我們仍能看到作家對有歷史、對現實、對人生的某些具有一定高度的理性表現和理性思考。在作品的主要傾向上，還保持著崇高的品味甚至優雅的情趣。他們的創作有諧俗傾向，但決不是整體庸俗。大量的歷史劇、時事劇、忠奸鬥爭劇的創作也說明了這一點。

第三節　神道與宗教描寫的幾個層次

這裡說的神道與宗教描寫，是指文學作品中那些涉及神異、靈怪、宗教等非現實世界的情節描寫或觀念體現。無論是抒情文學，還是敘事文學，神道與宗教描寫都曾爲之創造了豐富的審美意境。即使是最偉大的現實主義作品，神道與宗教的介入也會使它們平添一種風韻。比如《紅樓夢》中還淚之神話，非但不影響作品之現實意義，而且令人愈覺悲劇之不可抗拒，也愈覺現實之令人茫然無依。而白居易的《長恨歌》中，如果沒有最後一段那虛無縹緲的海上仙山，也要少去無限的美感了。

至於戲曲，最富浪漫色彩的《牡丹亭》中那「生者可以死死可以生」的至情觀念也正是借助於杜麗娘靈魂的復生才得以傳達出來的。

在蘇州派傳奇作品中，儘管作家們關注現實、心存社稷，對社會與人生多有充滿理性精神的思索，也還是自覺不自覺地運用了不少的神道與宗教描寫手段。張大復那樣敬佛喜禪的不必說，就連所寫歷史劇一向被目爲信史的李玉，其作品中也有將近一半的劇目涉及到了這類情節，所以對此給以適當的關注應該是很有必要的。

康保成在其《蘇州劇派研究》中，選取李玉的《太平錢》、朱素臣、葉稚斐等人合著的《四大慶》爲例，對神仙題材作品進行了評析。指出《太平錢》應爲李玉晚年之作，失去了早期作品的憂患與進取，「有的只是神的意志，命運的安排，短暫的誤會，田園牧歌式的輕描淡寫」〔註13〕；《四大慶》與《太平錢》風格一致，思想內容也一樣虛幻貧乏。這種評價自然是準確無誤的。只是蘇州派傳奇作品中的神道或宗教描寫還不僅於此，在很多作品中我們都能看到程度不同、份量不等的神道或宗教描寫，除了傳達生死有命富貴在天等等宿命論觀念以外，對作品本身，它們可能還有著廣泛的作用或複雜的價值，所以本節試圖對此做以初步的梳理。

一、神道與宗教描寫的形態類型

劉敬圻曾將《聊齋誌異》中蕪雜的宗教現象歸結爲正宗的、混融的、原始的、困惑的四個類型。〔註14〕這其實也可視作對中國敘事文學中宗教現象

〔註13〕康保成《蘇州劇派研究》，83頁，花城出版社，1992年。
〔註14〕參見劉敬圻《〈聊齋誌異〉宗教現象解讀》，載《文學評論》，1997年第5期。

的一個總結。因爲就繁雜性而言，《聊齋誌異》是宗教描寫的集大成者，在其他小說或戲曲中，宗教現象是分散地存在著的。當我們把蘇州派傳奇十幾位作家幾十部作品放在一起時，會發現其中的神道或宗教描寫也表現出類似的不統一狀態。

但筆者對這些描寫的認識還處於較淺的層次，所以，只對其表象特徵作以分類，而不論及它們的本質。

（一）筮占

筮占，其實並不是宗教，也不一定需要神道，但因爲它也帶有非現實性的因素，所以也放在這裡加以討論。

筮占是人類文化的一個組成部份，存在於大多數古老民族的傳統風俗之中。筮占的方法手段可能不盡相同，但是對人類早期生活的作用與價值卻是大同小異。雖然我們一般會認爲筮占現象的產生，反映了人類對自然與社會認識的局限，但是這種風俗並沒有隨著人類認識的發展而逐步消失，卻以頑強的生命力而繼續存在著，其中原因不是這裡要討論的問題，這裡要說的是這種筮占的風俗在蘇州派傳奇作品中也是可以經常看到的。

涉及筮占情節最多的作品要數丘園的《黨人碑》。其中丑角劉鐵嘴，是一個算命先生，筮占方式爲「跌筶」。他在劇中的第四齣、第九齣、第十齣、第十一齣中共爲五人算卦九人次。

劇中的第一卦在第四齣，是爲謝瓊仙赴試而起，有四句筶訣：「叔寶相逢尉遲，淩煙壁上題詩，此去佳音有望，必定高扳桂枝。」謝以此卦爲必中，結果卻是落第。因此見到劉鐵嘴就打，劉對此四句做了完全相反的解釋，卻也與事實相符。第九齣謝瓊仙打碑被抓，傅人龍遇劉鐵嘴，又請他占卦。第十齣，傅人龍救出謝瓊仙以後，逃至一破廟。劉鐵嘴亦在廟中。來追拿的官兵與謝、傅先後請劉鐵嘴算卦。第十一齣劉小姐在劉鐵嘴家中避難，他又爲劉小姐及其父劉逵算命。

後來他被農民起義頭領田虎擄去做軍師，生殺征伐、調兵遣將所依賴者也不是兵書兵法，而仍然是他的「跌筶」之術。

朱佐朝《豔雲亭》第十一齣「求課」，諸葛暗爲洪繪卜婚姻事。

《奪秋魁》中張小姐每每爲自己算卦，其父張世璘見岳飛奇才，又處囹圄，因此竟請小姐爲之占卜，說：

「這裡有個八字在此，你既知星理，可拿去推算推算，看目下
可遭一劫，有何吉凶，就來覆我」。（第十一齣）

《漁家樂》中「相梁」一齣，萬家春爲梁冀相面，稱梁王必遇刺客，遂
被請進梁府。鄔飛霞刺殺梁冀後，萬家春亦已相出誰是刺客，只是不肯說破，
倒幫助鄔飛霞逃走了。

朱素臣《翡翠園》第十七齣，王饅頭找袁鐵口算命，因算不出好結果，
王饅頭仍欲尋死，袁爲了救他性命，竟改了卦書，算出一個好結果，王才欣
然離去。

這些算命先生之卦雖每每應驗，但劇中卻總是出之以調侃的口吻。比如
劉鐵嘴說：

「打筶打筶，說來一場好笑，跌下兩片竹根，口中一味亂道，
不想事事有驗，黯然椿椿湊巧……我劉鐵嘴好端端坐在家裏，出門
嚼嚼蛆，賺幾個銅錢，買呷黃湯吃醉了過日卻何等快活」（《黨人碑》
第二十三齣）

可見作者並不是將占卜看得十分神聖。

（二）果報

佛教的輪迴說所引生出來的果報觀念，與中國本土的果報觀念〔註 15〕相
結合，爲中國敘事文學提供了大量的素材。這種觀念反映到文學作品中往往
有兩種類型，一是來生報，一是現世報。清代的長篇小說《醒世姻緣傳》就
是以這種果報觀念爲綱，描寫了晁源的兩世惡姻緣。短篇小說集「三言」「二
拍」中也出現了大量的果報故事。

在蘇州派傳奇作品中，最有名的果報故事應是《人獸關》。桂薪受恩不報，
反而落井下石，結果遭到了妻兒死後盡變爲犬的報應。

《翡翠園》中所寫爲現世果報。秀才舒德浦帶著束脩三十兩回家過年，
路遇王饅頭爲還債賣妻，便傾囊相助，而自己一家人卻以苦菜過年。後來舒
氏父子俱得金榜題名。

果報觀念除這樣直接表現爲作品情節主線者而外，還有一些是以純「觀
念」的形式模糊而廣泛地存在於作品之中的。

〔註15〕 參見吳光正《中國古代小說的原型與母題》，76 頁，社會科學文獻出版社，2002
年。

（三）神示與夢兆

在敘事文學中，人物遇到難度的關口或難解的迷團時，常會出現神示或夢兆。

《十五貫》裏的況鍾，先見二熊入夢示冤（第十三齣　夢警），繼而在審理二熊之案時，發現這兩個死罪的判決證據不足、存有疑點，於是連夜拜見上司，請求停止行刑，重新對兩案展開調查，終於查明事實眞相，得以還四人公道。

這裡要注意的是入況鍾夢者並非熊友蘭和熊友惠之魂，因爲二人尚未死去，而況鍾剛剛祭過神廟〔註16〕。所以雖爲夢兆，應屬神示。

《翡翠園》中的神示情節出現在第四齣。採訪使說：

> 「今有舒德溥，陌路捐金，完人骨肉，小聖飛奏天庭，奉玉旨填入天榜，伊子來科取中狀元，但那生目下正當厄運，須賴趙家女子營救。我神當於空中預報，兼使趙女聞知則個。〔立高聲介〕舒生舒生，今夜烹苦菜，來科中狀元。」

趙氏母女與舒氏一家都聽到了這個神示。趙氏母女反應更爲敏感，翠娘說：

> 「母親，舒相公行此陰德，上天早有報應，據神明預告，那父子必有一個狀元，自古恩施在未遇之先，趁他們正在艱難，何不諒情捐助，料想日後決不相虧。」

他們拿出了積蓄的三兩銀子送與舒氏，舒德溥被麻長使陷害收監，也全仗翠娘搭救，後來母親還因此而誤被殺死。

《未央天》中此類情節共有兩處。

元宵節，鹽官米新圖一家宴飲，一慶佳節，二爲米新圖送行，正飲得高興，「忽然從梁上墮下一鼠，將器皿盡行擊碎」，不僅如此，煮飯時又「連炊不沸，鍋內忽作鬼聲，開鍋看時，滿釜清泉俱已變爲血水，腥臭異常，米粒

〔註16〕有人認爲況鍾此舉爲封建迷信，其實祭廟情節頗爲有趣，況鍾的祝辭是：「神明在上，況鍾特膺帝簡，分任黃堂。今當三宿日期，敢與神約：從今日始，況鍾或受一錢，或徇一私，神祇奪予算，殛魄使陽誅，猶如此血；若爾神不職，或雨暘失時，或災患不恤，或冤獄不報，況鍾當封你廟宇，絕爾血食。」這實在不可視爲善男信女樣的祈禱，而是一個人間好官在與神明共勉：陰陽雖爲兩世，爲百姓造福卻是一理。要各司其職，各行其道。可能神明正是聽了況鍾的警告，才旋即以夢示冤。

盡化」，公子米世修亦得一夢，見一節孝牌坊，上有對聯：避禍逾千里，留人到九更。此後凶兆一一應驗，米新圖蒙冤入獄。

另一處是御使聞朗聽取馬義訴狀，重審此案。其第三眼見白猿銜花跳舞作偷桃狀，並有「君卿之相，將相之旁，花開葉落，李代桃僵」之語，由此審出案情真相。

此外，李玉《意中人》、《昊天塔》、張大復《吉祥兆》中都曾寫到劇中人物因夢所感，或有所遇、或有所得。

（四）離魂或鬼魂

中國敘事文學中有很多離魂故事。人物的靈魂與肉體分離，去實現肉身所不能實現的願望。唐人陳玄祐的傳奇小說《離魂記》是這類作品的濫觴。後世小說戲曲都有所發揚。戲曲一支，經過宋金時期的南戲《王文舉月夜倩魂》與金諸宮調《倩女離魂》的過渡，元代鄭光祖的雜劇《倩女離魂》成為這種作品的成熟樣態。離魂現象的思想基礎在於靈魂不死、精神不滅。蘇州派作品中也出現了離魂情節，也是愛情題材。

《龍鳳錢》中的周琴心與崔白分別拾得明皇於月宮上投下的兩枚金錢，按明皇承諾，一為次妃，一為翰林。去皇宮路上兩人邂逅，互生愛慕。但宮門阻隔，不能相見。崔白求得神符，以招琴心生魂。後來琴心之魂隨崔白出走。其身卻於宮內重病幾死。劇中還有一女呂書心，因其兄錯致周倉之魂而被嚇得近死。後又有種種波折，二女得以還魂，同歸崔白。

與離魂故事相類者為鬼魂故事。離魂中之魂魄只是暫時與尚未死亡的肉身相離；鬼魂卻是肉身死亡以後的靈魂，一般將最終與肉體分離（《牡丹亭》更加以發展，死而復生，是為例外）。《五高風》中的王成，是文家老僕王安之子。主人一家被姦臣陷害，他代小主人而死。但其鬼魂又對主人及父親安危放心不下，因此保護他們一路逃難，直至脫險方才散去。

《未央天》（此劇涉及一帶有神怪色彩的自然現象「天弗亮」）中，李氏與馬義之妻臧婆死後，其魂魄都去聞朗處喊冤，使米新圖冤案得以昭雪。

（五）得道與遇仙

得道或遇仙故事一般是宗教思想比較純粹的，或講佛或講道，一般要傳達某種出世觀念。此類故事在蘇州派傳奇中也有不少。比如張大復的《海潮音》寫觀音得道故事、《醉菩提》寫濟公成佛故事、《釣魚船》寫漁民呂全的

遇仙故事，李玉的《太平錢》寫韋固一家與八仙之一張老故事，朱素臣的《聚寶盆》寫沈萬三救蚌精車娥兒而得聚寶盆及由此引出的與張尤兒恩怨故事，畢魏的《竹葉舟》寫石崇借一片竹葉爲舟，歷經人世之悲歡榮辱的故事，等等。

另外還有一類是劇中人物看破紅塵，出家修行，如《黨人碑》中的安民，《兩鬚眉》中的黃禹金夫婦。但作品中並沒有明示他們最終是否成仙得道，他們尋找到的是介於人世和仙境兩者之間的一種歸宿。——這大概也不是作品的用意所在，此種作品一般是從一個側面反映出社會黑暗或政治腐敗等等，宣傳有道則仕無道則隱的思想。

（六）神形異貌

在中國以及世界的古老神話中，總有一些神具有奇異的身形或相貌。如軒轅人面蛇身，燭龍人面蛇身赤足，相柳九首人面蛇身，自環色青等等。後來人們逐漸將神形異貌視作是神的象徵。所以在描寫將相帝王的作品中，作家們喜歡給這些人物加上神形異貌，來確定他的崇高地位。

在蘇州派傳奇作品中，此類作品主要有兩個：一是《金剛鳳》中的錢婆留，在鐵金剛家酒醉入睡，現出蛇形，鐵金剛之母以爲必成大器，於是以鐵金剛相許；二是《英雄概》中，黃巢生得奇醜，所以中狀元而被黜免，進而謀反；而牧童安敬思，小憩山中，有祥雲籠罩，神將授以盔甲武器。後來果然成爲蓋世英雄，爲平定黃巢起義立下了汗馬功勞。

二、神道與宗教描寫在劇作中的藝術功能

這些神道與宗教描寫在不同的作品中份量與作用都不盡相同。有的只是情節的潤色，有的具有提示情節的作用，有的是作品中的重要情節，而有的就是題材本身。下面對這些不同的層次分別加以梳理。

（一）提示情節

在傳奇作品中作爲綱領的一般爲筮占情節、神示情節。

比如《黨人碑》中至少有兩卦是可以起到提示情節作用的。一是謝、傅二人之卦，接下來，劉鐵嘴爲剛剛結拜的謝瓊仙和傅人龍又卜一卦，笤訣說：「朱雀若開口，醉裏膽如斗。禍向石邊生，雁行還聚首」。這其實是指後文謝瓊仙酒醉打碎黨人碑被抓，與傅人龍暫時分開，傅又將其救出，兩人重新聚首等一系列情節。

二是劉小姐在劉鐵嘴家中所算之卦：

> 丑：小姐這一堂卦到不好。白虎臨門，驚散一家骨肉；玄武持
> 世，提防不測災危。卦爻不靜，只怕在這個月裏定有奇禍。
> 旦：先生可有什麼解救再替我細詳一詳。
> 丑：待我看嘎。內中青龍伏首，騰蛇纏足。這也奇。
> 旦：有何奇異？
> 丑：小姐的有一人頂代，非小姐自犯。

這一段卦正好引領下文劉鐵嘴將小姐首告，卻因琴兒與小姐二人換穿了衣服，而使官兵誤擒劉琴兒，頂替了劉小姐。琴兒進京又有許多情節，都從這「頂代」開始。

《翡翠園》中舒芬將中狀元的神示、《十五貫》中二熊蒙冤的夢警、《未央天》中的種種凶兆等等也是如此。

值得注意的是，這種對情節的提示在作品中其實都是可有可無的。去掉它們，故事一般也會按照本身的邏輯和鏈條繼續發展。所以這種種占卜、夢境、神示對故事本身的發展、故事所傳達的思想都沒有過多的影響。

（二）體現作品關目

前面提到的幾種神道與宗教描寫中，離魂類情節、果報類情節在作品中成為重要的關目設計。如果刪去，有些戲劇衝突就將無法展開，有些情節則將會減弱其戲劇效果。

比如《龍鳳錢》中周琴心與呂書心二人分別離魂以後，還有「奪豔」、「盜豔」、「姻誤」、「爭女」等許多情節，都是在二人離魂、錯還魂的情節基礎上才得以存在，所以在此劇中，離魂是重要關目。

同樣，「犬變」在《人獸關》中也很重要，雖然即使沒有變犬的情節我們也看到了桂薪一家的悲慘結局，但是本劇的題目「人獸關」就不很鮮明，善有善報惡有惡報的觀念就不強烈。

可以做為劇本關目的還有一些得道遇仙故事中的神道與宗教描寫。比如《竹葉舟》中，石崇因竹葉舟走入幻境——歷經人世富貴榮辱，又驚醒於竹葉之上。

（三）支撐全劇

有少數神道與宗教描寫，在作家筆下是做為中心題材被選擇被描摹出來的。這樣的故事完全建立在宗教思想的基礎上。神、佛、仙、道，他們都是

作品中重要角色的一員，他們的故事不僅僅要在現實世界中展現，也要在虛幻的宗教世界中展現出來。

　　這類作品比如李玉的《太平錢》、張大復的《雙福壽》、《釣魚船》、《醉菩提》朱素臣的《聚寶盆》等。如果去掉其中的宗教描寫，故事也就消失了。

　　上面，我們列舉了蘇州派傳奇作品中宗教與神道描寫的形態種類，以及它們在作品中所起作用的不同層次。這主要是從作品素材選擇、關目設置等方面來說的。

　　要補充的是，神道與宗教描寫一般都有較明顯的諧俗傾向，當然也不乏神道設教者，也不乏哲學思辯者。這裡暫不談及。

第四章　蘇州派傳奇的傳播

　　在考查蘇州派傳奇的傳播情況時，筆者以郭英德先生對蘇州派成員的劃分為依據，即包括以下諸人：李玉、朱素臣、朱佐朝、畢魏、葉稚斐、盛際時、朱雲從、過孟起、盛國琦、陳二白、鄒玉卿、丘園、張大復、陳子玉、陳百章。

第一節　文本與舞臺傳播概況

　　戲曲是綜合的藝術，因此它的傳播也是多種方式、多種維度的。我們從如下幾方面來看一下蘇州派傳奇的傳播概況：

一、全本蘇州派傳奇

　　全本的流傳，刊刻者較少，而抄本較多。建國後，在老一輩學者的倡導和努力下我們有了《古本戲曲叢刊》影印本，也有了一些點校整理本。

　　《古本戲曲叢刊》（1～5集）中所收蘇州派傳奇有：

李　玉：	一捧雪	人獸關	永團圓	占花魁	麒麟閣	太平錢	眉山秀
	兩鬚眉	千鍾祿	萬里圓	牛頭山	昊天塔	風雲會	五高風
	一品爵	意中人					
朱素臣：	錦衣歸	未央天	聚寶盆	十五貫	文星現	龍鳳錢	朝陽鳳
	秦樓月	萬年觴	悲翠園				
朱佐朝：	蓮花筏	御雪豹	石麒鏡	九蓮燈	瓔珞會	乾坤嘯	豔雲亭
	奪秋魁	萬壽冠	雙和合	五代榮	血影石	吉慶圖	

葉時章：琥珀匙　英雄概

畢　魏：三報恩　竹葉舟

朱雲從：龍燈賺

張大復：醉菩提　如是觀　金剛鳳　快活三　海潮音　釣魚船　雙福壽
　　　　讀書聲　吉祥兆　紫瓊瑤　重重喜

盛際時：人中龍　胭脂雪

陳二白：稱人心　雙冠誥

丘　園：黨人碑　御袍恩　幻緣箱

二、蘇州派傳奇的折子戲與劇目戲碼

除全本而外，戲曲文本大量地存在於折子戲選本和曲譜之中，如《綴白裘》、《醉怡情》、《樂府新聲》、《納書楹曲譜》等。吳新雷主編的《中國崑劇大辭典》做了全面的收集，現將其中的蘇州派傳奇部份提取出來，列入下表，這不僅反映其折子戲文的流傳，也可看出其舞臺流傳的情況：

蘇州派崑曲劇目戲碼目錄：

李玉	一捧雪	三十齣	賣畫、餞別、拜別、路遇、豪宴、說杯、送杯、露杯、搜杯、換監、代戮、株連、審頭、刺湯、祭姬、邊信、墳遇、杯圓	（共十八齣）
	人獸關	三十齣	演宮、幻騙、惡夢	（共三齣）
	永團圓	二十八齣	會釁、殲敘、逼離、賺歸、擊鼓、賓館、納銀、計代、堂配	（共九齣）
	占花魁	二十八齣	落娼、勸妝、品花、賣油、湖樓、定願、受吐、串戲、雪塘、獨佔、贖身、寺會	（共十二齣）
	麒麟閣	六十一齣	起解、打擂、說情、見姑、反牢、激秦（放秦）、三檔（出潼關）、看報、倒旗、斬子、路遇交談、大考、叫關托聞、揚兵、美良川	（共十五齣）
	風雲會	二十七齣	送京（千里送京娘）	（共一齣）
	昊天塔	二十八齣	激良、盜骨、會兄	
	千忠戮	二十五齣	奏朝・草詔、慘睹（八陽）、劫裝・廟遇、雙忠、搜山、打車、歸國	（共八齣）
	清忠譜	二十五齣	訴祠、罵祠、書鬧、結拜、拉眾、鞭差、打尉	（共七齣）

	萬里圓	二十五齣	跌雪、三溪、打差	（共三齣）
	牛頭山	二十五齣	封官、會戰	（共兩齣）
	眉山秀	二十八齣	衡文、婚試（三難）	（共兩齣）
	洛陽橋	存三齣	神議、戲女、下海（下海投文、夏得海）	（共三齣）
朱佐朝	豔雲亭	三十二齣	殺廟、放洪、癡訴、點香	（共四齣）
	漁家樂	存二十八齣	賣書、賜針、納姻、逃官、端陽、藏舟、俠代、相梁、刺梁、營會、羞父	（共十一齣）
	九蓮燈	存二十齣	火判、指路（問路）、鬧界、求燈	（共四齣）
	乾坤嘯	二十八齣	密報	（共一齣）
	壽榮華	存一齣	夜巡	（共一齣）
	吉慶圖		扯本、醉監	（共兩齣）
朱素臣	十五貫	二十六齣	別弟、鄰疑、得環、摧花、餅毒、陷阱、商贈、鼠禍（殺尤）、皋橋、審問、男監、宿山、女監、判斬、見都、踏勘、訪鼠（訪鼠測字）、義訴、審豁、謁師、刺繡、拜香、訂婚、雙圓	（共二十四齣）
	翡翠園	二十六齣	預報、拜年、謀房、諫父、盜令、弔監、殺舟、遊街	（共八齣）
張大復	天下樂	存一齣	嫁妹（鍾馗嫁妹）	（共一齣）
	如是觀	三十齣	交印、刺字（岳母刺字）、草地、翠樓、敗金、奏本	（共六齣）
	醉菩提	三十齣	打坐、伏虎、醒妓、嗔救、當酒、佛圓	（共六齣）
朱從雲	兒孫福		別弟、報喜、勢僧（勢利）、下山、宴會	（共五齣）
陳二白	雙冠誥	存二十七齣	做鞋（蒲鞋、補鞋）、夜課、借貸（借債）、見鬼（三見）、榮歸、賚詔‧誥圓	（共六齣）
邱園	黨人碑	三十齣	打碑、酒樓、請師、拜帥	（共四齣）
	虎囊彈	存一齣	山門（山亭）	（共一齣）

三、唱片中保存的蘇州派傳奇

　　戲曲是一種集詩歌、音樂、舞蹈等多種藝術門類的綜合藝術形式，當然，構成戲曲藝術的各種藝術成分之間的平衡性因為戲曲的不同行當而有所不

同。但戲曲是一種有聲的藝術形式是可以確定的。劇作家們創作的戲劇文本需要通過演員的場上表演表現出來，但是劇場由於受到場地和時間的限制，戲劇本身的傳播受眾的廣泛性和受眾接受的重複性受到一定的限制。清朝末年，京劇大師孫菊仙先生錄製了我國歷史上第一張眞正意義上的唱片，使戲曲的傳播有了一個新的渠道。唱片對戲曲在唱、念、做、打中的唱、念的保存是其他傳播方式所不可比擬的。也正是有了唱片對戲曲的部份保存，才使我們能感官的瞭解到戲曲唱腔發展的全貌。戲曲唱片也是研究戲曲唱腔不可多得的參考資料。

蘇州派中一些著名的折子戲自中國唱片起步階段就被灌製成唱片。對蘇州派戲曲的傳播也有一定的作用，其錄製戲碼見下表（根據《中國崑劇大辭典》整理）：

蘇州派崑曲唱片目錄：

序號	曲　目	唱　段	演　唱	唱片公司	年　代
1	千鍾錄	八陽 （傾杯玉芙蓉）	邱鳳翔	哥倫比亞公司	清光緒末年
2	千鍾錄	八陽 （傾杯玉芙蓉）	小紫娟	百代公司	1921 年前後
3	兒孫福	下山 （一江風）（菩提） （清江引）	許寅生、陳鳳春	百代公司	1921 年前後
4	清忠譜	五人義 （鬥鵪鶉）	李連仲、王長林	百代公司	1921 年前後
5	千鍾錄	慘睹 （傾杯玉芙蓉）	俞粟廬	百代公司	1921 年前後
6	醉菩提	伏虎 （朝天子）（煞尾）	邱子琴	維克多公司	20 世紀 20 年代
7	漁家樂	藏舟 （山坡羊）	張善薌	勝利公司	1930 年前後
8	麒麟閣	麒麟閣 （醉花陰）（喜遷鶯）	郝振基	勝利公司	1930 年前後
9	占花魁	受吐 （好姐姐）	朱傳茗	開明公司	1930 年以前

10	九蓮燈	火判 （醉花陰）（出對子）	侯益隆	麗歌公司	20 世紀 30 年代
11	天下樂	嫁妹 （粉蝶兒）（石榴花）	侯益隆	麗歌公司	
12	十五貫	鼠禍	張世萼	中國唱片廠	1956-1958
13	十五貫	被冤	朱國梁、龔祥甫	中國唱片廠	1956-1958
14	十五貫	見都	周傳瑛、包傳鐸	中國唱片廠	1956-1958
15	十五貫	訪鼠	周傳瑛、王傳淞	中國唱片廠	1956-1958
16	十五貫	判斬	周傳瑛	中國唱片廠	1956-1958
17	十五貫	審鼠	周傳瑛	中國唱片廠	1956-1958
18	漁家樂	藏舟 （山坡羊）後半支	張傳芳	中國唱片廠	1956-1958
19	漁家樂	藏舟 （山坡羊）第二支	沈傳芷	中國唱片廠	1956-1958
20	風雲會	千里送京娘	侯永奎、李淑君	中國唱片廠	1956-1958
21	虎囊彈	醉打山門 （油葫蘆）（寄生草） （尾聲）	侯玉山、孟祥生	中國唱片廠	1956-1958
22	麒麟閣	出潼關・三檔 （醉花陰）（喜遷鶯）	白玉珍、傅雪漪	中國唱片廠	1956-1958
	天下樂	鍾馗嫁妹	侯玉山	中國唱片廠	1956-1958
23	風雲會	千里送京娘	李淑君、侯少奎	中國唱片社	1976 年後
	壽榮華	夜巡	侯永奎	中國唱片社	1976 年後
	漁家樂	俠代刺梁・藏舟	李惠惠、黃多利	中國唱片社	1976 年後
24	千鍾錄	慘睹	俞振飛	中國唱片社	1976 年後

第二節　辯證分析

一、戲曲傳播──舞臺與文本的雙向互動

　　戲曲是一種綜合的藝術。和文學藝術相比，除了文本而外，它還有一個更獨特的空間──舞臺，來展示其藝術魅力。所以戲曲的傳播途徑實際上也分為兩個部份：文本，舞臺。

　　表面上看來，這兩個途徑是各自獨立的。文本的傳播可能通過傳抄的方式在愛好者之間完成，也可通過刻印出版等方式由書商與讀者共同完成；而舞臺上的傳播，一種是通過演出的方式在聽眾觀眾中完成，一種則是通過口傳身授在演員中承繼發揚。

　　所以今天我們對比戲曲文本和戲曲戲碼，會發現它們不是完全等同的。兩條線為我們做了不同的遺產繼承。蘇州派的傳奇作品也是如此。從文本的角度說，雖然有二分之一左右都已失傳，但我們仍能找到將近七十種全本戲，也能找到數量可觀的折子戲選本。而舞臺上的劇目，現在依舊能夠演出的，相比之下卻是鳳毛麟角了。

　　這種狀況我們可以歸之於文本流傳的可靠性。儘管藏書者生活的變故、國家對小說戲曲的禁行等等因素都會導致文本的失傳，但是和口口相傳的舞臺傳播相比，在科技遠遠落後於今天的古代，文本仍然是一種更易保存的載體。而舞臺上的一招一式，聲腔中的一揚一抑，卻常常因為時空的轉挪而付之東流。

　　但事實上，更應注意的是，這兩個途徑在深層次上其實又是雙向互動的。如果我們發現了一部好的劇作文本，往往就想將其搬演於舞臺之上，而如果發現舞臺上正演一齣好戲，我們也會自然而然地對它的文本予以關注。蘇州派傳奇作品中，現在文本流傳最廣的當屬《十五貫》，其中原因正在於此。當年《十五貫》的演出，轟動了全國，拯救了崑曲，這是它給舞臺做出的貢獻，同樣，舞臺上的火熱帶來了文本整理和研究的熱潮。正是以此為契機，上海古籍出版社出版了《十五貫校注》。

　　事實上不唯蘇州派的崑曲劇本如此，即使我們今天的影視劇作品，也有先流行於舞臺——或屏幕，後流行於案頭的諸多案例。

　　當然，另一方面，好的案頭文學也會很自然地走向舞臺，或者就在案頭找到它生生不息的傳播之路。在蘇州派傳奇作品中，李玉的《清忠譜》就是此類作品的代表。

　　也就是說，因為存在著文本與舞臺的互動規律，一部戲劇作品只要在其中一個位置上找到自己的價值，它的流傳就很可能是自然而然了。

二、客觀因素的缺失

　　王芷章在研究崑山腔分佈概況時指出，崑曲的發展有三個條件：其一是

許多天才歌唱家，其次是萬曆以後許多退職的士大夫蓄有專唱崑曲的家伶，三是有許多劇作家。〔註1〕這是萬曆以後崑曲興起時的情況。

　　對崑曲後來的發展來說，這三個條件中，第一是內因，雖未必總有大師級的人物出現，但薪火相傳應不是十分困難。事實上，即使到了皮黃興起以後，能演唱崑曲者亦不少見。「曩時程、徐、梅（巧玲）、何（桂山）、劉（趕三）等之兼長崑曲，更勿論矣。即鑫培、楞仙、德霖、金福、長林等生旦、淨、丑諸名伶，亦莫不昆、亂並擅也。又如晚近諸伶中，生行之餘叔岩、楊少樓及旦行之王瑤卿、梅蘭芳等，均聲名烜赫，爲人推崇者。蓋亦昆亂皆精之故耳。」〔註2〕這些人的蜚聲戲壇是不是因昆亂皆精倒不一定，但是昆亂皆精的狀況足以說明崑曲衰落的原因應不在於演唱之後繼無人。

　　第二個條件，自入清以後，是受到了限制的。崑曲的舞臺演出實際上要分爲兩個途徑：一是家樂戲班演於士大夫的廳堂之上，一是民間戲班演於戲樓歌館之中。有學者研究中國家樂戲班時指出：「由明入清，世風一變。因之，產生於明嘉、隆而後社會背景下的家樂戲班，也進入尾聲。可以說，只是明嘉、隆以降的餘緒而已。」〔註3〕家樂的衰歇自然使崑曲少了舞臺和市場。而民間戲班的形勢也不樂觀。明萬曆年間，崑腔做爲當時之「新聲」被競相演唱，然而至清乾隆後，則更有「新聲」迭起，崑腔的地位亦悄然變化。以北京戲班爲例，他們的主唱方向經歷了從崑腔至秦腔至徽腔的嬗變。張發穎說：「徽班在其發展過程中，爲了站住腳根，打開局面，他們先吸收崑腔、秦腔藝人加入自己的班子，繼而兼習崑腔、秦腔，吸收崑腔、秦腔之技藝、劇目。」〔註4〕所以民間戲班即便存在著，它們也不再是昆戲班了。

　　第三個條件也得不到滿足。這一點陸萼庭也曾指出：「一個劇種興旺發達的鮮明標誌是，隨時有體現時代精神的新創作作爲新血液補充進來。經過實踐檢驗的一批好戲逐步得到保留而成爲傳統劇目，新劇本不斷產生，這樣，演出劇目的豐富必然帶來演出質量的提高，劇種的生命力就強。但崑劇後期近二百年的歷史，基本上是折子戲演出方式的歷史，新的劇目積累簡直等於零。」〔註5〕

〔註1〕　王芷章《崑山腔分佈概況》，見徐朔方　孫秋克《南戲與傳奇研究》，227頁，湖北教育出版社，2003年。
〔註2〕　徐慕雲《中國戲劇史》，118頁，上海古籍出版社，2001年。
〔註3〕　張發穎《中國家樂戲班史》，56頁，學苑出版社，2002年。
〔註4〕　張發穎《中國戲班史》，138頁，學苑出版社，2003年。
〔註5〕　陸萼庭《崑劇演出史稿》，258頁，上海文藝出版社，1980年。

三、主觀因素的缺失

（一）作為戲曲的失敗

作為崑曲劇本，蘇州派傳奇的成功之處是被歷史公認的，「聲律、排場、行當，它們都提供了較為完美的範式，也在當時的戲曲舞臺發生了深刻的影響。然而今天，我們仍然面對了這些劇本的寂寞冷清，這不能不說是一種失敗。

但是勿庸置疑，蘇州派傳奇的命運，是與崑曲的命運息息相關的。他們的失敗，也不是做為戲曲個案的特別的失敗，而是做為崑曲一脈的整體的失敗。從清康熙後期至乾嘉時期，崑曲衰落的形勢是有目共睹的。而其衰落原因，可有如下方面。

1、聲腔與音樂的局限

崑曲的曲詞可能會因作者的不同而有雅俗的變化，但是其音樂聲腔，卻是一直保持著婉轉流麗的高雅旨趣。這種陽春白雪的性質，使它輝煌一時，而曲高和寡的審美規律，也讓它難免落寞。

所以有人說：「崑劇之為物，含有文學、美術兩種性質，自非庸夫俗子所能解。前之所以尚能流行者，以無他種戲劇起而代之耳。自徽調入而稍稍衰微，至京劇盛而遂無立足地矣。此非崑劇之罪也，大抵常人之情，喜動而惡靜，崑劇以笛為主，而皮黃則大鑼大鼓，五音雜奏，崑劇多雍容揖讓之氣，而皮黃則多《四傑林》、《趴蠟廟》等跌打之作也。」〔註6〕

陸萼庭也說：「曲文過於典雅，排場過於冷清，與時代精神不相適應。由於崑班受封建傳統束縛較牢固，經營方式極為落後，因此要作一些較大的改革也覺無能為力。自從一些有才華的演員陸續改搭京班以後，主力、骨幹經常處於動蕩之中，崑班力量日見削弱」〔註7〕。

2、革新精神的缺乏

崑曲衰落的另一原因是它過於固步自封，而不願嘗試有意義的改良。而取而代之的皮黃戲則不同：徐慕雲說：「自四大徽班被詔入京後，乃由昆、弋、徽、漢以及秦腔等之興衰遞嬗，與夫京劇鼻祖程長庚之釐訂班規，久任廟首，遂致昆、秦、徽、漢諸劇之長，漸為皮黃班所吸收」，「皮黃劇恰似新大陸之

〔註6〕 徐珂《清稗類鈔》，5017～5018 頁，中華書局，1986 年。
〔註7〕 陸萼庭，《崑劇演出史稿》，260 頁，上海文藝出版社，1980 年。

國家，雖立國未久，歷史甚淺，但因其能博采眾家之長，力圖進展，故逐日逞蓬勃之象，而逐漸駕乎昆、秦、徽、漢各劇之上，幾於彌漫全國各埠矣。」〔註8〕

陸萼庭則不僅指出崑曲形式上的保守，也指出其劇目的缺乏創新：「關於崑劇衰敗的原因，我們試歸納為以下數點：其一，常年是七、八百出傳統劇目的反覆搬演，新血液補充少，老劇目的內容幾乎家喻戶曉。正因為觀眾都太熟悉了，久之生厭；其二，徽班有演崑劇的傳統，上海的舞臺上也流行著文（昆）、京、徽三班合演的風氣，京劇形成後在表演上擷取崑劇的優點也較多。花部舞臺呈現出豐富多彩，新鮮熱鬧、生動活潑的景象，古老的崑劇相形之下，顯得保守陳舊」。〔註9〕

（二）做為文學的失敗

雖然戲曲是存在於案頭與場上兩個空間，一部戲曲的成功與否也必須看它的場上表現。但是我們也必須承認，案頭與場上有時就是兩個獨立的空間。面對一部劇作，我們可以完全拋開其聲腔、排場等場上因素，而單純地欣賞它的文學藝術。這時，我們就需要用衡量文學作品的標準來看待它們，而這些標準與用以衡量戲曲者是不甚相同的。

一部文學作品要作為經典長久地流傳，必有兩個因素，一為藝術上具有不可取代之獨特價值，一為思想上具有不可取代之獨特價值。蘇州派傳奇是案頭之曲，亦是場上之曲。但作為案頭之曲，除李玉的「一人永占」及《清忠譜》、《千鍾祿》而外，成為經典的並不多見。這當然與其文本的流傳方式有關，但作品本身的原因更需正視：

1、思想之整體平庸

考查歷代文學名著我們會發現，一部好的作品，卓而不凡的思想是必不可少的。要麼對某些問題有切中肯綮的思索，要麼在某一方面有標新立異的開拓，以戲曲而言，前者如《桃花扇》，後者如《牡丹亭》。

而蘇州派傳奇的思想卻整體上處於一種平庸的狀態。這些劇作中傳達出來的思想是我們千百年來的傳統精神。雖然作者們也不乏激情，也不乏理性，但他們想到的讀者也已想到，他們發現的讀者也不陌生。儘管他們崇尚的精

〔註8〕　徐慕雲《中國戲劇史》，117 頁，119 頁，上海古籍出版社，2001 年。
〔註9〕　陸萼庭，《崑劇演出史稿》，260 頁，上海文藝出版社，1980 年。

神相對於當時的社會而言具有很現實的意義，但是能超越時代而具有永恒魅力者並不多見。他們更多地停留在表現社會道德、倫理價值的淺表層面，而較少深入人心地去探討人的內心、人的靈魂等更具人性、更具個性的深層蘊含，也較少以審視的眼光面對社會制度的構建、社會問題的根源從而做出理性的揭示和批判，他們對社會的責任心都激化爲一種道德的頌揚，雖然強烈卻沒有力量。

2、藝術之缺乏經典

一部文學作品要成爲經典，必須在其構成要素上顯示出自己的藝術特色與藝術水準。對敘事文學來說，比如人物，比如語言，比如情節等等，都要有所創新才能形成自己的風格，從而獲得永恒的價值。

也許是因爲對蘇州派傳奇文本的整體閱讀還不充分，我們對其劇作中的經典曲詞、經典人物、經典情節都缺乏足夠的梳理與發現。說到曲詞，便是「收拾起大地山河一擔裝」，說到人物，便是周順昌、湯勤，經典的缺乏，使蘇州派傳奇在案頭之上顯得縹緲而單薄。這當然有我們研究不到位的因素，但是也說明蘇州派傳奇作品作爲文學文本，是有其不足與缺陷的。

與蘇州派傳奇大部份作品的情況相反，我們看到《西廂記》、《牡丹亭》、《桃花扇》諸劇卻能超然置身於戲曲形勢的冷熱之外，堅韌而光彩地流傳在讀者的案頭之上。這不正可以說明它們在文學上的勝利麼？

下篇　個案研究

第一章　李　玉

「李子元玉，好奇學古士也。其才足以上下千載，其學足以囊括藝林」。
〔註1〕這是吳偉業對李玉的評價；

「元玉上窮典雅，下漁稗乘，既富才情，又嫻音律」〔註2〕，這是錢謙益
對李玉的評價。

遺憾的是，這樣一位幾乎是有口皆碑的蘇州派主將，我們卻對其生平資
料知之甚少。目前可奉爲定論的僅僅是如下幾點：李玉，字玄玉，又稱元玉，
吳縣人。著有傳奇劇作三十餘部，戲曲理論著作《北詞廣正譜》一部。至於
其生卒年分，出身事蹟等尚多有疑案〔註3〕。

李玉爲蘇州派作家是我們今天的共識，而在青木正兒的《中國近世戲曲
史》中，李玉被歸爲玉茗堂派。青木正兒說：「自湯顯祖之玉茗堂四夢一揮奔
放清新之才筆後，起而倣之者不乏其人。然顯祖拙於曲律，人皆以之爲病，
以是有欲『以臨川之筆協吳江之律』之一種協調派出世焉。余姑目之爲『玉
茗堂派』」。〔註4〕「李玉果有學湯顯祖之意與否？雖無文獻可徵，姑附於此派
中敘述之」〔註5〕。

〔註1〕 吳偉業《北詞廣正譜序》
〔註2〕 錢謙益《眉山秀題詞》
〔註3〕 對李玉的生年主要有如下幾種說法：吳新雷：1586 年左右；顏長珂、周傳家
《李玉評傳》：1620；歐陽代發：1611；康保成：1610。對李玉的身世則有一
種說法根據焦循《劇說》認爲他是申行時家人出身。
〔註4〕 青木正兒《中國近世戲曲史》，304 頁，323 頁，305 頁，314 頁，328 頁，上
海文藝聯合出版社，1956 年。
〔註5〕 青木正兒《中國近世戲曲史》，304 頁，323 頁，305 頁，314 頁，328 頁，上
海文藝聯合出版社，1956 年。

　　青木氏所言之玉茗堂派，顯然與戲曲研究史上普通流行的所謂玉茗堂派有所不同。後者之謂玉茗堂派，即文采派，以湯顯祖爲代表，爲盟主。重內容而輕形式，尚文詞而小格律。而青木正兒所說的玉茗堂派實際上乃文采派之「升級版」，試圖吸收兼容吳江派的優長之處，而追求戲曲藝術的完美境界。

　　徐朔方指出青木正兒的這種分類方法的不妥之處：「所列阮大鋮、吳炳、李玉都比湯顯祖遲，彼此並無交往。既是『協調派』，戲曲主張不盡一致，年代又不相及」〔註6〕。雖然如此，青木正兒的分派卻也反映了兩個戲曲史上的事實：一是湯顯祖雖才堪領袖，卻門下無派；二是文采與格律爲戲曲之雙面，二者兼備而統一，是戲曲發展的必然方向。

　　李玉之與阮大鋮、吳炳同列一派正本於此。青木正兒稱阮曰「不特於塡詞上費苦心，且於搬演上彼亦若是注意也」〔註7〕（305）；稱吳炳曰：「其作風力追湯顯祖，顯祖以後爲第一人」，「乃兼臨川與吳江之長者」（4314）。李玉與此二人同派，自然有與此二人相近之特徵，即重案頭，重場上。這種特徵不見於可徵之文獻，當見於李玉的傳奇創作及戲曲理論著作。

　　李玉對音律的重視及嫻熟是有鐵證存在的。那就是他的《一笠庵北詞廣正譜》〔註8〕，此譜「較之《太和正音譜》，所集諸體數倍之，以點校正確見稱，爲邇來譜北曲者所不可缺之寶鑒也。與沈璟之《南曲譜》相對，當可謂爲曲譜中雙璧也」〔註9〕。吳梅評價李玉《占花魁》說：「其《醉歸》南詞一套，用車遮險韻，而能遊刃有餘，亦大才不可及也」。〔註10〕

　　事實上，格律與音律雖爲詩詞和戲曲藝術中殊爲深奧的一個方面，一旦掌握，卻恰如一種行爲規範。「從創作時的心理活動來看，只有初學塡詞作曲的人才感到曲律是一種約束，遣詞造句，動輒有礙。對素有修養的作家說，

〔註6〕　徐朔方《湯顯祖和晚明文藝思潮》，見《晚明文學思潮研究》，211頁，湖北教育出版社，2002年。

〔註7〕　青木正兒《中國近世戲曲史》，304頁，323頁，305頁，314頁，328頁，上海文藝聯合出版社，1956年。

〔註8〕　周維培認爲：「該譜是李玉等人在徐於室原稿（即《北詞譜》）基礎上參補增訂而成的，著作權至少應歸徐、李兩人。」（見周維培《曲譜研究》67～68頁，江蘇古籍出版社，1999年）但無論李玉對此書所擁有的是原著權還是改定權，都不能否認他對曲譜的關注與成就。周維培也指出了《廣正譜》較之《北詞譜》的不同之處。

〔註9〕　青木正兒《中國近世戲曲史》，304頁，323頁，305頁，314頁，328頁，上海文藝聯合出版社，1956年。

〔註10〕　吳梅《顧曲塵談　中國戲曲概論》，117頁，上海古籍出版社，2000年。

只有在個別難點如碰上險韻或四聲陰陽應特別講究的個別字眼才感到爲難」
〔註 11〕。李玉能作曲譜，其塡詞協律自然當是舉手之勞，有隨心所欲不逾矩
之能力。所以其協音律處雖當爲其才能與貢獻之重要一面，卻是不證自明的。

第一節　李玉研究之共識

　　李玉是蘇州派的代表作家，其傳奇創作的成就及對戲曲史的貢獻，學術
界已達成如下共識。

一、題材：廣泛關注社會生活

　　在蘇州派之前，也就是明代中後期，按照郭英德的分法，屬於傳奇的勃
興期。這一時期的思想界又經歷了一次大的革命，人們開始從理學的桎梏中
擺脫出來，提倡自然、情感、心性等本體化較強的思想觀念。這樣，也使得
文學創傷的題材有了一種明顯的傾向，那就是描寫情以及情與理的衝突。於
是傳奇中最爲常見的題材就是男女戀愛風情劇，形成了「十部傳奇九相思」
的局面〔註 12〕。

　　而到了蘇州派作家，時代發生了變化，明亡清立，江山鼎革。這些都促
使人們去對歷史進行反思，對現實進行觀照。而李玉和他身邊的蘇州派作家，
因其身份的邊緣化特徵，既具有正統知識分子關心社稷存亡、國計民生的傳
統情懷，又具有深入社會生活、瞭解民間疾苦的方便條件，所以「李玉的傳
奇反映生活的面極爲廣泛。他不僅寫社會風情劇，而且反映激烈尖銳的政治
鬥爭和重大的社會問題。李玉身爲布衣而心憂天下，總是以詞曲寫『春秋』，
表達他的政治觀點和思想感情。……李玉以曲爲史，他的傳奇具有鮮明的政
治傾向」。〔註 13〕

　　在他現存的十九種劇作中，愛情劇只有四種：《占花魁》、《永團圓》、《眉
山秀》、《意中人》〔註 14〕；社會生活劇有五種：《一捧雪》、《人獸關》、《萬里
圓》、《一品爵》、《五高風》；宗教劇一種：《太平錢》；其他九種皆爲時事劇或

〔註 11〕　徐朔方《湯顯祖和晚明文藝思潮》，見《晚明文學思潮研究》，215 頁，湖北教
　　　　　育出版社，2002 年。
〔註 12〕　參見郭英德《明清傳奇史》，260〜179 頁，江蘇古籍出版社，2001 年。
〔註 13〕　顏長珂　周傳家《李玉評傳》，52 頁，137 頁，中國戲劇出版社，1985 年。
〔註 14〕　康保成認爲《意中人》非李玉作品。

歷史劇：《麒麟閣》、《兩鬚眉》、《千鍾祿》、《牛頭山》、《昊天塔》、《清忠譜》、《七國傳》《風雲會》。可見愛情劇的比例是很小的。作家的視野已從男女相思的苑囿中開拓出來，觸及到更廣泛的社會生活〔註15〕。

二、主旨：弘揚傳統道德

　　無論是愛情劇，還是社會劇，還是時事劇、歷史劇，都可以看到李玉是秉持傳統道德的，即提倡忠孝節義。具有代表性的比如《清忠譜》裏周順昌爲反對閹黨從容就逮義無反顧；《千鍾祿》裏的諸臣爲保建文帝顛沛流離甚至慷慨捐軀；《萬里圓》中黃孝子萬里尋親；《一捧雪》中莫成代主而死等等。

　　當然，這些傳統道德需要辯證地分析和看待。

　　一方面應看到其中的消極成分。如吳新雷所說，李玉的思想有封建意識的局限性，即：一，爲維護封建秩序，強調對帝王的不可動搖的忠誠，宣揚愚忠思想；二，封建倫理道德的說教很嚴重，特別是鼓吹奴隸道德；三，浸透著濃厚的宿命論觀點和因果報應的封建迷信思想。〔註16〕

　　另一方面，也應看到其中的積極價值。如郭英德在評價蘇州派思想時所說：「與明中後期赤裸裸地鼓吹封建倫理道德的教化派傳奇不同，蘇州派作家既宣泄了對倫理教化的滿腔熱情，更表現了對非道德的社會現象的滿腔憤怒，從而在整體上具有一種文化反思的特點。」〔註17〕亦如康保成所說：「李玉的全部作品，滲透著一種對於現實世界的密切關注，滲透著作家自覺地把國家命運與個人前途結合在一起的憂患意識……他無時無刻不在思考社會問題，雖然在今天看來，這種思考並不具有深邃的哲理性，但作爲藝術家，他直觀地描繪出現實世界瘡痍滿目的衰竭面貌，已經較好地完成了歷史使命。」〔註18〕

〔註15〕康保成將李玉對題材的選擇分爲兩期。「明亡以前，他把筆觸伸向下層市民，伸向窮書生、裱褙匠、賣油郎、妓女、幫閒、和尚、遊俠諸色人等。他用細膩清新的筆調，描繪出一幅幅東南地區市民生活風俗畫。入清以後，他把注意力轉向忠臣烈士、開國元勳、王公貴族、皇親國戚；創作出一幕幕威武雄壯的歷史劇」見《蘇州劇派研究》，16頁，花城出版社，1992年。

〔註16〕吳新雷《論蘇州派戲曲家李玉》，載《北方論叢》1981年第2期。

〔註17〕郭英德《明清傳奇史》，368～369頁，江蘇古籍出版社，2001年。

〔註18〕康保成《蘇州劇派研究》，21頁，花城出版社，1992年。

　　可見，對李玉傳奇所弘揚的傳統道德，有的學者認爲其價值是負面的，有的則認爲是正面的。事實上，評估文學作品的思想價值，必須參考它所處的時代背景，將之放到當時的歷史氛圍中去。在此意義上，筆者更認同這種傳統道德的積極價值。

三、藝術：「既富才情，又嫻聲律」

　　對於李玉傳奇整體的藝術特點，學術界也已達成共識，即認同錢謙益「既富才情，又嫻聲律」的評價，認爲他自覺地吸收了湯沈之爭以來的戲曲理論成果，發揮了兩家的長處。

　　而對於如何讓作品更適合於舞臺上的演出，聲律以外自然還有許多因素，從中可以看出一個藝術家全方位的藝術特點與藝術水準。對此，學者們也早已有了充分的關注，有人將其總結爲：一，其創作才能首先表現在人物的塑造上：劇中許多主要人物的性格、面貌和語言各自不同，各有特點；二，其作品戲劇性很強，善於從現實生活的尖銳矛盾中發現戲劇衝突，從而布局結構、刻畫人物；三，結構嚴謹而洗煉；四，語言精練又樸素；五，吸收多種民間藝術表現形式等等。〔註19〕

　　除此，人們還發現了李玉戲曲藝術與當時戲曲理論的關係：「怎樣才能將傳奇創作與舞臺演出實踐結合在一起呢？以李玉爲代表的蘇州群作家從創作實踐上較好地解決了這個問題，李漁則從理論上進一步作了探討。李玉的創作實踐和李漁的戲曲理論互相印證，不謀而合。這不是偶然的巧合，而是戲曲藝術發展的必然結果。」〔註20〕

　　但是對李玉傳奇藝術的研究應遠遠沒有結束。因爲研究的焦點一直集中在《一捧雪》、《清忠譜》、《千忠祿》等幾部名劇上。隨著對更多文本的深入閱讀，我們也可能會發現李玉更全面也更精細化的藝術特徵。

第二節　《兩鬚眉》補說

　　《兩鬚眉》是一部時事劇。寫明朝末年書生黃禹金及其妻鄧氏滅賊建功

〔註19〕　北京師範大學中文系三年級晚明戲曲文學研究小組，《李玉的清忠譜及其他》，載《北京師範大學學報》，1959年第4期。
〔註20〕　顏長珂　周傳家《李玉評傳》，52頁，137頁，中國戲劇出版社，1985年。

之事。據學者考證：「黃禹金就是影射的六安黃鼎」。〔註21〕在史書中，黃鼎為馬士英同黨，剿殺農民軍與反清志士，後來降清。在《兩鬚眉》中，黃禹金及其妻也曾剿殺農民軍，但功成名就之後，就隱退修道，而沒有降清。很明顯，作者沒有按史書所記來塑造黃禹金這個人物。

一、對於農民起義的態度

學術界對《兩鬚眉》的否定出於劇中對農民起義的態度。即認為《兩鬚眉》反對農民起義，所以在思想上是不可取的〔註22〕。這也成為李玉思想保守的一個例證。

從某種意義上來說，農民起義自然有其巨大的社會作用與歷史價值，是必須予以承認和肯定的，即「它在一定歷史條件下，可以推翻和消滅地主階級中某一腐朽階層……可以起局部調節封建生產關係的作用」〔註23〕，從而使社會秩序得以重新穩定。如果說，在這種重建過程中造成的對生命與物質與文化的傷害是革命所必須付出的代價，是不得以而為之，那麼革命以後，卻不能建立一種新的社會制度，不能從根本上改變農民的命運，而只是讓某些農民上升入政權階層，某些人下降至農民階層，則是農民起義的一大局限，是無力避免的。倘用歷史與發展的眼光來看，農民起義所推行的制度與觀念雖然在某些起義的綱領中顯示出先進性，比如兩宋農民起義提出「吾疾貧富不均」、「等貴賤、均貧富」，明末農民起義曾提出「均田免糧」，太平天國提出「天下一家，共享太平」等等，但這些主張並不是都能超越時代的，也沒能在起義軍奪得政權之後得以真正實施。農民起義建立起的新政權，仍在本質上繼承了他們所推翻的封建制度，從而使農民起義的真正結果往往局限於政權的更迭，而不是制度的變革。

從歷史的當下情境中走出來，我們尚需客觀地看古代作家對農民起義的排斥態度，如果要求當時的政權階層或正統文人甚至是市井百姓完全贊同和接受農民起義，顯然是理想主義的。所以我們可以說《兩鬚眉》對於農民起義的態度是具有局限性的，但是若因此說《兩鬚眉》是一部毫無可取的作品

〔註21〕 徐銘延 《李玉〈兩鬚眉〉本事考》，載《南京大學學報（人文科學）》1963年第1期。

〔註22〕 參見蘇寧《李玉和清忠譜》，47～48頁，中華書局，1980年。

〔註23〕 謝天祐 簡修煒《中國農民戰爭簡史·寫在前面》，9頁，上海人民出版社，1981年。

就有些苛求古人了。做一個不甚恰當的類比，《紅樓夢》中描寫了賈府的衰敗，描寫了貴族的悲劇，並對此寄予深厚的惋惜與同情，但其多方面的偉大價值卻恐怕不能因此而抹煞。不妨看一下《兩鬚眉》在思想方面有哪些值得品味的地方。

二、思想內涵的亮點

（一）天下興亡匹夫有責

讀《兩鬚眉》，會有一種強烈的感覺時刻激蕩於心，那就是主人公黃禹金渴望功名的壯志豪情。

這種功名理想中一方面是「天下興亡，匹夫有責」的社會使命感。黃禹金一上場，就有幾句說白：

> 性稟英豪，志期遠大。讀書書子夜，惟耽忠孝節義之篇；倚劍秋空，盡多慷慨悲歌之志。

這幾句賓白的意圖無非是給黃禹金的形象定下一個基調。即要讓他成為一個具有傳統道德風範和價值期待的忠義之人。又說：

> 「武緯文經大鳥驚人在一鳴。方今邦國殄瘁，寇盜縱橫，意欲暫別妻孥，遠投幕府，一展胸中韜略，得建不世功名。」（第三齣）

在收三尖寨時，寨主送黃禹金金銀財寶，他說：

> 「我為國家大事而來，豈為財寶？若愛君家一錢，死於萬劍之下！」（第七折）

另一方面則是「捨我其誰」的個人英雄主義。

這一點是難能可貴的。在《兩鬚眉》中，作家沒有道學先生一般將國家安危社稷存亡作為主人公的唯一牽掛。在憂國憂民的同時，主人公表現出了強烈的對個人功名的渴望及對個人行為的自信。

> 「我氣昂昂目空九洲，奈浪跡一沙鷗。按青萍幾番顧影增羞。此番出徒，並非關春風冶遊，須打辦夜帳持籌，談笑覓封侯。博一日光前耀後。」（第二折　敘別）

> 「立身成名，在此一舉，敢不盡心前往」？（第七折，義撫）

> 「想我黃禹金雖列冠裳，未得大展胸中抱負，好不鬱悶人也」。

（第十八折　音敘）

在中國古代小說或戲曲中，一個人願獻身社稷精忠爲國不是什麼稀奇事，但是卻很少有人把個人的功名渴望坦率直接地表達出來。即使黃禹金影射的是黃鼎，作家也已將他美化了。他決不是歷史上那個投靠匪類的黃鼎，而是作家心目中一個充滿壯志豪情頂天立地的有識之士。

（二）對無能官吏的批判

《兩鬚眉》表面上看來，是歌頌黃禹金的壯志豪情與謀略膽識，是歌頌鄧夫人這個有將帥之才的巾幗英雄。但是聯繫當時社會背景來考慮，也許作家的用意沒有那麼簡單。

萬山漁叟的《兩鬚眉》序說：「一笠庵主人，錦心繡腸，搖筆隨風，片片霏玉，以黃絹少婦之詞，寫天懷從衷之事。令天下血性男子，閱是傳想見鬚眉如戟，甬然興敬。」又說：「彼世之痛癢，不切於人倫學術，無裨於治亂，而徒苟且，功不出處無據，一旦有事，聽鼓聲而色變，聞風鶴而膽寒，喪師辱國，爲天下笑。雖具鬚眉，亦何所置其顏面？若而人者，皆當以妾婦目之，以巾幗贈之。」可見，萬山漁叟主人李玉的用意不僅僅是讓人們稱讚一個女英雄，更重要的，是要讓人們從巾幗的崛起來反思鬚眉的不振，進而來反思民族衰亡的諸多原因。

當然，這種思想在作品中是通過對事件的敘述來表現出來的。賊兵來犯，黃禹金夫人鄧氏已將其殺退，這時六安州知州朱方孔帶著從人前來割頭搶功，他與手下的對白如下：

> 「且住，待我做武官上陣的舊規，抓一把馬糞掐一掐還是冷的熱的，若是冷的，流賊定然去久了，安心在此幹正經，若是熱的，自然去得不遠，或者還要轉來，不如拔步保全了這吃飯傢夥罷休」。

> 「老爺到此，可要拿幾個地方要他的供應或者說殺了流賊定然有幾十馬騾要他們獻出起個花頭，尋些生意何如。

> 「小的們做白七的，只會切腿，不會切頭。還有一說，流賊身邊金銀寶貝必多，不如大家搜一搜，搜些東西回去受用何如？

六安州防守參將秦冒功也來割頭搶功：

> 「我做多年武官，不曾殺得一個賊。如今不知什麼人殺了這些，罪過罪過」。（第十五折 冒爭）

在第二十八齣中兵臨城下時，作家又刻畫了兩個守城的文官，其中一個說：

> 「老先生，當初，古人也有吟詩卻敵的，也有彈琴退兵的，如今我們閒在這裡，不若把心中苦處哭他幾聲，或者流賊聽得我們哭得悲切去了亦未可知。」（第二十八折　歸旅）

這種種令人哭笑不得的行為中，我們看到了晚明時期大批官員的懦弱無能甚至虛偽無恥，將山河城闕交於此輩之手，悲劇怎能避免。這裡蘊含著作家對社會現實的清醒認識、深刻憂慮和嚴正批判。以喜劇的形式而寫出一種悲劇的意識，讓人對當時的情景觸目不忘。

（三）幾處值得思考的情節

第一，黃禹金與鄧氏在功成名就時忽然選擇了激流勇退。

> 旦：相公見朝政日非，掛冠而歸，想我夫婦名遂功成，正好優游林下。

> 生：想我本一布衣，十年間，晉少師賜蟒玉，開鎮三省四世宗祖受誥，夫人一品榮封，子蔭金吾，婿登二品，仟輩掌家，部將紛紛腰玉腰金，受降土著偏禆無數，參遊守把。書生至此，恩榮極矣。回思二十年前，錦衣之夢，今已應了，若非快馬收繮，必至江心補漏。況且國事日非，大廈難支一木，因此拜辭官誥，拂袖歸家，思與夫人徜徉山水，優游卒歲耳。

> 旦：相公言之有理。人生在世，如白駒過隙，我和你及早閉戶焚修，堅心辦道，做個出世因，也強如在火坑內生活。（第三十折　錦圓）

乍一看去，這實是畫蛇添足，有些令前面人物的英雄氣概和壯志豪情黯然失色。然而細加品味，這一結尾卻更令人深思。「況且國事日非，大廈難支一木」。這就是黃氏夫婦隱退的原因（史實是黃夫人自己隱退）。作者藉此指明此時的明王朝已經不可救藥了。

第二，據《六安州志》記載：「黃鼎，字玉耳，性孝友，弱冠補弟子負。明崇禎間流寇猖獗，巡鹽張倫序薦鼎異才。督師馬士英詢賊情形，旁無應者。鼎前陳方略，辭條明暢。士英奇之，令往光、固糾合寨勇為進取計」[註24]。

〔註24〕乾隆十六年《六安州志》，轉引自徐銘延　《李玉〈兩鬚眉〉本事考》，載《南京大學學報（人文科學）》1963年第1期。

此後，黃鼎實爲馬士英羽翼。但《兩鬚眉》中，是黃禹金初出茅廬，即由馬士英轉薦至史可法麾下，這與史實不符。

這種改寫可能有兩個用意，其一，所謂良禽擇木而棲，賢臣擇主而事，讓黃禹金所受知遇之恩卻皆來自史可法，是李玉爲他選了一棵好樹，當然意在將其寫成良禽，而不是將他寫成歷史上那個不太光彩的降清的黃鼎。

其二，《兩鬚眉》中黃投史可法一段是這樣寫的：

〔丑〕兵部大堂送贊畫生員黃禹金到督府，督府老爺甚喜本生格略，轉送老爺軍前效用。

〔生拜介〕贊畫生員黃禹金叩見老大人。

〔外出位拱起介〕你一介書生受監臺薦舉異才，大司馬甄收贊畫，督師又咨移我軍前效用，必有奇能。（第四折）

事實上，眾所周知，在南明小朝廷內部馬士英與阮大鋮同黨，排擠史可法至揚州，其中矛盾是勿庸置疑的。而劇中的史可法對朝政亦有清醒認識：「司農搜刮各項錢糧，群黎肉盡；有司束手坐視，朝廷委託非人，相繼辱國喪師，即漸亡秦失晉」。（第四折射策）但是劇作者在這裡卻淡化了史阮之間的矛盾，充滿理想地爲二人化干戈爲玉帛。此間其實傳達出了作家對晚明政局的一種深刻認識。

第三，李玉在《兩鬚眉》結局時，沒有讓黃禹金降清，沒有讓他筆下的英雄在清朝的王業中再大展宏圖。本劇卷首萬山漁叟之敘作於順治六年（1649年），可見其創作年代當爲清室初立。實際上已經表明了自己的態度，其中情緒是可以想見的：李玉反對農民起義，同時也不願接受清兵入關。

第四，在貶低和否定農民起義的同時，作家也批判了大明朝廷、諷刺了滿朝文武。在代表官方的人物中，我們看到作者所稱讚的只有黃禹金和史可法兩人。而兩個人，即使再加上鄧夫人一個巾幗鬚眉，又怎能力挽狂瀾？

這正是劇作家對明朝社會與政治的一種省視與批判。

第三節　悲壯：李玉時事劇和歷史劇的審美特徵——以《清忠譜》、《千鍾祿》等爲例

李玉創作了很多膾炙人口的歷史劇與時事劇。這些劇作以開闊的社會視角，反映了明末清初社會的很多重要歷史變故。其思想性是不言而喻的。這

包括多角度反映社會現實，思索明朝覆亡的歷史原因，等等。學者們已多有討論。這裡不再贅述。本節要討論的是李玉時事劇和歷史劇的審美特徵。鄭振鐸曾評價《麒麟閣》、《千忠會》（即《千鍾祿》）說：「其實像《麒麟閣》、《千忠會》等規模尤爲弘偉，聲律尤爲雄壯；其敘英雄窮途之哭，家國傾亡之慟，胥令人撼心動魄，永不可忘。」而將這一特徵概括起來，莫過於「悲壯」二字最爲恰切。

　　在李玉現存的十九種傳奇中，有將近一半可視爲時事局或歷史劇，主要有：《兩鬚眉》、《萬民安》、《萬里圓》、《清忠譜》、《昊天塔》、《七國傳》、《千鍾戮》、《麒麟閣》、《風雲會》等。

　　題材的悲劇性是奠定李玉時事劇和歷史劇悲壯美特徵的物質基礎。在上述劇作中，《麒麟閣》和《風雲會》寫發跡故事，不具悲劇性。《兩鬚眉》與《萬里圓》兩劇從故事主人公的命運結局來說，乃是一種表彰歌頌之作，雖也反映出當時情境中人們的苦難與艱難，悲劇性卻並不強。即便如此，因爲故事發生的時代與背景，其中也往往蘊含著悲劇的氣氛。

　　而其他諸劇，則故事本身都是具有悲劇色彩的。如《萬民安》中市民領袖面對壓迫的鬥爭與反抗，其實以失敗告終，葛成幾乎死難；《昊天塔》與《清忠譜》中姦臣對忠臣的殘害，忠臣被瘋狂殘忍地殺戮；《千鍾祿》中建文帝做爲一國之君悲慘流亡，無數忠臣爲之死節，等等。

　　悲劇做爲一種戲劇類型，它的美也是多種風格的。「每當一個封建王朝衰亡的時候，政治越來越腐敗黑暗，統治階級內部有些面向現實、企圖有所改革的詩人，他們的作品，如屈原的《離騷》、《九章》，建安詩人的樂府歌行，主要表現爲悲壯，爲憤怒，而宋元以來一些亡國士大夫的詩詞則往往以哀愁、感傷的格調引起人們對於亡國的深思。中國古典詩歌這兩種傳統風格，在古典悲劇裏同樣得到繼承。」〔註25〕在這裡李玉做出了自己的選擇，他放棄了哀愁、感傷，而選擇了悲壯。他說：「思往事，心欲裂；挑殘史，神爲越。寫孤忠紙上，唾壺敲缺。一傳詞壇標赤幟，千秋大節歌白雪。更鋤奸律呂作陽秋，鋒如鐵。」（《清忠譜·譜概》）正是這樣的創作動機成就了他筆下的悲壯之美。

　　這種悲壯通過如下方面表現出來。

〔註25〕　《中國十大古典悲劇集·前言》，24頁。

一、對苦境的營造

悲劇的悲從總體上說來自美好事物（或有價值事物）的毀滅及由這種毀滅而產生的同情和惋惜。但是這種悲多存在於思想層面，存在於理性的認識之中。而悲劇藝術不僅要給人思想層面上的撞擊，還必須從感官、心理方面刺激受眾，調動其所有的審美感覺，從而在更深細的層面體驗悲劇的感染力，實現對悲劇的審美意義。

在古典戲曲中，這種悲常來自於作家對「苦境」的營造。祁彪佳說：「詞能動人者，惟在真切，故古本必直寫苦境，偏於瑣屑中傳出苦情。」〔註26〕吳新雷在《中國崑劇大辭典》中將「苦境」解釋為「動人肺腑的悲苦境界」〔註27〕。李玉作品中的「悲」之所以令人「撼心動魄、永不可忘」，重要因素之一也是對苦境的營造。

如《清忠譜》第十二折「哭追」，為避免生亂，周順昌連夜就道上京，其子茂蘭追至吳錫，跳至船上，周聞其聲：

（生在內叫介）可是茂蘭孩兒？

（小生指內介）這是我爹爹了。忽聞爹語，聲聲慘呼。嗟兒不孝，行行漸疏。（末、付）這狗頭還不上岸！（作打介）（小生強住介，喊介）吾那爹爹阿，爹爹阿！幾聲痛叫親生父。

（生奔上介）〔解醒甘州〕我孩兒不諳世務，涉長途，到此探予。

（小生見生跪介）（抱住哭介）阿呀！爹爹阿！你朧卷枉桎身拘鎖，攖何罪，作因俘？

（生）兒阿，你來做什麼？我完我事生拋汝，伊自全伊莫顧吾……到此何干，還不回去！

（小生）若如此說，爹爹果然不要孩兒去了。天乎！好一似刀刀割肚剜膚！

「叱勘」一折，魏廓園受刑幾死，與周順昌相見：

（生哭介）不免叫一聲：魏廓園！魏親家！我周順昌在此！

（末作漸醒介）（唱）三尸離殼，一靈還在。耳畔誰呼聲再？（轉氣介）攢心抱痛，猛然帶轉魂來。（開目慢視介）呀，原來蓼洲親家！蓼洲，蓼洲！我魏大中與你長別了！

〔註26〕祁彪佳《遠山堂曲品・尋親》，見隗芾　吳毓華《古典戲曲美學資料集》，250頁，文化藝術出版社，1992年。

〔註27〕吳新雷《中國崑劇大辭典》，52頁，南京大學出版社，2002年。

（生哭介）親翁，事同一體，小弟也即在少頃相隨了。

（末悲咽介）親家，別話不能說了，只是一件事放心不下。

（生）親翁，還有何事記懷？

（末）想著吾孫伊託，你有遺孤，兩姓誰擔代？

（生含淚介）盡自由他。

（末）親家，我與你相攜同上望鄉臺，看不得累累妻孥哭草萊！

至「囊首」一折更為悲慘。先是茂蘭見周順昌，言及所受極刑，不勝苦楚，轉兒茂蘭又親眼目睹獄吏爪牙將父親囊首而死，更令人心膽俱碎。

當然，如果只有對苦境的營造，只有對悲苦的渲染，只有對同情的呼喚，那就不是李玉的悲劇。李玉悲劇的美美在不僅僅是「悲」，還有無限的「壯」。

二、人物的剛烈氣質

李玉筆下的悲劇人物，有兩個成就其悲壯美的主要人格特徵：

其一，正氣凜然，義無反顧：

無論是在《清忠譜》中，還是在《千鍾祿》中，忠與奸、正與邪的鬥爭都是公開進行的，力量對比的懸殊也是顯而易見的。擺在忠臣志士面前的，其實就是無處可退的毀滅之路。但是他們任何一個人都沒有絲毫的躊躇或顧慮。憂國憂民，給了他們一種深沉；堅持正義，給了他們一種剛毅。所以面對危險或磨難，沒有什麼能使他們畏縮不前。

例如，史可法明知國事無望，但仍然挺身而赴國難，他說：

> 「皇恩鄭重，豈可敬祿求榮，國事艱難，寧敢素飡尸位。一腔熱血赤淋淋拼嘔肺肝，七尺殘骸骨森森管填溝壑。只恐我身雖喪無補國家。咳，從來謀事在人，成事在天，臣子致身朝廷，也不容你瞻前顧後。」（《兩鬚眉》第四折射策）

《清忠譜》中，忠臣魏廓園就逮，只有周順昌敢去送行，且與之聯姻，而此時他心中已知此時魏廓園所遇，就是自己將來所必經。他說：

> 「親翁去後，小弟知亦不免，相見在即」。

《罵像》一折中他明知魏忠賢的爪牙不會給他好果子吃，但面對奸黨生祠與塑像，還是忍不住一場痛罵。

《就逮》一折中，周順昌要被帶走，夫人責怨他不該惹禍上身，他說：

> 「男兒事，有甚悲？無他畏！此身許國應拋棄。夫人，我如此收場，殊不慚愧！」

而《千鍾祿》中陪建文帝逃亡的大臣，也無一不是義無反顧地選擇了死亡之路。

其二，信念不死，永不言敗：

《清忠譜》一開篇，就以「傲雪」奠定了理想主義的精神：

〔啄木兒〕我清霜操，白雪篇，坐此徹骨冰壺聊自遣。(旦)那雪有何好處？(生)助高人閉戶安眠，濟忠臣餐氈饑喘。(合)怕只怕彌漫白佔江山遍，何日裏雪消見日冰山變？少不得有腳陽春遍九天。

到「就逮」一齣，周順昌拜別祖祠時又說：

「我那祖宗啊，你只顧子孫忠孝，今日此去，烈烈轟轟，可也不辜負你的家教了。〔笑介〕地下相逢無慚色，你可也踏著香雲來帝畿，來帝畿。」(《就逮》)

「叱勘」一齣，又要提審，已經「脛骨幾斷，手指俱折」的周順昌唱道：

〔梁州新郎〕痛我完身幾粉，幸我完心無礙，勁骨千磨不壞。填胸正氣，直將屬氣衝開……願掙得一腔無愧，三寸常伸，便碎骨香千載。

魏廓園受刑以至垂危，這時與周相見，最後的話竟是：

「親翁，我罵賊神雖憊，君須大罵吾方快！目不瞑，此為大。」(叱勘)

到囊首之時，周順昌說：

「魏忠賢，魏忠賢，你要我死麼？我周順昌生不殺汝，死作厲鬼擊殺奸賊便了！」

透過這些人物的剛正不屈、視死如歸，我們看到了作家心底噴薄而出的、以及作家筆下吶喊呼喚的一種深沉的社會使命感和民族自強心。劇中人物也因是獲得了一種深厚的精神底蘊，使這種悲壯美超越了時代和倫理而顯得更深沉更持久。

三、曲詞的壯闊悲涼

除人物性格賦予了這些劇作以悲壯美而外，曲詞的創作亦是構成悲壯美的一個重要因素。現就兩方面論述如下：

（一）意象選擇

　　王國維認為美有優美與宏壯兩種，「宏壯」美「由一對象之形式超乎吾人知力所能馭之範圍，或其形式大不利於吾人，而又覺其非人力所能抗，於是吾人保存自己之本能，遂超越乎利害之觀念而達觀其對象之形式。如自然中之高山、大川、烈風、雷雨，藝術中之偉大之宮室，悲慘之雕刻像、歷史畫、戲曲、小說等皆是也。」〔註28〕王國維的美學思想固然有其局限性，但這裡對宏壯及其意象載體的理解不無其合理內核。

　　在上述劇作中，作家正是選用了一些有「宏壯」之氣的事物營造出了慘烈、壯闊的意境，比如《清忠譜‧述鐺》：

　　　　你看，四面青山，一溪綠水，好光景也！盼長空，待哭天痛悲；睹層巒，似胸填塊磊。望不見東來紫氣。幽人室，白雲西。衡門隱，碧梧棲。

　　其中「四面青山」、「長空」、「層巒」、「東來紫氣」等等都讓人體會有雄壯之聲勢、開闊之意境。而人物的悲劇性命運與這種曲詞意境相結合，就在悲傷之中融入了壯美。

　　再比如嚴震直自刎後，建文帝一段唱詞：

　　　　〔沽美酒〕我和你、主和臣性命幫，弟和師形骸傍。顧不得歷盡萬峰千障，怕聽那樵歌牧唱，早覓取仙鄉帝鄉天堂福堂。呀，隱避著揭天風浪！（《千鍾祿》第十九齣）

　　「歷盡艱危道路長」、「雲飛風揚」、「踏遍」「揭天風浪」這些不僅僅有壯美的意象，還伴有誇張的動作，「歷盡」、「踏遍」等等，所以使窮途之中的悲涼又含有無限聲勢。

（二）聲韻選擇

　　李玉曲詞的一個特點，即使在悲傷的曲詞中，也喜選用有剛強之氣的開口韻。在《千鍾祿》「慘睹」一齣中，八支曲子都選用了「陽」韻，將國破家亡的悲愴情懷表達得淋漓盡致。而且讓我們感到建文雖失帝位，雖已流亡，仍有一派不屈不撓的凜然之氣，而忠臣烈士冒死相從、知其不可為而為之的執著無畏，也都從「陽」字韻的運用中酣暢地傳達出來。

〔註28〕王國維《古雅之在美學上之位置》，見《王國維論學集》，298頁，中國社會科學出版社，1997年。

比如著名的「傾杯玉芙蓉」：

> 收拾起大地山河一擔裝，四大皆空相。歷盡了渺渺程途，漠漠
> 平林，疊疊高山，滾滾長江。但見那寒雲慘霧和愁織，受不盡苦雨
> 淒風帶怨長。雄城壯，看江山無恙，誰識我一瓢一笠到襄陽！

此外，第十三齣學成、景先自刎後，允文、程濟有段合唱，用的是「豪」
韻：

> 〔越恁好〕看血流衰草，骸骨暴荒郊，忠肝義膽錚錚鐵，罵賊
> 笑餐刀，逐浪飄，赧顏悲悼。拋伊雲，痛殺殺心如搗，回頭望，滾
> 滾腸如絞！

第四節　李玉傳奇對馮夢龍「三言」之接受

李玉現存傳奇中有 5 種能在「三言」中找到原型。它們是：《人獸關》、《占
花魁》、《眉山秀》、《風雲會》、《太平錢》。分別取材於三言中的《桂員外窮途
懺悔》（《警世通言》第二十五卷）、《賣油郎獨佔花魁》（《醒世恒言》第三卷）、
《蘇小妹三難新郎》（《醒世恒言》第十一卷）、《王安石三難蘇學士》、（警世
通言）第三卷）、《拗相公飲恨半山堂》（《警世通言》第四卷）、《明悟禪師趕
五戒》（喻世明言）第三十卷）、《趙太祖龍虎風雲會》（《警世通言》第二十一
卷）、《張古老種瓜娶文女》（《喻世明言》第三十三卷）。李玉對這些故事的接
受與改編，表現出了情節人物複雜化、敘事結構嚴整化、思想意蘊保守化等
特徵。

一、由小說至傳奇的情節嬗變概略

（一）《人獸關》

《會昌解頤錄》中「史無畏」的故事可視作《人獸關》的遠祖。史無畏
衣食窘困，其友張從眞家富，乃資助千金，使富。既而從眞罹禍，生計一空。
詣無畏，求濟三二百，無畏不許，且否認曾相借貸。從眞泣歸詛咒，無畏被
霹靂震爲牛，且腹下書云：負心人史無畏。

至明代邵景詹《覓燈因話》卷一《桂遷夢感錄》，故事則初具規模。小說
以施濟開篇，遊玩間遇少時同學桂遷，時桂遷商賈失利，債主逼迫甚急，言
訖悲啼。施濟慷慨解囊，助以還債，又贈房屋田畝。桂願「奉幼子爲質」，施

不受。後桂遷於屋下得白金一藏，暗於他鄉置辦產業。十年後施濟謝世，桂乃遷往他鄉。施家家道日衰，母子往求施濟，備受冷落。桂遷苦於賦役，欲買官，為里中劉生所騙，桂憤懣欲殺之，忽夢妻與二子、少女皆為犬，見罰於施家。醒而頓悟，「急至吳，訪施君之子，時年二十七矣。更厚葬其父母，載之至越，以女妻焉」。後劉生亦遭果報。

至《警世通言》，馮夢龍對《桂遷夢感錄》做了進一步擴展加工，新增的情節主要有：

1、施濟子（施還）一歲時，桂妻亦有身孕，遂有指腹為婚之意。後桂家於樹下得白金一千五百兩，更有他計，於是婉拒婚事。

2、施濟死後，其同學支德致仕還鄉，將其女許配施子。然家計亦窘，令施子往求桂遷，又寫書囑為看顧。

3、店家王婆曾試圖幫助施氏母子。

4、施還賣房得帳簿，獲祖藏銀財鉅萬，重為富室。

5、桂遷夢境兌現，妻與二子於施家為犬。

6、桂遷之女與施還做妾。

傳奇《人獸關》在小說《桂員外窮途懺悔》基礎上又有調整：

1、桂遷改名為桂薪，遇施濟時，長子入獄、妻子發賣，他正要投水自盡。

2、得施濟資助後，感激不盡，以女兒贈與施家為奴，施家受為婚姻。

3、尤滑稽由鄰居變為桂薪妻弟。

4、桂薪於施濟病後，方欲往龍遊居住。

5、施家房屋被強買，無處棲身，遂前往龍遊。

6、桂女不忍，贈銀與婆婆。

7、支德改為俞德，身擔重任，凱旋途中，救龍遊歸來落水的施氏母子，聯姻贈銀，贖回原房，後得藏金。

（二）《占花魁》

傳奇《占花魁》中主線的發展軌跡與小說《賣油郎獨佔花魁》基本一致，除對小說中一筆帶過的部份情節（如品花、卻醜等齣）加以落實、擴充之外，還有幾處值得注意的改動：

1、人物身份的變化：在小說中，莘瑤琴父親莘善，與母親「開個六陳鋪兒」，秦重「母親早喪，父親秦良，十三歲上將他賣了，自己在上天竺去做香火」，二人皆係平民出身；在傳奇中，莘瑤琴「父親官拜郎署」、父母早亡，「叔

父（莘善）職居內班」，秦種父親「在種經略轄下做一個統制官」，二人都是宦室之後。

　　2、奇增加莘府家人沈仰喬與翠兒夫婦。

　　3、小說中王九媽把莘瑤琴「做金子看成」，從不輕易違拗；傳奇中王九媽則曾在莘瑤琴進門時，打罵相逼。

　　4、小說中莘瑤琴父母先到秦重店內幫忙，莘氏從良後，才得相逢；傳奇中宋金議和後，莘善與秦良共遊法相寺，與秦種夫婦巧遇。

（三）《眉山秀》

　　《眉山秀》涉及的小說有《蘇小妹三難新郎》、《王安石三難蘇學士》、《拗相公飲恨半山堂》、《明悟禪師趕五戒》。此外，文娟與少游事在「三言」中未曾言及。據吳梅《中國戲曲概論》，《夷堅志》中長沙義伎事乃文娟所本。《眉山秀》對「三言」中四部小說的改動都不大，但是進行了有機的整合。以秦觀與小妹愛情爲主線，以王、蘇兩家宦海沉浮爲副線，成爲一個以兒女情長、才子風流而涉民生朝政的全新故事。

（四）《風雲會》

　　小說《趙太祖千里送京娘》選取了宋太祖趙匡胤「是個鐵錚錚的好漢，直道而行，一邪不染」這一人格側面，以步行千里送京娘還鄉爲中心事件，進行鋪陳演繹。途中趙公子用智用勇，剪除兩夥強賊。京娘感恩於趙公子，願以身相許，公子嚴辭拒絕。然而京娘至家中以後，父母兄嫂皆不信其清白，京娘含怨自縊。

　　戲曲《風雲會》則主要描寫了趙匡胤、鄭恩兩個人物的發跡過程。鄭恩打擂後，遇員外趙信，信曾觀其打擂，以爲英雄，以女京娘許之。恩至汴京遇趙匡胤，結爲弟兄。二人鬧御勾欄，趙救韓素梅。恩、胤二人分散，恩護送韓，除太尉韓通與昆嶺猩猩怪；胤又於途中救京娘，結爲兄妹，送還至家；恩胤二人相遇，共除惡霸董達及董家五虎。後共輔柴榮，榮去世，恩以黃袍加胤身，素梅爲貴妃。

　　事實上，趙太祖故事分爲兩個系列：其一爲送京娘，如元人彭伯成《京娘怨》等；其一爲發跡，如《殘唐五代》、《北宋》等演義。《風雲會》將二者合而爲一。

（五）《太平錢》

《太平錢》的故事最早出於《玄怪錄》，(《太平廣記》中題目後注出《續玄怪錄》，本有歧義)，故事載張老爲園叟，求媒婆欲聘鄉宦韋恕之女，人皆謂荒唐，韋恕戲言「今日內得五百緡則可」，張老遂出五百緡而娶韋女。女與園叟安居樂業，了無怨色。後移居天壇南王屋山下。數年後韋子義方前去相訪，知爲神仙。贈金及帽而還，以帽於王老處取錢一千萬。數年後又與張老有一面之緣。

到《喻世明言》中，故事則增加了許多情節

1、韋恕掌管駟馬監，雪天走失白馬，差人尋至張老園中，得馬，張老送園中之瓜。

2、韋家夫婦帶十八歲女兒去張老家答謝，張老即求婚配，被拒絕。

3、張老相思成病，請媒人說媒。韋恕戲言「來日辦十萬貫錢爲定禮，並要一色小錢」。

4、方北征回歸，於張老門首見妹妹，求見張老，欲殺之，張老攜文女離去。

5、義方去尋張老，知爲神仙，然再回家鄉，已歷廿載，父母已白日飛升。

傳奇《太平錢》除保留了小說中張老與文女婚事的主要脈絡以外，在情節、意境、結構上都有更大的突破。調整的情節如下：

1、張老有一童兒蒼雲；張老之友羅大伯（即《玄怪錄》中之王老，《張古老種瓜娶文女》中之申老）在第二齣中即登場。

2、韋恕之子韋固（字義方）於第三齣中亮相，有三不娶大願：非族若燕山不娶；非才如道韞不娶；非色比夷光不娶。後進京求親不成。歸途於夢中遇一仙人，言其未來妻子乃未滿周歲女嬰。該女父母雙亡，與老嫗一同打粥度日。固好奇，徑往探詢，果見此女嬰，異常憤怒，刺殺女嬰而逃。女嬰爲韓休搭救，收作義女。後固中狀元，向宰相韓休之女慧娥求婚，以張老所贈十萬貫錢爲聘，諧，乃昔之女嬰也。

3、張老知韋固將歸，乃攜文女先遁，固知之，誓殺張老，追至王屋山，知爲神仙。

二、接受及改編中表現出的特徵

傳奇與小說是兩種不同的藝術體裁，有一些區別牲特徵是自然的，並無可比性而言。比如戲曲中一般不會有作家出現，因而沒有絕對的第三人稱的

敘事手法，所有的信息都是由戲曲中的人物自行傳達的；而小說不同，作家（或者話本中的說書人）可以不出現，也可以時常走到讀者面前，做介紹、發議論，告訴我們人物的心理活動。這種敘事視角的不同是客觀存在的，是必然的，就像歌劇要唱，舞劇要跳一樣。但是作為可閱讀的文本，將某些因素進行對比，對於我們瞭解傳奇或瞭解小說，也許將有所裨益。上面我們只是羅列了傳奇與小說的故事情節有哪些不同或變化，是對二者做進一步比較的基礎。而在進一步的比較中，可以發現如下一些特徵：

（一）情節的複雜化

情節的複雜化有其必然性。首先，這是小說母題的發展規律。一個故事誕生了，在長期流傳的過程中，會沉積下各個時代的風尚、觀念，以及新增的想像和理想。這些都要靠情節的增加或調整來實現。而在一個故事尚未形成穩定的自身系統時，增加情節是首當其衝的。其次，「三言」是短篇小說集，傳奇則動輒數十齣，多屬長篇，所以情節內容的豐厚有其必然性。

所以李玉傳奇對「三言」的接受有一種只是情節的增加，服從於小說本來的主題。

比如《占花魁》，較之小說，增加的情節有「檄御」、「驚變」、「虜梦」、「渡江」、「卻醜」、「品花」、「北還」、「禿涎」、「僞冊」、「剿僞」、「會幡」。

其中前四齣為濃墨重彩描畫金兵南侵，莘、秦兩家及百姓於國難中的變故；「北還」、「僞冊」、「剿僞」寫秦良忠心為國，勇除叛逆；會幡則將秦良與莘善聚於一處共慶太平；這幾齣雖然篇幅不短，是較大的調整，但只是為故事提供了更典型、更廣闊的社會背景，並沒有構成喧賓奪主之勢。

而「卻醜」、「品花」、「禿涎」三齣更是對原有情節的一種生發，是為了使人物形象更加鮮明生動，從而增強作品的場上聲色，加強其觀賞性。

《人獸關》亦是如此。「慈引」以觀音開篇，為傳奇增加了神道設教的意蘊；「鬻妻」一齣將桂薪山窮水盡之相盡力寫來，是為了突出施濟之雪中送炭、桂氏受恩之深；「踵謝」與「獻女」寫出桂薪夫婦未獲藏金時之趨炎附勢；「惠姑」為桂女後來不至為犬打下伏筆，且反襯出其父母兄弟之忘恩負義；「拯溺」一齣借俞德之一腔熱忱反襯桂薪（因二人皆為施濟同窗）之冷酷無情。這些情節的改編都對小說有所超越，但主題並沒有質的改變，而是更加突出深化。

之所以這樣尊重小說原作，還有一個原因，就是這些小說都是「三言」中的名篇力作，故事的發展沉積已基本完成，主題已經確立，結構完整合理，

馮夢龍給李玉留有的空間已經不大了。像《占花魁》中著名的「勸妝」一齣，劉四媽的說辭甚至與小說原文並無二致。

而另一種接受或改編則不同。很多故事情節的擴充或調整已經超越了小說原有的主線、主題，形成一種轉變或一種昇華。

比如《眉山秀》，傳奇的主線沿襲了《蘇小妹三難新郎》中小妹與秦觀的愛情故事。但是蘇氏父子與王安石的恩怨鬥爭、新法之下的生靈塗炭、平民百姓對拗相公的怨聲載道，這些情節的加入都已遠遠超出了愛情戲的範圍，成為思索國計民生、描畫忠奸對立的另一主題。而在作為素材來源的「三言」四部小說中，只有《拗相公飲恨半山堂》有此種傾向，其餘如《王安石三難蘇學士》寫王安石之博學多才；《蘇小妹三難新郎》寫小妹之聰慧絕倫；《明悟禪師趕五戒》則借題發揮蘇軾與禪佛之淵源關係。

《風雲會》只將「千里送京娘」作為傳奇中之一段情節：全劇二十八齣，送京娘僅占三齣。主要人物又增加了一個，故事的時間和空間都擴展至更大的社會歷史舞臺。這當然是因為傳奇是繼承了太祖故事的發跡一脈，而從這種繼承中則可看出李玉對素材的選擇標準或與取捨傾向。

與《眉山秀》共看，可見：李玉一般不會將某一人物的某一性格或人格側面做為一部傳奇的主題，而是更多地將人物放在歷史的大潮中，展現其整體的功過成敗，從而實現作者對社會對國家的一種終極關照。這也是李玉傳奇創作的整體風格之一。

（二）結構的嚴整化

無論對小說，還是對戲曲，結構都是一條重要的藝術原則，不可不講。小說批評至明中後期，李贄，胡應麟等人都在小說美學的各個方面為小說創作提供了理論參考。而戲曲在元代就已經成熟，戲曲理論至明末清初已經蔚為大觀。而對結構的要求更首當其衝。如王驥德提出重視作品中的「頭腦」、「大頭腦」，要注意剪裁，講究針線；李漁則說要「立主腦」，「減頭緒」等等。

在戲曲理論的指導下，在長期的創作實踐和經驗積累中，到清朝初年，傳奇作家已經非常自覺地致力於結構布局的精巧嚴謹。而雙線式已成為一種約定俗成的新時尚。程國賦在《唐代小說嬗變研究》（310頁）中說：「明清戲曲為了達到其複線結構的要求，往往突出唐傳奇中份量明顯不足的一方的作用，或者增補唐代小說中所沒有的另外一種人物、事件，或者乾脆將兩篇情節相似的唐代小說合二為一，甚至以唐人小說摻合宋傳奇、元雜劇進行創作」。

　　李玉的《眉山秀》、《太平錢》、《風雲會》都採用了這種結構。《眉山秀》中主線是蘇小妹與秦觀的愛情故事，副線是蘇氏父子與王安石的宦海沉浮；《太平錢》主線是張老與文女婚事，副線是韋固一段注定姻緣；《風雲會》則主線是趙太祖，副線爲鄭恩。這種複線式結構組織了豐厚有序於「三言」的故事情節，也擴展了「三言」故事的主題。

　　「三言」中有一些經典之作，整體的藝術構思也令人無可挑剔。上面提到的《賣油郎獨佔花魁》、《桂員外途窮懺悔》即是此類。但是也有一些構思平淡無奇，缺少跌宕波瀾。如《太平錢》、《蘇小妹三難新郎》等。

　　值得注意的是，這種構思的缺陷我們似乎不能歸咎於馮夢龍。話本、擬話本本身就是一種不太成熟的案頭文學，是小說的較原始的樣態，保留了說書這一藝術形式特有的一些特徵。此其一。其二，馮夢龍曾編有《墨憨齋訂本傳奇》，對當時一些傳奇作品進行改編，其中包括李玉的《人獸關》、《永團圓》，以及畢魏的《三報恩》（蘇州派作品，亦取材於「三言」故事）等。他曾批評《風流夢》（即《牡丹亭》）說：「凡傳奇最忌支離」，「原本如老夫人祭奠，及柳生投店等折，詞非不佳。然折數太煩，故削去」（《墨憨齋訂本傳奇・風流夢總評》）。批評《永團圓》說：「上卷精彩煥發，下卷頗有草草速成之意」，「然余猶嫌蘭芳投江後，凡三折而始歸高公，頭緒太繁」（《墨憨齋訂本傳奇・永團圓敘》）。這些都可看出馮夢龍對傳奇結構的重視。而小說與戲曲同爲敘事文學，馮夢龍焉能一事而二法？或許這可爲「三言」中的那些結構鬆散粗陋之作並非出自馮氏之筆提供一個佐證。

　　在嚴整的大結構之下，李玉的傳奇在接受及改編「三言」時還重視了某些細節的描摹、氣氛的營造、戲劇衝突的強化。從而使作品的關目與布局清晰有序，點面相合。《占花魁》中「溺淫」「巧遇」等細節將秦重之體貼幫襯刻畫得惟妙惟肖；《人獸關》中的「鬻妻」一節，桂薪妻離子散，將桂薪的生活寫至絕境，戲劇衝突達到一個小高潮；《太平錢》中張老與羅老雪天沽酒；則營造了一種無喜無悲遊於物外的超然境界，等等。

（三）思想意蘊的保守化

　　李玉與馮夢龍在文學觀念上有一個共同點，就是都看重文學作品的教化功能。馮夢龍提出情教說，以小說爲六經國史之輔；又說「世人但勿以故事閱傳奇，直把作一具青銅，朝夕照自家面孔可矣」（《墨憨齋訂本傳奇・酒家傭敘》）。李玉亦在《人獸關》收場詩中說：「筆底鋒芒嚴斧鉞，當場愧殺負心人」。

　　但是二者又不完全相同。馮夢龍主要生活於晚明時期，思想界處於空前活躍的大解放狀態。封建正統的思想受到強有力的衝擊與挑戰。一種世俗的、以百姓人生苦樂爲焦點的文學創作成爲「三言」的最強音，那些最美的最有價值的故事往往是以下層百姓和小人物的情感、命運爲中心的。借用一個現代文學的詞彙可以說是「爲人生」的文學，「爲人生」的教化。所以我們能體會到一些生動眞切的人情世故，輕鬆隨意。

　　而李玉主要生活在清朝初年，經歷了國家滅亡的重大變故，而且自己「連厄於有司」，雖然安處於「塡詞」之業，但心中自有國家命運、個人命運兩種塊壘。所以傳奇中歌哭笑罵，總不失莊嚴凝重之氣。所以我們看小說《賣油郎獨佔花魁》，都會欣賞秦重的憐香惜玉，欣慰於美娘的從良正果，對其他則會一略而過。而看傳奇《占花魁》，則不能不跟隨作者體會國難當頭之苦、天下太平之樂。而李玉對秦種及莘瑤琴身份的調整，正是爲了把國難加進這場愛情戲中。

　　又如《蘇小妹三難新郎》等故事在「三言」中其實只是一種「傳奇」，小妹之奇才，王安石之奇才，充分體現了話本小說做爲一種市井文藝和市民文學的娛樂功能與娛樂特徵；但是《眉山秀》卻在融合幾個故事以後，凸顯出一系列正統的封建教化觀念：王安石之苛政害民，蘇老泉等爲民請命、蘇小妹之賢良不妒。

　　可以說，在思想意蘊方面，李玉與馮夢龍所持者乃一樣教化，兩樣情懷。這自然也會影響李玉對「三言」的接受與改編。

三、接受或改編得失之思考

　　李玉對三言的接受與改編實際上有兩個出發點：一是傳奇的體制要求，一是作者的情懷寄託。前者主宰了結構的調整，後者則決定了內容的增刪。

　　在結構與內容上，傳奇都明顯地較小說更加嚴謹完備。從文學素材的發展和戲曲體制的建立來說，這無疑是一種進步。從思想價值和社會價值來看，卻有得有失。具體來說：

　　《占花魁》中增加的國難戲雖則豐富了傳奇的社會內容，寄託了作家憂國憂民的情懷與思索，卻與整個故事所記述的愛情戲無太多因果關係，顯得有些生硬；調整過的人物身份，則在某種程度上減弱了作品的平民性。

　　《張古老種瓜娶文女》的故事的確單薄而無甚價值，然而《太平錢》所增韋固一條線索，雖然在最後韋固行聘時於十萬錢處與張老一線得以重合，卻也沒有必然的內在聯繫，較之小說，又多了一重宿命觀念而已。這與李玉傳奇在作品中一貫表現的奮爭精神不甚相合，值得思考。

　　《眉山秀》在思想與結構方面可以說都比「三言」更具理性與自覺性：將幾個主題各異（「三言」中或是記奇人奇事，或是宣講某種為人之道，可以說沒有什麼社會主題可言）的故事合而為一，在兩條主線下實現和諧統一，實屬不易。

　　最成功的改編當屬《人獸關》。雖然從小說到戲曲都只是宣揚因果報應勸人感恩圖報，但是激烈的衝突，富有戲劇性的情節，卻使得傳奇作品具有了蓬勃的生命力。

　　而從戲曲的演出與流傳來看，李玉增加的情節很少成為經典。在折子戲的選本中，《占花魁》中被選者多為愛情戲，如「一顧」、「受吐」等；《眉山秀》常演不衰者則為「試婚」等齣；《風雲會》被選者也多為送京娘一齣。

　　上面的比較，只是涉及了傳奇與小說情節、結構、思想意蘊等大致輪廓。李玉對馮夢龍「三言」的接受及改編還有許多細緻入微之處是筆者尚未觸及的。

　　文中所提五部傳奇，僅僅是李玉作品中的一小部份，所以據此而總結的特徵可能會符合但卻不能完全代表李玉傳奇的整體風格。

第二章　張大復

　　張大復，又名張彝宣，字心其，生卒年不可考。《傳奇彙考》中說他「居闆門外寒山寺，自號寒山。粗知書，好塡詞。不治生產。性淳樸。亦頗知釋典。」〔註1〕

　　張大復也是蘇州派中著述較爲豐富的一位作家，共作傳奇29種，今存11種：《醉菩提》、《如是觀》、《金剛鳳》、《快活三》、《海潮音》、《釣魚船》、《雙福壽》、《讀書聲》、《吉祥兆》、《紫瓊瑤》、《重重喜》；另有14種失傳：《芭蕉井》、《龍華會》、《雙節孝》、《娘子軍》、《小春秋》、《發琅釧》、《龍飛報》、《癡情譜》、《大節烈》、《羅江怨》、《新亭淚》、《金鳳釵》、《智串旗》、《三祝杯》；3種存梗概：《井中天》、《獺鏡緣》、《天有眼》；1種殘存：《天下樂》（僅存《嫁妹》一齣）。

　　此外，張大復還作有雜劇6種，合稱《萬壽大慶承應雜劇》，都已失傳；曲譜與曲論方面還編有《寒山堂曲譜》、《南詞便覽》、《元詞備考》、《詞格備考》。

　　康保成在劃分蘇州劇派成員時說，「張大復的作品，寫仙寫佛，寫癡寫顚，寫野人寫怪異，完全沒有蘇州派劇作中的正統腔調。雖然他與李玉有過交往，卻不能算是蘇州派的成員。」〔註2〕但其他各家研究蘇州派傳奇者卻還沒有將其拒之門外。筆者也暫且從眾，原因如下：

　　一是張大復在時代、地域、交遊等方面都具備了蘇州派成員的條件；二是張大復雖然多寫神道，但還有一部份作品甚至就是佛道作品中也表現出了

〔註1〕　無名氏《傳奇彙考》，397頁，書目文獻出版社，1993年。
〔註2〕　康保成《蘇州劇派研究》，30頁，花城出版社，1993年。

對現實世界的深切關懷；三是張大復作品雖然有的「藝術上流於粗糙」〔註3〕，但「作無失律語」〔註4〕，較「適合於舞臺演出」〔註5〕，其中佳作亦有不可泯滅之價值。

本章將擇取張大復的幾部作品進行思想意蘊方面的考察。

第一節　《如是觀》

張若虛以一首《春江花月夜》、崔顥以一首《黃鶴樓》就奠定了他們不容忽視的詩壇地位；如果說張大復的其他劇作多有瑕玼，那麼他的一部《如是觀》也足以確立其蘇州派作家的身份了。

《如是觀》是一部歷史劇，又名「倒精忠」、「翻精忠」，和明無名氏撰南戲《精忠記》、明湯子垂傳奇《續精忠》等劇一樣為岳飛與秦檜之事作翻案文章。

劇寫：「宋欽宗趙桓臘月上旬就預借元宵，傳旨大放花燈，恰文武狀元秦檜、岳飛遊街。大臣李若水說秦利北、岳利南，而使之分任河北行人司使和江南游擊將軍。金朝太子兀朮領兵直搗汴京，破城而入，宋眾臣各自逃命。金人以議和騙捉宋徽宗、欽宗北還，李若水罵敵被殺。秦檜降金，為博取信任，秦妻王氏主動以色相勾引金兀朮成歡。臥病的宗澤聞金兵入侵，招集眾將，並將兵將印信交付岳飛，呼『渡河殺賊』而死。岳飛私自回家探母，被母親責以大義，刺『精忠報國』四字於背，激勵岳飛為國忘家。康王趙構定都臨安，岳飛收複數郡。金兀朮派秦檜夫婦南歸行反間計，路遇岳飛，詐稱殺金看守而逃歸。二聖被遷到五國城囚禁，途中受盡飢寒苦楚。高宗賜繡旗與十二面銀牌勉勵岳飛。王氏得知岳飛連戰皆捷，東窗下設計謀害岳飛。高宗再賜精忠繡旗與十二面金牌，命秦檜差人送去，秦矯詔宣岳班師，欲乘機誣以通敵之罪。岳飛正懷疑詔書有詐，牛臯抓獲王氏所差送信與金兀朮之使，誆出實情，及時趕至揭露奸謀，殺使者。秦檜捉拿岳飛母親和妻婦入京，岳母囑岳雲助父殺敵。李綱負斧死諫，全家準備死節。高宗降旨斬李綱全家，

〔註3〕　吳新雷主編《崑劇大辭典》「張大復」條，顧聆森撰，465頁，南京大學出版社，2002年。

〔註4〕　吳梅《〈快活三〉跋》

〔註5〕　吳新雷主編《崑劇大辭典》「張大復」條，顧聆森撰，465頁，南京大學出版社，2002年。

幸得太后挽救。金兀朮不敵岳軍，送財帛美女賄賂岳飛及其門下，許以割地與宋、岳成鼎足之勢，岳飛不允。王氏於家中私審岳母，岳母大義凜然，痛斥王氏。金兀朮擺鐵浮屠陣困住岳飛，岳雲闖陣而入，通力殺敗兀朮，進入東京。王氏派刺客潛入岳軍營中，伺機刺中岳飛，岳飛詐死，誘兀朮，但兀朮為神所救。岳飛親到五國城迎二聖南歸，拿秦檜、王氏處極刑，岳氏滿門封贈」〔註6〕。

　　雖不能說這是一部現實主義的劇作，但它卻具有現實主義的思想與情懷。針砭時弊，字句鏗鏘；頌揚忠義，慷慨激昂，在此意義上，一貫談佛說道的張大復卻頗有李玉之風。

　　這可以從如下方面感覺得到：

一、對現實的批判

　　蘇州派作家的一個共同特點就是關心社稷安危，關心國家存亡。而這種關心在歷史劇或時事劇中多通過對現實的批判傳達出來。《如是觀》亦是如此。

（一）對朝政的批判

　　因為題材為靖康事，所以要對朝政進行批判是自然的。第二齣宋欽宗一上場，作家就讓他對父皇及自身做了一次「批評」和「自我批評」：

> 「我父太上道君皇帝，在位二十六年，邊庭雖有羽書之警，海內幸有昇平之樂。因此留情木石，醉意花鳥，奇珍寶玩無不搜集……自朕即位已來，且喜風調雨順，武偃文修，正可及時行樂。方才內宴初罷，懶於視朝……今乃臘月初旬，傳旨京城大放花燈，為之預借元宵，我與太上皇設宴於萬壽山，同樂太平之景。」

　　就在此時，人報有邊庭事啟奏，欽宗卻說：

> 「這些文臣一個個小事大言，小題大做，偏有這許多絮聒！」

　　我們看到雖然身重九五，徽欽二帝卻並不知以江山社稷為己任，此時竟能將朝臣奏事視為絮聒，日後金兵之「絮聒」自然無以當之。

　　除此，作家也借金兵之口說：

> 「那汴京花酒古來多，昏迷了趙家哥，萬壽山徹夜聽笙歌。嵌金珠不知野外有飢寒苦。滿道上短歎長吁，幾多價流離痛楚，端只為蔡京童貫坐朝都。

〔註6〕　李修生《古本戲曲劇目提要》「如是觀」條，411頁，文化藝術出版社，1997年。

那宋官家即位之後，終日耽迷酒色，信任姦邪，朝政荒疏，怨

嗟道塞，將老兵殘，城虛糧盡」。（第三齣）

還有借大臣之口說之者：

「下官李若水，官拜兵部侍郎，不意聖上情怡酒色，不理朝政。

因此邊烽不絕。」（第四齣）

僅僅是開篇四折的有限空間，作家就用了如此多的筆默來反覆強調一件

事，可見其對徽欽二帝一味笙歌、不思進取、不理朝政、不知江山圖治的強

烈不滿與強烈譴責。

除了皇帝，作家也批判了那些貪生怕死的朝中大臣。當金兵進城，百官

紛紛逃命，劇中有一段對白：

眾（群臣）：阿呀，李大人不好了。那金兵勢焰滔天，攻破宣化

門，入城來了。我每三十六著走爲上著。

末（李若水）：城既已破，必須保駕出城逃難才是。

眾：呸，我每自己也顧不來，那裡顧得皇帝，走嚇！（眾下）

末扯丑：阿呀將軍住在此保駕出城！

丑：他每多去了，扯我一個做奢？

末：你是武將。養軍千日，用在一朝。

丑：你可曉得養軍千日，用在一跑。你若扯我，我就一刀逃命

嘎。（下）

末：阿呀，你看這些公侯，如今多抱頭鼠竄而去，國家大恩，

置之何地也。呀呸！（又）那些文武將臣，闊論高談閒坐朝堂，今

國家有事，在何方？（第四齣）

正因爲群臣奔命，當徽欽二帝欲至陣前與金兵議和時，只有李若水一人

隨駕。欽宗不勝感慨：

「我國家養士二百餘年，並無一人，今日惟愛卿一人耳！」（第

四齣）

第十四齣，二帝風雪中棲於古廟，有一野老進食，欽宗又說：

「我國家高官厚祿養士百二餘年，到今不見一人！」

這字裏行間是否也表現出了對宋朝一貫秉持之重武輕文政策的不滿情緒

呢？錢穆曾說：「收復北方失地，此乃宋王室歷世相傳的一個家訓……但是不

能再讓軍人操握政權，亦是宋王室歷世相傳更不放棄的另一個家訓」〔註7〕。其實統治者往往如此，欲以史爲鑒，尋一良策來避免政權的分割，但政權往往被由此產生的新的弊端所蠶食，如周代的分封諸侯、唐代的藩鎮割據等，宋代的杯酒釋兵權或許也是此類——「宋祖謂趙普曰：五代方鎮殘虐，民受其禍。朕今用儒臣，分治大藩，縱皆貪濁，亦未及武臣十之一也」〔註8〕，所以宋朝有優待文人學士的種種表現。雖然「關津無備，將怠兵殘」（第三齣，金小卒語）的現象亦爲冗兵、經濟貧弱等其他因素所導致，卻不能不說與崇文抑武有相當直接的關係。

（二）對秦氏夫婦的批判與諷刺

秦檜夫婦的千古罵名來自兩個方面，一是對岳飛的無端陷害，二是對金國的投降政策。因爲這兩樁罪對人心傷害之深，所以後世的秦檜故事多盡其醜化之能事。比如蒲松齡《聊齋誌異》中的《秦檜》，寫殺一豬去毛後肉上有字：「秦檜七世身」，且「烹而啖之，其肉惡臭」。在《如是觀》中，作家也對此二人做了辛辣的諷刺和盡情的批判，或者程度不下於《聊齋》故事。

秦檜身爲國家重臣，心中卻無國無君。他說：

> 「世人盡把君親重，偏我老秦不用。我欲飄西轉東，只落得眼
> 下通容」（第五齣）

金兵渡河他與王氏俱被俘，繼而二帝被擄，在這樣國恥家仇之下，他卻仍能爲自己的利益得失而計。而其夫人更有妙論：

> 「如今時勢，圖了虛名，就失了實利。難道金邦不吃飯，金邦
> 不穿衣，金邦不戴烏紗帽？」（第五齣）

於是他們爲自己找了一條戰和皆宜、可進可退的全身之路：結好金人，博取信任，「再尋機會用些奸巧詐術」（第五齣王氏語）取信宋朝。而南歸後，他們更不思臥薪嘗膽以圖保國，卻以金兀朮所送六字爲「聖旨」——「主和議，殺岳飛」（第十齣），因此對外私通敵國，對內陷害忠良。

若只是如此，作家似乎難泄心頭之憤。於是他不僅誇張地表現了秦檜見利忘義的不忠之舉，還借其妻王氏與金兀朮的一段「浪漫」故事，將秦檜夫婦爲謀求富貴而不擇手段之卑鄙嘴臉十分不堪地漫畫出來。第七齣中兩人商議好以王氏之色相騙取金兀朮信任，王氏說：

〔註 7〕錢穆《國史大綱》，540 頁，商務印書館，1997 年。
〔註 8〕錢穆《國史大綱》，540 頁，商務印書館，1997 年。

「拼取出妻獻子，欲圖拜將封侯。若得我夫婦榮華，方顯我溫
香第一籌」。

勾引金兀朮上鈎後，秦檜竟膝行而進，卑躬獻媚：

付：小臣秦檜聞知太子遊獵至此，特備斗酒助情的。

貼：就是我丈夫，平昔最老成的。

淨：好個知趣的官兒……秦檜，我與你老婆成親吃個合巹酒，
你意下如何？

付：但拙妻不堪侍奉太子，倘蒙不棄，臣之幸也。待小臣把盞。

（第七齣）

這恐怕是國人心中最重的恥辱了。但作家卻讓這對夫婦沐之如春、甘之
如飴。且自此以後，王氏即將所得富貴盡歸功於金兀朮，南歸以後仍念念不
忘。她還不時對秦檜說：

「為人須要知恩識耄，你今富貴，竟忘了四太子昔日之恩，真
乃禽獸不若」。（第十六齣）

得知金兀朮的拐子馬被岳飛鈎鐮槍所破，她非但沒有喜色，反而為金兀
朮擔驚害怕。於是忙與秦檜商議，假傳聖旨，宣岳飛還朝。在送假詔同時，
她又送金兀朮私書荷包，這時二人又有一段不堪的對白：

貼：不要閒說，假詔要緊。

付：夫人，四太子的私書也是要緊的。

貼：啐！

付：我恐怕夫人忘了，下官是知趣的人嚇，哈哈哈！（第十六齣）

如果將這些劇情與史實相對照，自然是無證可稽的。倒是在朱佐朝的《奪
秋魁》中亦有此種情節，可以做一聲援：

外（金都統制瓦里布）：果是你妻子？看你不出，到有這樣一個
好老婆。如今看你妻子分上，就升你一個參謀，你妻子早晚要到我
帳中陪酒侍奉，不得有違。

副（秦檜）：多謝元帥厚愛。只是秦檜還有一計奉獻，使宋朝人
馬盡遭荼毒，金國皇帝能一匡天下。以報大恩。（《奪秋魁》，第六齣）

這樣，作家們對秦檜與王氏謀害岳飛的陰謀就不僅僅是一種現實主義的
揭露，而是加入了更多藝術的想像，當然，不難看出，這種想像中融入了作
家分明的愛憎情緒。作為英雄義士的岳飛，他所承受的千古深冤以及由此而

帶來的民族悲劇，讓後人有太多的遺憾和怨恨，而且永遠都無法彌補，因為歷史是不能改變的。但是作家以他特有的方式給了後人以一種發洩或安慰的機會，雖取境不高終屬虛幻，卻能得一時之快。

二、對忠義的宣揚

頌揚忠義，是蘇州派傳奇中統一的主題。即便對家人奴僕、市井小民的刻畫也是以此為最高境界。對身關國家興亡的文武大臣來說，忠義更成為蘇州派作家的深切期待。這期待中寄託著他們的社會使命感與民族自強心。在《如是觀》中對忠義的頌揚有如下表現：

（一）對二帝的同情

前面我們說過，在《如是觀》中，作家在一開篇就歷數了徽欽二帝的昏庸以及無能。但是當金兵入城，二帝被擄，作品的情緒卻一變而為同情、悲傷和怨恨。在第五齣、第六齣、第十一齣、第十四齣，作家以濃墨重筆描寫了二帝及太后、皇后被擄至金國的苦難歷程。衣食不周，行路艱難，身心備受折磨，人格備受凌辱。在金人的逼迫下，太后觸階而死，皇后自縊而亡。作家極力地營造了整個過程中人物的苦楚悲淒。

第十一齣北行路上，徽宗病弱，欲求一口粥湯亦不能得，皇后梓童拾枯枝籠火四人取暖：

〔集賢賓〕生來未知饑餒憂，正虛度春秋，也叫不出個龍床，就在地下蹂，比氍毹繡褥還浮，夫妻子母且圖個團圓聚首，休眉皺，且受他僝愁。

然而這樣淒涼的團圓也轉瞬即逝，金都傳下俘虜文書，其中卻沒有太后和皇后，於是差人不肯帶二後同行，致使二人相繼自裁。徽宗哭太后：

〔貓兒墜〕你衰年白首，露死在荒丘。便是鐵石人心也淚流。一霎天昏地慘是何由？啾啾，眼見得棺槨衣衾何處搜求！（第十一齣）

要抵達五國城時，他們歇於一所古廟，欽宗獨白：

「呀，你看這頹窗敗壁、墮棟空椽。香爐煙斷，鳥鵲為巢，神座堆塵，狐狸留跡。風號雪猛，地慘天昏。在這古廟之中，好不悽慘人也！」（第十四齣）

這些曲詞或賓白情真意切，將國破家亡之痛、顛沛流離之苦盡情地表達出來，令人讀之而悲，讀之而憤。而作品前幾齣對二帝的批判至此則為之一轉，一部份轉化為對二帝的同情悲憫，一部份則必然轉化為對侵略者金國的仇恨。也許正是在此意義上，作品實現了其應有的教化作用。

（二）對忠臣的謳歌

與前面對姦臣的批判相對，劇中亦有大量對忠臣的謳歌。正是因為忠臣的存在，正是因為忠臣對姦臣的勝利，才有徽欽二帝的還朝。這也是本劇題目「如是觀」的本來用意：「二聖南還酬素志，群臣戮力除奸惡，假真當作如是觀，開懷酌」（第一齣，家門）。

劇中選取的忠義人物主要有李綱、宗澤、岳飛，都是歷史上主張抗金的剛烈之臣。

秦檜南歸以後，固守和議政策。對主戰的大臣排擠陷害。而李剛「一味剛直，真心為國，忠肝義膽，奮不顧身」（第二十齣，李家蒼頭語），所以寧肯碎首金階也要向皇帝進諫。他讓蒼頭將自己捆起，且囑咐家人，此去若不得生還，要將遺骨拋於西湖之內，他說：

> 「為人臣者，怎忍見君父陷於虜廷而不能救，國家大仇而不能
> 報，反見奸人竊柄，此乃名教之罪人也，安可安葬！」（第二十齣）

在他的感召下，夫人不惜死節，孩兒甘心死孝，蒼頭寧願死義，忠孝節義之心，竟可集於一門。

宗澤也是懷有一樣情懷，他將帥印交付岳飛，囑眾人說：

> 「我死何足惜，但恨君父受此慘禍，聞之五內迸裂，我死之後，
> 公等當思忠義，為國報仇，我死在九泉，一靈兒只在諸公馬前旗下
> 矣！（第八齣）」

臨死前也叫眾人不要安葬，他說：

> 「你每不知，二聖陷於虜穴，為人臣者，怎忍安然就土。直待
> 諸公掃盡金酋，迎回二聖還朝了，那時才與我薄治棺殮，只要諸公
> 在我靈前高叫一聲，說宗留守宗澤，今日二聖還朝了，那時我就……」
> （第八齣）

宗澤嘔血而死，留下了亡國之臣臨終前共同的期望：王師北定中原日，家祭無忘告乃翁。

劇中的核心人物當然是岳飛，他一出場，忠義之氣便凜然而起：

〔神仗滴溜〕「軍民鬧吵，旌旗護道，把英雄圍繞。念此君恩難報。十年磨劍功，一朝光耀。問朝野不平，爲君除掃」。（第三齣）

當然，這種忠義之氣亦來自岳母的精心打造。第九齣中岳飛因母親病而私自回家探望，岳母斥問說：

「啊呀，自古君親本是一體，你母有疾，爲人子者，不親侍湯藥，可爲孝乎？今君父有難，爲人臣者，不鞠躬盡瘁，可爲忠乎！汝身早出晚歸，則我倚門而望，今君父有難，陷入虜廷，當此國破家亡，正是你立節揚名、以顯父母，你怎麼又把我來藉口，你事君不能盡忠，事親焉能盡孝麼？不忠不孝，非吾子也！」

爲了讓岳飛牢記報國之心，岳母爲岳飛刺了「精忠報國」四字，然後說：

〔會河陽〕「我二十載諄諄明言，教你食人之祿怎無爲。我將報國精忠刺入血皮。你當日夜牢記：念君奮力把胡酋滅，念親及早把捷書寄。（第九齣）

就這樣岳飛的忠君觀念逐漸形成，第二十四齣兩軍對陣，兀朮試圖說服岳飛退兵，岳答：

「我岳飛但知有君，不知有身」。（第二十四齣）

忠肝義膽的報國之心，加上所向披靡的絕世勇武，終於成就了人們幾百年來的徽欽二帝南歸夢。

三、藝術特徵

吳梅在《快活三》序中說張大復「共著傳奇三十三種，《如是觀》、《醉菩提》最膾炙人口，今歌場中當未絕響也。」〔註9〕這種「膾炙人口」來自其高水平的藝術創造，這裡擷取兩點，做初步探討。

（一）曲詞之美

《如是觀》的曲詞與李玉時事劇、歷史劇風格相類，都是在悲傷中蘊含一種壯烈。

在作品的前半部份，以描寫金兵勢勝、二帝北上爲主，體現一種悲愴之美。

如金兵渡河以後，皇城危在旦夕，百姓與群臣紛紛出逃，這時李若水唱到：

〔註 9〕 吳梅《〈快活三〉跋》

〔引〕一座孤城累卵相，知此身死葬何方？看殺氣偏微、彼軍何壯！問天天意兒怎向？〔白〕萬戶傷心絕炊煙，中原黎庶受迍邅。可惜黃河東去水，變做胡兒飲馬泉。（第四齣）

當金兵入城，李若水又有一段獨白：

「阿呀，你聽殺聲震天，莫非金兵入城來了？咳，正是鼓無聲兮山寂寂，夜正長兮風淅淅。阿呀，叫我如何是好！」

金兵要求欽宗陣前議和，臨行前，他對李若水說：

「李卿，孤此去啊，〔歎〕生和死枉商量，天，天忍把吾家喪！」

徽宗：〔獅子序〕只爲兵戈亂、宗廟亡，死和生，憑誰主張？顧不得屈身倒、著冠裳，惟願取從今以往保全我家和國、父和兒、夫與妻，團圓無恙！（第四齣）

在金營中，李若水罵賊而死，二帝唱：

〔江兒水〕我死知目下不甚差，吞聲掩面難干罷。父子夫妻生拋下，君王臣宰難招架。做了一場虛話。這錦繡江山一煞時煙消物化。（第六齣）

又如宗澤空懷一腔抗金鬥志，無奈趙構昏庸、自己老病而不能出兵：

白髮衝冠，丹心如昨，未審孤臣怎生著落。主暗臣庸天地陰，羽書風火動人心。胡酋未滅身先死，常使英雄淚滿襟（第七齣）

而當岳飛掛帥出征，宋兵節節勝利，曲詞中則壯了許多聲勢。特別是岳飛的唱詞和賓白都足以令人振奮。比如在將與金兵交戰，岳飛的唱詞：

生〔引〕衝冠怒發忠心壯，誓圖恢復君恩蕩。

萬里風沙咽鼓鼙，三軍殺氣傍旌旗，丈夫志氣當如此。肯放胡兒匹馬歸。（第十五齣）

寫出了戰場上兩軍對陣的緊張與壯闊，其中又透露出岳飛報國的雄心與必勝的信念。

（二）改編及其意義

即使最信實的歷史劇，也不能和歷史真實相比擬。孔尚任曾給他的《桃花扇》做考證的附注，李玉的歷史劇也被稱可目爲信史。但是其中的虛構也是得到證明的。如果將《如是觀》的劇情與史實對照，則更有諸多不同。其大的虛構即有三處：

其一，秦檜夫婦與金兀朮關係。在《宋史》秦檜傳中，秦檜南歸確有疑點：「檜之歸也，自言殺金人監己者奔舟而來。朝士多謂檜與棗、傅、樸同拘，而檜獨歸；又自燕至楚二千八百里，踰河越海，豈無譏訶之者，安得殺監而南？就令從軍撻懶，金人縱之，必質妻屬，安得與王氏偕？」〔註10〕後人之猜測與想像應亦如當時。但畢竟只是想像而已。

其二，岳飛不受還朝聖旨。劇中使臣送來的是秦檜所擬假詔，被牛皋查知，岳飛因而知情，所以能從容應對：

　　淨：那金牌來召，必要班師了，不然，即爲抗旨。

　　生：天使，岳飛可是抗旨，可惜事在唾手，此機會一失，再不

　　可得，只求天使緩言回奏，寬限岳飛十日，不能平定兩京，迎還二

　　聖，岳飛自供抗旨之罪。（第十八齣）

而史實是見十二字金牌，「飛憤惋泣下，東向再拜曰：『十年之力，廢於一旦。』」岳飛班師時，百姓遮馬痛哭，「飛亦泣下，取詔示之曰：『吾不得擅留』」〔註11〕。歷史軌跡的偏轉，往往就在英雄一念之間。而事實上這「一念」看似偶然，又往往出於必然。愛國忠君，使岳飛能奮力殺敵，直搗敵穴，也是愛國忠君，使岳飛揮淚退兵，慷慨就死。而這中間的得與失，對與錯，對千年前的古人，應是難以苛責的。

其三，迎取二聖回南，獎忠除奸，秦檜就戮，岳氏一門俱得封贈。

這樣，張大復就按照人們幾百年來的願望改編了歷史，他自己也爲此而欣慰：「岳侯至此何曾殞，幸今朝已戮姦臣，願邊疆從此太平。復國仇盡掃胡塵，論傳奇可（此字似應爲何）拘假眞，藉此聊將冤恨伸，本色填詞不用文，嬉笑成歌，削舊爲新。」（第三十齣）這正可看出張大復創作歷史劇的態度，是以劇情之輕馭史實之重。這是與李玉有所不同的。李玉一般會盡量貼近歷史的眞實，讓人在眞實的情境中體味歷史賦予的沉重與悲愴，所以他的歷史劇會被目之爲「信史」；而張大復則喜歡將歷史加以主觀的改寫，讓人在幻想的情境中療治歷史帶來的憂患與創傷，可謂寓怒罵於嬉笑之中。

徐復祚曾說：「要之傳奇皆是寓言，未有無所爲者，正不必求其人與事以實之也。」〔註12〕張大復的傳奇創作正是以這種觀念爲指導，所以才有《如

〔註10〕　《秦檜傳》，見《宋史‧卷四七三》（第20冊），13749頁，中華書局，1977年。
〔註11〕　參見《宋史‧岳飛傳》
〔註12〕　徐復祚《曲論》，見隗芾　吳毓華《古典戲曲美學資料集》，151頁，文化藝術
　　　　社出版，1992年。

是觀》的誕生。而《如是觀》能夠成為傳唱一時的名曲，除了曲詞的壯美與關目的緊湊，這種符合百姓意願的改寫也應是重要的原因之一。

第二節　佛道及其他作品摭談

周妙中《清代戲曲史》說「從整體來看，張彝宣的劇本貫穿著一種思想——善有善報，惡有惡報。情節大都離不開神佛鬼怪。這是與他對佛典很熟悉分不開的。」〔註13〕

張大復的作品中的確有許多宗教描寫。現存的十一部作品中，除《醉菩提》、《海潮音》《釣魚船》是完全取材於佛教故事，其他作品也多涉神道情節，即使以現實主義為主要傾向的《如是觀》、《金剛鳳》，裏面也有神怪情節出現。但是這些佛道作品或佛道描寫卻不能一概而論、簡單地視之為宗教思想的教科書。

一、對現實世界的省視

宗教的產生源自人類對客觀世界認識的不足和對生活及命運的某些不滿。給不解一個解釋，給不滿一個補償，這其實就是宗教最樸素的現實意義。而張大復「頗知釋典」，又潛心於佛道題材的傳奇創作，在客觀上說明了他於現實世界的失落態勢。但是作為一個沒有完全脫離現實的曲家，在部份作品中，仍可看到他對現實世界不能釋懷的關注與省視。

比如《海潮音》寫的是觀音得道前後的故事。貴有四海的妙莊王不知滿足，欲求長生不老。為此，他求法於妖道，妖道告訴他：「爾可收五歲以下三歲以上嬰兒三百六十，取其腦髓，加以丹砂藥物，清晨服之」另外，「擇幼女十三以上十六以下三百六十名，每夜幸其一」（第三齣），如此荼毒生靈，妙莊王竟奉為神旨，不僅不接受女兒妙善的阻諫，還不惜用種種傷害女兒及百姓的手段來實現自己的目的。先將妙善打入白雀寺為尼，又欲讓其招妖道為婿，最後終於將妙善絞死。當然，因為妙善本是靈氣化生，當成正果，如來佛也要解妙莊國民之苦，所以長眉尊者收伏聖嬰大王解救諸難，妙善也終證菩提。又獻雙目以療母疾，獻雙手以解父毒。

〔註13〕 轉引自李修生《古本戲曲劇目提要》，407 頁，「讀書聲」條，文化藝術出版社，
　　　　 1997 年。

作品中自然有對佛道之爭的展現，有佛法無邊的宣傳。如果將其與傳統的儒家思想聯繫起來也許會顯得牽強，但是其中情節仍可使人產生對現實世界的聯想與省視。並可發現儒道相融之後的倫理道德在劇中的反映。對妙莊王，作品希望他能回到愛人愛民的立場上來，對妙善，作品賦予她儒佛兩教共同提倡的孝道精神。而這些，正是晚明以來，世風日下的背景中，人們對傳統倫理觀念的一種由衷呼喚。

這裡不妨看兩段張大復在《金剛鳳》中記錄的社會現實：

> 外：朝廷信任姦佞，提防亡國之憂，起造御勾欄，恣意淫縱，又差內臣，到此江南各郡，採選良家秀女，珍奇玩好之物，以供內庭遊樂，內臣出來，即借景生情，狐假虎威，打州罵縣，又要民夫，又要兵丁護送，又要車馬舟船，需索百端，怨嗟滿道，盜賊蜂起，豈是個太平景象。不知我身，畢竟如何結果。（《金剛鳳》第三齣）

> 副：老身臨安一個老嫗，十年孀居，並無男女。每日在村中與人補綴漿糨度日，近來說道，朝廷要在江南點選秀女，各處不論鄉村城市，兒啼女哭，又聞得孀居婦人，都要押解進京，惟有老身聽天由命。那些女兒們，也不論好歹，都被官府拿去，送與欽差公公選擇，父母號哭，連我老身沒處趕趁。（《金剛鳳》第四齣）

可見，張大復對點選繡女之事是不以為然的。我們不是要索隱式地說他在佛道作品中的徵集嬰兒幼女皆本於此，但由此至少可以看出，張大復不是完全出世之人，單純地談佛說道可能不是他的唯一意圖。

在《醉菩提》十六、十七、十八三齣中，描寫了濟公化虱為促織兒，王溜兒因以擺脫貧窮之事。宋公公與毛公公有一段對話：

> 副：毛公公，你有回生之喜。可知道我今日有宗極賞心之事。

> 小生：有何喜事，試說一遍。

> 〔前腔〕〔公私〕是秋興鬥促織兒。奈時乖運敗。俯首伏雌。小監正在焦躁。忽有個小廝，叫王溜兒。拿個促織來賣。只得五百貫錢。本監進宮去。潢池一奮，盡洗日來羞恥。連勝三局。太后賜玉帶蟒衣。王太尉貫御監叩頭奉酒。〔歡怡〕解帶王侯欣賞賜。眾宮娥除簪珥。這促織兒，竟與我爭得氣，奪得名。也算得一個掙家子孫。豈但子孫，也是我的祖宗了。

小生：妙呀。本監也年年喜養。今歲爲有病，不曾養得，聽公公一番言論，豪興欲飛。今寶物還在麼？

副：本監不敢忘他恩德。打了個金盆兒，玉窩兒，異錦奇綾包裹著。還著孩兒們伏侍水食。（第十八折）

促織一蟲而已，卻有金盆玉窩，而王溜兒卻一家饑餒，困頓欲死。縱然作家是無意之筆，我們也可由此看到了當時社會統治者聲色犬馬、下層百姓卻食不裹腹的嚴酷現實。

所以郭英德說：「在張彝宣的神佛劇中，仍不乏厚實的世俗人生內容」，所以雖寫神佛，其實是用「神佛外衣包裝的社會劇」〔註14〕。

二、對理想的描摹及其他

張大復是一個理想主義者，從他的傳奇作品來看，總是在用某些出世手段來實現一些入世的夢想，真正以宗教思想爲旨歸欲使人皈依佛道的作品並不多見。

不妨看一下他的《快活三》。這是淩蒙初《拍案驚奇》第一卷、第十二卷——《轉運漢巧遇洞庭紅》與《蔣震卿片言得婦》兩個故事的合璧。劇寫臨安人蔣癡，無以爲業，搭朋友商船消遣遊玩。由此運轉，先偶遇鴛兒，結爲夫婦。後帶橄欖在海上漂泊至邱慈國，國王食橄欖而病癒，於是賞賜財寶三車，並與他一起進貢中國，皇帝賜他進士出身，任揚州刺史。在《拍案驚奇》中，這兩個故事一個不意得財，一個偶然得妻，《快活三》卻變本加厲，二者得兼，又要加官進爵，正因爲如此，劇名爲快活三。

這是一個諧俗性較強的故事。劇中人物的功名富貴不是通過十年寒窗苦讀而後得來，也不是歷經風險磨難而後得來。他就是主人公的命運，在該來的時候就大大方方地不請自來了。劇中情節曲詞以及賓白，也以本色見長，詼諧幽默，輕鬆自然。所以此劇的價值，更多地存在於娛樂層次，可在某種程度上滿足人們對好運的期待心理。

《釣魚船》則是一個複雜得多的故事。本事爲劉全進瓜，小說戲曲都有此題。年輕的漁民呂全與妻子陶氏欲在舟中飲酒遣興，術士李淳風請渡，二人同醉。李臨別時指引呂全應去何處下網。龍王因水族受損，殺害陶氏，並

〔註14〕 郭英德《明清傳奇史》，368 頁，江蘇古籍出版社，2001 年。

找李淳風尋釁，不想因此引來殺身之禍。雖然與皇帝說好設法阻止魏徵，卻沒有生效。魏徵夢裏斬了龍王。皇帝被龍王告至地獄，李淳風與魏徵設計挽救太宗，並延其陽壽。皇帝欲爲陰間的天妃送瓜，呂全爲見妻子主動請纓。到地獄後不想還陽，感動天妃，令其還陽。皇帝召眾人齊賀，呂全夫婦回到釣魚船上，仍舊過他們的打漁生活。

在這個故事中，最感人的理想莫過於呂全對妻子的思念及二人對自由自在的漁樵生活的留戀與執著。

《讀書聲》中的宋儒，也於意外之中得了妻子、財寶，又得官爵。

如此等等，讓我們看到，在張大復的筆下，喜劇爲多，悲劇爲少。無論他筆下的人物奉行什麼樣的理想，一般都會實現。而理想的實現，多是因意外機遇或命中注定。

可見，在張大復的筆下，一方面人物不同性質不同層次的理想都得到了展現，受到了承認，一方面卻因爲命運或機遇的絕對力量而使人的主體價值減弱並受到忽視。這可能源自於張大復的佛教思想，所謂一飲一啄，莫非前定；也可能來自於張大復對社會的不滿，對現實的失望。

張大復在這些作品中對理想的處理方式，也讓我們想到《如是觀》的創作。在《如是觀》中，作家也是以四兩撥千斤的方式讓人們實現了「還我河山」的崇高理想。所以我們看到，張大復傳奇創作中一個基本統一的方向，那就是高揚理想主義，超越現實、超越歷史的理想主義。

第三章 朱素臣

朱素臣，名㠾，是蘇州派重要作家。與朱佐朝爲兄弟。生年不詳，多取1621年，卒年亦不詳，但可確定在康熙四十年（1701）以後〔註1〕。根據史料記載和學者研究，他與李漁友善，與葉燮有交往，與吳綺關係密切〔註2〕。

朱素臣劇作豐富，共二十種。

獨立創作的傳奇今存十種：《錦衣歸》、《未央天》、《聚寶盆》、《十五貫》、《文星現》、《龍鳳錢》、《朝陽鳳》、《秦樓月》、《萬年觴》、《翡翠園》，已佚七種：《振三綱》、《狻猊璧》、《忠孝閣》、《四聖手》、《一著先》、《瑤池宴》、《全五福》；

另有與人合作傳奇今存兩種：《四大慶》〔註3〕、《四奇觀》〔註4〕，已佚一種：《定蟾宮》〔註5〕。

另外，他還曾和葉時章共同編定李玉的名作《清忠譜》。

〔註1〕 沈德潛《淩氏如松堂文宴觀劇》詩云：「憶昔康熙歲六巳，橫山先生執牛耳。堂開如松延眾英，一時冠蓋襄陽里。灑酣樂作翻新曲，（原小字注：時朱翁素臣製曲，有《杜少陵獻三大禮賦》、《琴操問禪》、《楊升庵妓女遊春》諸劇）尤笛鷗弦鬥聲伎」（見《歸愚詩鈔》卷十）

〔註2〕 民國二十年《吳縣志》：朱素臣，以字行，佚其名。嘗助玉參訂《北詞廣正譜》，又與李漁友善。著傳奇十八種。
康保成《蘇州劇派研究》說：「相比之下，吳綺與朱素臣的關係更爲密切。康熙初年，揚州妓女陳素素與書生呂貫戀愛，受盡苦楚，其情愈篤。吳綺將此事寫成一傳，寄給朱素臣，素臣即據此寫成《秦樓月》傳奇。」

〔註3〕 與邱園、葉時章、盛際時合撰。

〔註4〕 與朱佐朝等人合撰。

〔註5〕 與盛國琦合撰。

　　朱素臣的劇作流行很廣，在《秦樓月》刊本上題有「笙菴傳奇第十五種」，「刊刻極精，可見諸劇當時皆有刻本」〔註6〕，但現在其他諸作所存者皆爲抄本。

　　吳梅在評價李玉時說：「獨李玄玉《一》《人》《永》《占》，直可追步奉常。且《眉山秀》劇，雅麗工煉，尤非明季諸子可及，與朱素臣諸作，可稱瑜亮」〔註7〕，可見朱素臣的地位在吳梅心中是不亞於李玉的。

　　而朱素臣的傳奇創作也的確取得了較爲可觀的成就。這種成就體現了蘇州派傳奇的整體風格，即題材類型廣泛、弘揚傳統道德、兼擅於案頭場上。同時，朱素臣也有自己的風格，即在善與惡的較量中傳揚道德之光，在理與情的折衷裏體現中和之美。

第一節　《秦樓月》等愛情劇

　　朱素臣在幾部劇作中，都寫到了青年男女的婚姻愛情，但《翡翠園》、《錦衣歸》所寫，實際上已完全淹沒在善惡的鬥爭或道義的宣揚等其他指向中了。只有《秦樓月》、《龍鳳錢》，是眞正具有純粹寫情意義的。

一、《秦樓月》及其本事

　　《秦樓月》是一部根據眞實故事改編的傳奇。萊陽書生呂貫偶見姑蘇美妓陳素素在貞娘墓上的題詩，慕其才情，癡心找尋。終於在游民陶吃子與賦閒的鎭國將軍劉嶽相助下得以相見。兩人情投意合，以心相許。呂貫不顧僕人許秀阻諫，與素素盟訂百年。吳興惡棍王慶、胥大奸潛逃至蘇州，劫取素素及其侍女繡煙，同至太湖落草，欲強二女爲壓寨夫人，二人寧死不從，繡煙被殺，素素以頭觸石，矢志不渝。僕人許秀爲讓呂貫進京赴試而謊稱素素被拐至京師，貫欲訪素素遂至京應試。陶吃子得知素素下落後，報與許秀。秀僑裝扮作醫人，見素素，素素將青絲一縷、指環一枚請許秀轉交呂貫。後輾轉被劉將軍救出，至呂貫好友、吳興太守袁皓處安頓。呂貫相思成病，以素素髮煎藥，服之而愈。後貫中狀元，回鄉尋訪素素，袁、劉二人戲言爲他另覓佳人，直至喜筵擺開，貫仍表示非素素不娶，花燭成禮，方知正是素素，才得遂心。朝廷降旨，此一干人或被陞官或被旌表。

〔註6〕　鄭振鐸《插圖本中國文學史》，1013 頁，人民文學出版社，1986 年。
〔註7〕　吳梅《中國戲曲概論》，188 頁，上海古籍出版社，2000 年 5 月。

據王永寬考證：書生原型為姜實節，字學在，明末名臣姜埰次子：呂姓原出姜氏（如姜太公即呂尚）故以呂代姜，實字繁體為「實」，節取部份為「貫」字，因此呂貫即姜實節化名。〔註8〕

《明史》傳曰：「姜埰，字如農，萊陽人，崇禎四年進士……國變後，流寓蘇州以卒。且死，語其二子曰：『吾奉先帝命戍宣州，死必葬我敬亭之麓。』二子如其言。」〔註9〕但《明史》本傳中並未提及其二子名字。

清初人魏禧（魏叔子）撰有《敬亭山房記》、《明遺臣姜公傳》、《姜母王少君墓誌銘》、《萊陽姜公偕繼室傅孺人合葬墓表》、《姜氏乳媼墓銘》等文，〔註10〕對姜氏家事敘述頗詳。其中《明遺臣姜公傳》被張潮收入《虞初新志》，改題為《姜貞毅先生傳》。由此數篇文章可知有關姜實節生平者如下：

姜實節為姜埰次子，母親王氏，富家之女，1627年生，十五歲（1641年）嫁為姜埰側室。1646年（順治三年）姜實節出生。姜實節十四歲時，有江上之變。從此隨父母流寓吳中。

其中《姜母王少君墓誌銘》有姜實節口述其母生平一段：

「實節再拜起言曰：先妣以崇禎辛巳歸家君，家君適由儀真令升禮部儀制司主事，妣隨行，紆道歸萊陽至京師。明年（1642年——筆者注），家君考選禮科給事中，冬十月上疏劾宰相下獄。妣禁一室中，家人不相見才兩閱月。嫁時資裝掠無遺。明年（1643年——筆者注）萊陽城破，先大父光祿公仗節死，先大母至京師。十月，妣奉大母避亂廣陵。甲申國變，高兵亂，奔無錫，而家君先以詔免死戍宣州衛，未至遇赦，由無錫挈家居無門，已轉徙浙東。明年（1645年——筆者注）居天台，兵奄至，家君獨奉大母夜遁，妣與家人不知所向。時城中人盡竄走，妣偕兩僕婦趙氏、徐氏夜出覓食，晝伏亂山深草中，凡五日，遷道墟。海潮大作，庭前水頃刻高數丈，幾不免。明年（1646年——筆者注）春，覓家君新安。時吳、越間戎馬塞途，妣乃呼趙氏為母，徐氏為姊，度二鼓，覓道間

〔註8〕　李修生《古本戲曲劇目提要》，文化藝術出版社1997年版，第442頁，「秦樓月」條，王永寬撰。
〔註9〕　張廷玉等《明史》，中華書局版，第6665頁。
〔註10〕　魏禧《魏叔子文集》，中華書局2003年版，第734頁，854頁，910頁，913頁，979頁。

行，五鼓輒避匿，辛苦萬狀，然後達。三月由新安至儀眞，五月復
由儀眞至新安，七月復至儀眞，九月生不孝實節。」

「實節年十四爲己亥（1659 年——筆者注），家君往吳門，適有江上之變。
由此段中紀年來年，姜實節應生於 1646 年（丙戌），即順治三年。

《全清詞》中收姜詞二首，並介紹說：「姜實節，字學在，號鶴澗，原籍
山東萊州，後寄居於吳。垛子，生於順治四年（1647），工詩善畫，爲時所重。
有《焚餘草》」。〔註 11〕此處所言姜實節生年與《姜母王少君墓誌銘》所記不
符。

清代浙派詩人厲鶚亦有詩《題姜學在畫松爲鮑西岡運判作》云：「萊陽姜
仲子，矯矯清節後。獨特桑海身，畫松只畫瘦」。清人董兆熊注：「《國朝詩別
裁集》：姜實節，字學在，山東萊陽人，流寓吳中。學在爲貞毅先生仲子，好
古畏榮，布衣終老」。〔註 12〕

《秦樓月》第二齣呂貫獨白：「小生呂貫，字儀生，萊陽人也。先君官拜
黃門。直諫爭傳鳴鳳。……只因兵亂齊封，遂爾家留吳郡。」從這幾句話來
看，與歷史上的姜實節身世至少有三點頗可吻合：一，萊陽人；二，父爲諫
官，且直諫傳名；三，因戰亂流寓吳中。

姜實節與陳素素情事所見記載不多。

據徐軌《詞苑叢談》卷八「吳壽潛醉春風」條記載：「萊陽姜仲子，嬖所
歡廣陵妓陳素素，號二分明月女子。後爲豪家攜歸廣陵，姜爲之廢飲食。遣
人密緻書，通終身之訂。陳對使悲痛，斷所帶金指環寄姜，以示必還之意。
姜得之，感泣不勝，出索其友吳彤本題詞，吳爲賦醉春風一闋」。〔註 13〕但是
這「必還」可能最終也只是一場夢寐，吳綺在《秦樓月》序中說：「黃鵠晨鳴
欲飛焉而且止，紫騮遠去既行矣而安從？少婦空歎於倚樓，王孫亦悲於破鏡。
似蠶絲而不盡，但有纏綿，望烏角以何期，惟存宛轉」。〔註 14〕從這段話裏
也可以看出，姜與陳因故分離，不能相從，唯有相思而已。

「又據《國朝畫識》卷 17，姜陳相愛事在康熙五至八年間（1666
～1669）。《多羅豔屑》亦云：『宣德窯脂粉箱……本宮中物，萊陽姜

〔註 11〕　《全清詞》，中華書局版，第 8449～8450 頁。
〔註 12〕　厲鶚《樊榭山房集》，上海古籍出版社 1992 年版，第 1055 頁。
〔註 13〕　徐軌《詞苑叢談》，唐圭璋校注，上海古籍出版社 1981 年版，第 214～215 頁。
〔註 14〕　吳綺《秦樓月》序。

學在費重貲以購，貽其姬孫素素。素素江都人，美而豔，能畫，又

善度曲，自名二分明月女子，好事者譜爲《秦樓月》傳奇」」〔註15〕。

　　吳綺亦有《姜仲子宣窯脂粉箱題詞》，收入《林蕙堂全集》，可證姜實節

買此箱爲實。但此題詞中並未提及陳素素事。《林蕙堂全集》中還收入了吳綺

爲陳素素《二分明月集》所作的序，其中亦未曾提及姜實節。不過從《二分

明月集序》及《秦樓月序》都可看出吳綺對陳素素悲苦身世的瞭解與同情，

如他在《二分明月集序》中說：

　　　　「極豔原生於極淡，多情遂至於多愁。箭苗湘山，已是淚盈之竹；

　　　桃開露井，生成命薄之花。紅粉淒涼，哀吟昔昔；朱顏飄泊，長恨年

　　　年。月下勻箋，灑啼痕以染墨；燈邊織錦，裁愁緒以抽絲……一雙紅

　　　豆，春風自種相思；十斛眞珠，夜雨徒聞獨歎。是以言多扼腕，集號

　　　斷腸。洛下才人感觸難歸之日，江東詞客悲生不嫁之年。豈獨蛾眉寫

　　　怨，灑玉筯以成痕，驚髻含啼，對金缸而顧影也哉」〔註16〕。

二、《二分明月集》與陳素素其人

　　陳素素原型爲揚州名妓，自號二分明月女子，有《二分明月集》，〔註17〕

收入她的詩作五十二首（其中《擬子夜四時歌》四首），另附有天水（即姜生）

贈詩五首。《秦樓月》（第四齣）中呂貫見素素在眞娘墓上的題詩後曾說：「觀

其詞意，大都少年名妓所作，命意最苦，措句偏工」，用來概括此集，應爲一

種的評。吳綺亦在《二分明月集序》中稱讚說：「泣類窮圖，究是閨房之阮籍；

弔懷知己，可稱巾幗之虞翻。」

　　集中有《月華》一詩云：

　　　　「半夜廣寒宮，光華迥不同。天圍五色處，人在二分中」。

似爲其號「二分明月女子」之用意與來歷。

　　集後附有諸多題詩，其中有前面提到的吳綺弟婦小畹夫人題詩二首。與

《詞苑叢談》所載略有不同。《詞苑叢談》云：「……吳園次（吳綺）以二分

明月女子集、鵑紅夫人集寄弟玉川。乞其婦小畹夫人題跋，夫人有絕句云：

郵筒才到一緘開，明月鵑紅寄集來。閨閣文人應下拜，吳興太守總憐才。又：

〔註15〕轉引自李修生主編《古本戲曲劇目提要》，文化藝術出版社，1997年，第442頁。

〔註16〕《文淵閣四庫全書》第1314冊，臺灣商務印書館版，第296～297頁。

〔註17〕附於《秦樓月》刊本後。

朝來窗閣曉妝遲，小婢研朱滴露時。歌吹竹西明月滿，清輝多半在君詩」。《二分明月集》後的題詩無「吳興太守總憐才」句，而是「更誰能及潁川才」。

從集中五十二首詩的題材來看，可大致分爲四種：一爲感懷身世，如《述懷》、《憶親》等；二爲與天水（《秦樓月》中呂貫上場詩中亦自稱「天水佳兒」云云）贈答，如《鳳仙花呈天水》、《抵維揚寄天水》等；三爲思怨（多寫苦病相思），如《病起》、《病中聞雁》等；四爲雜詩（多感於人物古蹟、四時風景），如《清明》、《二十四橋》等。

在感懷身世的詩作中，有三首是可注意的：

其一：

> 妾本貧家女，少小在蕪城。十三學刺繡，十五學彈箏。亂離不自持，非意失吾貞。百年一遭玷，誰復憐我誠。傷哉何所道，棄擲鴻毛輕！

—— 《述懷》 ——

其二：

> 煙水茫茫思不窮，白頭何處更飄蓬。誰憐失路伶仃女，猶在高堂夜夢中。

—— 《覓二親蹤跡不可得感傷而作》

可見素素是在與親人失散後淪落風塵的，情非得已、心有不甘，空懷一片癡情卻無人能予以珍視。她爲此哀傷失落，抑鬱不平。

其三：

> 年年浪跡爲蛾眉，略記生辰在此時。苦恨一身難自主，空憐百事總成悲。慈鳥有夢歸偏遠。文鳳無緣意獨癡。只喜陽春好時節，梅花心事歲寒知。

—— 《二十初度寫恨》

「苦恨一生難自主，空憐百事總成悲」句寫出了素素渴求主宰命運而不能的刻骨悲愁與深切遺憾。「慈鳥有夢歸偏遠。文鳳無緣意獨癡」句則可看作她勞燕分飛之愛情結局的比喻象徵。

在與天水生贈答的詩中，有如下幾點是應注意的：其一，如果《二分明月集》中的贈答詩是以時間先後來排列次序的，則可以看出兩人之距離爲先廝守而後遠別、情感爲先風流纏綿而漸至愁怨相思。如第一首《和天水生見贈韻》：

臨邛曾愛酒家圖，得見相如果甚都。豈惜琴心通一笑，不知曾聘茂陵無。

猛聽鸚哥喚客聲，裹簾一笑已含情。玉郎可奈清狂甚，夜合花前問小名。

贈答詩第七首《接天水書感賦》：

一雁西來送遠音，字痕遙共淚痕深。爲憐司馬殷勤意，不在當時綠綺琴。

最後的贈答詩《端陽前三日接天水書以衣見寄病中作答口占二絕用讀永懷》：

榴蔪紅巾吐絳脂，一函遙寄淚痕滋。從今白紵當風處，盡是春蠶繭上絲。

蛺蝶金泥香漸消，感郎深意夢魂遙。殷勤爲指庭前柳，不是當時抱裹腰。

其二，《秦樓月》與《詞苑叢談》中所記素素以指環相贈事應爲實有，素素有詩《剪指環寄天水》：

佩帶金環記有年，一朝傳語寄郎前。團圓不是艱難事，只要郎心金樣堅。

天水生亦曾在寫給素素的詩中言及金環之約：

病骨逢春不易支，如何青鳥信偏遲？卻叫轉憶金環約，蟋蟀燈前夜雨時。

這與《長恨歌》中「但令心似金鈿堅，天上人間會相見」之句頗有相似，可見二人對其愛情之堅貞不渝及美好嚮往。

在雜律詩中，除在吟詠歷史人物與事件中顯現出的空靈與睿智而外，極爲重要的一點則是素素對古來癡情女子之愛情悲劇與命運悲劇的深切理解與無限感傷，由此表現出以古諷己、借他人酒杯澆心頭塊磊的苦寂情懷。比如在《秦樓月》中被原文引用的《眞娘墓》：

香紅歇，青山一閉無年月，無年月，松枯栢老、同心難結。

天公不管花如雪，消磨鶯燕憑誰說，憑誰說，秋煙秋雨，幾堆黃葉。

美麗的眞娘以生命爲代價，證明了自己的貞節，但是歲月悠悠，陪伴她的只有沉靜的墓穴與無盡的寂寞，在風雨飄搖黃葉凋零的秋色裏，素素所吟詠的不僅是墓中的眞娘，也是風塵中的自己。

再如《七夕戲爲織女催妝》：

> 見說雙星會，歡娛在此宵。文鸞初待駕，靈鵲已成橋，掩扇人
> 疑笑，支機路不遙。相逢漫相別，莫似我無聊。

牛郎織女雖然一年只有一度相逢，但在素素看來，已是一種不可企及因而也格外值得珍惜的人生美景。這自然是由於她與天水生天各一方的切身處境而使然的，於最後一句點睛之筆可以見出。

由《二分明月集》的藝術來看，有如《述懷》那樣用古詩出以蒼涼之感者，亦有用小令、律絕、感情淒婉纏綿、用事新巧精緻者。比如：

> 病不禁秋，燈花空向愁人笑。一聲相叫，塞雁初來到。　　無
> 限淒涼，更把淒涼報。音書少，此情堪老，莫與天知道。
>
> ——《病中聞雁》
>
> 池水深不極，池邊芳草亂。我欲覓魚腸，割得閒愁斷。
>
> ——《劍池》

綜上，由此詩集可知且有助於讀解《秦樓月》者大概有三：一，素素可能由於某種變故而與親人離散，被迫落入風塵，她對於此種境遇深感悲哀，而又萬般無奈；二，素素先與天水贈答，後爲寄和，後竟病至心灰意懶，自焚詩稿，可見二人勞燕分飛的悲劇結局；三，以其詩作來看，的確是錦心繡口，才情兩善。

三、朱素臣愛情觀念的保守與亮色

（一）素素形象的塑造與妓女人格的涅槃

有學者說：「蘇州派在愛情問題上的基本主張是『發乎情，止乎禮義』；以理節情，情理折衷。最能體現這種創作原則的，要算是朱素臣的《秦樓月》」，又說：「這樣一個樸素的愛情故事，經過朱素臣的改編，布滿了濃厚的說教氣氛，愛情與綱常被勉強撮合在一起」〔註18〕。這一結論自然是有確鑿根據的，不過，在「說教」背後，還有一層怨恨、悲哀、苦楚與不平透發出來。

〔註18〕康保成《蘇州劇派研究》，文化藝術出版社 1992 年版，第 96 頁。

　　素素對「理」的靠攏由兩個重要的情節體現出來：一是弔眞娘墓。「紅顏同調誰憐汝，青冢知心更數誰？」這是她憑弔眞娘時的獨白。《青樓小名錄》記載：「眞娘，吳國之佳人也。時人比於錢塘蘇小小。死葬吳宮之側，墓多花草。風雨之夕，時聞絃歌之音。行客慕其華麗，題詩墓樹。舉子譚銖書絕句於其處曰：虎丘山下冢累累，松柏蕭蕭盡可悲。何事世人偏重色，眞娘墓上獨題詩？」〔註19〕曹林娣在《吳地記》「虎丘」條注釋中說：「眞娘，唐時吳之名妓。傳云本姓胡，父母雙亡，墮入青樓，擅歌舞書畫，守身如玉。後因反抗鴇母壓迫，投環自盡。此墓爲青年王蔭祥所建。」〔註20〕可見眞娘其人，做爲一個妓女，除了美豔才華而外，令人矚目感懷者乃其守身如玉之一種堅貞。劇作家讓人物出場就去弔眞娘，其貞節之人格則一筆即已定下基調。當然，素素憑弔眞娘，有兩種感情存焉。一是欽敬，一是同情。這種欽敬就是奠定素素貞節之志的心理基礎。

　　另一個重要情節自然是「貞拒」，匪賊劫掠素素後，欲強之成婚，並以爲她女妓而已，會自然順從，所以對她的拒絕很不以爲然：

　　　　淨：陳素素，你不過煙花女子，今日偏這等撇清麼？

　　　　旦：奴家雖本煙花，此身已有所屬。今日到此，惟有青萍甘蹈，
斷斷白璧難污。（《秦樓月》第十五折）

　　王、胥二盜殺侍女繡煙後又威脅素素，素素即觸石求死。這樣，身爲妓女的素素在爲愛情而捨棄生命的烈舉中完成了她的人格涅槃。而這種涅槃對素素來說實爲必須。因爲她與呂生定情之後就面對一種對其身份、人格、情感的懷疑。先是呂生之僕許秀的勸諫：

　　　　浪擲金錢，這也還是小事，相公你試想著，我們何等人家，相
公何等身軀，清清白白，討個青樓進門，難道不要被人嘲笑的？（第
十一折）

然後是呂貫的動搖：

　　　　「我且權向家中，勉強再住幾日，打聽素素病體全愈。看他如
何相待，再作商量便了。」

　　　　「他（許秀）道煙花中人，情誼最少，少甚麼，遇客傾心，逢
人說嫁，那眉眼叮嚀，都是假。」「小生也不敢盡信，卻便想著婚姻
二字，原自草草不得。終身事相關大，怎敢是處巫山便當家。」「怎

〔註19〕　轉引自王書奴《中國娼妓史》，嶽麓書社1998年版，第117頁。
〔註20〕　陸廣微《吳地記》，江蘇古籍出版社1999年版，第66頁。

麼說個恩斷義絕，只此素心相對，詩酒可以共娛，何必論姻婭，情
黏齒牙，俺和你共整旗槍且鬥茶。」

婚姻與情愛，二者本應統一，但在此時的呂貫心中卻不乏矛盾之處：情
愛可以任性，婚姻卻難違理。因此跨越了禮教樊籬的女性，可能會獲得男人
的一段愛情，卻常常失去與此男人一生的婚姻，《鶯鶯傳》的故事即屬此種，
所以呂貫此刻的躊躇與疏遠也是不足爲奇的。

但在此過程中，素素的幾句賓白和唱詞卻很有份量，也頗可尋味，不妨
視爲理解作家思想觀念的一扇明窗：

〔旦微笑介〕：妙哉紀綱也。風絮浪萍，青樓本色。呂郎有此諍
僕（指許秀），是嚴師，亦是益友。使妾聞之，不覺卓然起敬。
〔山麻楷〕只一句錐心話，令十萬青樓一齊聲啞。

此處的「微笑」頗有意義，此時此景，素素微笑著說出這樣的話來，對
許秀眞的是「敬」嗎？對所謂「紀綱」、「青樓本色」是欣然認同嗎？這裡面
實有一種怨恨，一種悲哀。和前面《述懷》詩中「百年一遭玷，誰復憐我誠。
傷哉何所道，棄擲鴻毛輕」對看，其中之苦楚不平清晰可見。

而「十萬青樓一齊聲啞」更從一種普遍的意義上對整個妓女階層予以了
關懷、理解和深切同情。這便是朱素臣的積極價值所在。雖然他也讓女性回
歸理的規範之中，但與其說是以此證明理學之合理，宣揚禮教之神聖，不如
說是以此證明女性命運之可悲、揭示禮教因襲之沉重。因爲他清楚地看到，
如果不通過「理」的烈火的焚燒，女性，特別是妓女，就不能實現人格的涅
槃，就不能獲得愛情的新生。用理來洗滌自己，這是他爲妓女尋找的一條無
奈之路。因此我們才看到了「貞拒」這一齣戲。

（二）許秀形象的局限與超越

這種對出路的找尋與劇中對陳、呂眞摯愛情的傳神描寫交織在一起，使
朱素臣的作品雖然不反禮教，卻能於道學之外透出一種溫情。這一點可從劇
中某些其他人物身上的找到更多表現。

先以許秀爲例。許秀一般是被做爲忠諫諍言型的義僕形象來看待的。
〔註21〕這是從主僕關係中他所秉持的處事原則得出的印象。若從他對陳、
呂愛情的具體態度來說，這個人物更有可看之點。

〔註21〕參見李玫《明清之際蘇州作家群研究》，中國社會科學出版社 2000 年版，第
143 頁。

呂貫初與素素交往時，許秀便極力反對，先後拿出祖宗、功名等進行勸沮，在勸阻方式上也巧妙執著，能曉之以理動之以情，呂貫對素素的疏遠和動搖就是他苦諫的結果。但是得知素素被劫至匪寨以後，他卻竭盡全力去營救。先是找劉將軍求助，繼而自己喬裝打扮，深入虎穴，見到素素以後也忍不住落下淚來，臨行前一再問素素可有什麼話要帶與呂貫，又跋涉赴京，去給呂貫送信。他的嘴上，的確時時不忘禮法、功名，但是他的行為，卻將那些道學氣一步步、一層層地沖淡了。他不能像茗煙之於寶玉那樣參透主人種種「荒唐可笑」的心思並代而言之或代而行之或慫恿相隨，這或許可視為他的局限之一，於生死之間能赴湯蹈火之原動力是為了主僕之義或許也可視為他的局限之一，然而他畢竟沒有任素素在盜匪之處自生自滅，而是多方斡旋以求其生路，這種難得的超越，將傳統之「義」塗上了一抹新鮮色調。

另，劇中呂貫之友吳興太守袁皓、鎮國將軍劉嶽等不僅自始至終都不曾對陳、呂這份感情置一別辭，甚而鼓舞有加、拔刀相助；呂貫本人也雖有動搖卻終是一念不移。這些，都使《秦樓月》在整體上形成寬鬆人道的氛圍，讓讀者對陳、呂的愛情充滿期待、充滿信心。

換一角度言之，如果朱素臣真是道學家，為什麼要寫呂貫中了狀元又一定要尋覓素素，為什麼不實話實說地將本事的結局寫入戲裏？為什麼不讓呂貫將素素作為尤物來拋棄呢？這種迥異於唐傳奇小說《鶯鶯傳》的故事結局，讓我們看到了劇作家的筆經過了時代與歷史的沖刷後，某種程度上擺脫了禮法的因襲重負，從而以日漸純淨的色調，為被侮辱被損害的女性以及其愛情勾勒著寬容的空間，也反映出作家本人對男性、對愛情的新鮮的價值期待。

（三）《龍鳳錢》及離魂的價值

在朱素臣的愛情劇中，能感到作家對有情人的深深同情，對有情人的深深理解。他總是想找一個出路，讓他們既不受理或禮的指責，又能獲得感情的歸宿，《龍鳳錢》也是一例。

《龍鳳錢》是以兩枚金錢來經緯情節的。劇寫唐明皇遊月宮，並在月宮中投下龍、鳳錢各一枚，發願說拾得龍鳳錢者，男為翰林，女為次妃。官宦小姐周琴心與書生崔白分別拾得。兩人在進宮路上相遇，互生愛慕。但這份愛情遇到了巨大的阻礙：琴心被安置在長信宮等待冊封，崔白請旨漫遊，兩人即便相見也難得機會。正如劇中崔白之僕墨賓所說：「你道皇帝家裏的人可是想得來的？」（第十齣）於是琴心在宮中抑鬱成病，崔白也輾轉不能釋懷。

這時，作家爲主人公想出了一個辦法，通明法師先指出這龍鳳錢的功用：

「前以廣大法力契引吾主遊覽月宮，擲去龍鳳金錢二枚，無非爲崔生周氏二人的姻緣張本」。(第九齣)

繼而崔白向法師求得靈符，攝至琴心魂魄。兩人的愛情在半眞實半虛幻之間開始了。此後又經歷了種種波折，才得有情人終成眷屬。

在這部戲中，沒有出現禮之限制或理之責難，但主人公所面對者乃是至高無尙之皇權、逾越無計之等級。要何種偶然與僥倖才能突出重圍呢？作家選擇了「離魂」。

事實上，自《倩女離魂》寫出男女相愛一件奇聞始，至《牡丹亭》借離魂故事寫出杜麗娘之一種至情，離魂已成愛情境界中最爲幻美之一種。因爲離魂之事必定出於極端癡情之人，離魂之事也必定迫於極端無奈之境。而從這種對眞情呼喚的最強音，實際上也可聽出劇作家對現實超越的最無力。因爲，離魂一方面意味著人物要與相愛之人生死相隨，意味著愛情的眞摯與堅定；同時也意味著這種相隨在現世界中不具可行性，意味著愛情的無望與逃亡。

當然，從戲曲藝術的接受角度考慮，離魂故事中包含著某種程度的世俗傾向；從離魂的思想根源及文化背景考慮，其中顯示出神不滅論等民間宗教或信仰傾向。然而，從作家對愛情婚姻的觀念而言，又無疑蘊含著作家對人性的理解尊重，對眞情的熱切呼喚。

小　結

在這兩部愛情劇中，朱素臣的一個不尋常之處是他對男主人公眞情的描繪。在他們心上，愛情不是風流韻事，而是一片赤誠；愛情不因時空阻隔，不因貴賤別移，也不因禮法泯滅。

但朱素臣也有局限之處，即在處理愛情戲的矛盾衝突時，還存在著對理的崇尙與對神道的依賴。朱素臣的這種局限是與明清時期戲曲的整體傾向一致的。周育德曾指出：「明清戲曲家的言情說是在儒釋道三教合流的思想土壤上產生的，言情說的倡導者們都無法徹底擺脫傳統思想因襲的重負。所以，他們的言情理論和實踐都存在著不可避免的缺陷。」〔註22〕還進一步說明，這種局限表現在三個方面：理論上的混亂，向禮的退卻，向宗教的退卻。

〔註22〕周育德《明清曲論中的言情說》，《戲曲研究》，文化藝術出版社 1985 年版，第 17 輯。

　　朱素臣的這兩個愛情故事，《秦樓月》無疑是表明了作家向禮的回歸，而《龍鳳錢》則是向宗教的回歸。但是，就在這種種回歸之中，我們仍可看到作品的本質，都是在寫情。禮或者宗教，都只是通向情的一條可行之路，而不是情的歸宿或目的。就是說，作品是情本位的，而不是「道」本位；是在頌情，而不是傳道。這對於情與理、情與現實的討論，仍具有一種新鮮的意義。

　　從蘇州派作家群體的角度考慮，則應看到，雖然我們可以認爲蘇州派作家的思想在整體傾向上是趨於傳統的，但是這並不妨礙我們在對每一個作家、每一部作品的體味中尋取那些更具體而微的富有個性的甚至具有積極意義的某些獨特價值。

第二節　《翡翠園》等社會劇

　　除愛情戲而外，朱素臣的創作了大量成就不菲的社會劇。比如《十五貫》、《未央天》、《翡翠園》、《聚寶盆》《朝陽鳳》、《錦衣歸》等。

　　將目光投向普通百姓，將視角擴大至平民的世俗生活，這是蘇州派傳奇在戲曲史上較爲突出的一個變化，也是較爲明顯的一種進步。而最符合這種特徵，又最具現實意義者是朱素臣之作。在他的社會劇中，寫國家興亡、社稷安危者並不多見。僅《萬年觴》、《朝陽鳳》二劇涉及社會中較高階層，但前者虛多而實少，後者雖寫海瑞對張居正排擠之鬥爭，其中起關鍵作用者實爲婢女紫苔。所以朱素臣的社會劇，已將關注的焦點在相當程度上移向下層社會，從而勾勒出了較爲新鮮的戲劇畫面。

一、對世俗生活的描繪

（一）人物身份的平民化

《十五貫》中有一段客商的對白：

　　　　外：士農工商，各執一業。我等雖居四民之末，每常放浪江湖；
　　　　可憐他每半世辛勤，那得我們快活。

　　　　淨：正是。爲工的朝傭暮作，爲農的春耕夏耘，可憐半世辛勤，
　　　　那得我每快活。

　　　　外：不要說家工微業，就是爲士的，到底不似我每瀟落，偃蹇
　　　　的多，發達的少。（第八齣）

從這段話不難看出，當時士農工商地位的變化，較明顯處即士的落寞和商的興起。這也意味著，作家對社會各個階層都在給以清醒而深刻的關注。所以在朱素臣的劇作中，出現了很多市井中人物，他們都已不是情節的點綴，而是對主人公命運、對全劇關目都有關係的重要角色。這些人物可大致分爲以下幾類：

下層讀書人：

如《翡翠園》中的舒德浦、舒芬父子，《十五貫》中的熊氏友蘭、友惠兄弟，《未央天》中的米新圖、米世修父子，《錦衣歸》中的毛瑞鳳等。他們中的某些人如舒氏父子、米世修、毛瑞鳳等一般在劇情後半部份或結尾之時或得中科舉，或幸叨功名，但是在主要情節關目中，他們的身份仍是布衣。

市民與小吏：

如《翡翠園》中，以舒德浦爲中心，作品描寫了一群身份低微的平常人物：趙氏母女，「家傳穿花點翠爲活」，屬手工業者，王饅頭則「三代相傳是理刑廳裏青皮子」，一個皂隸；袁鐵口，算卦先生。

再如《聚寶盆》中漁民沈萬三夫婦、樵夫張尤兒及其妹張麗娘，《龍鳳錢》中呂伯達一家，《秦樓月》中陶吃子，

奴僕侍婢：

如《未央天》中的馬義夫婦，《朝陽鳳》中的紫苔，《秦樓月》中的許秀。

遊俠豪士：

如《錦衣歸》中的十八姨、程洐波。

當然，朱素臣劇作中也不是沒有達官顯宦帝王將相，只是從情節角度來說，他們的地位與作用已經退化，已不再是左右故事發展的最有力人物。

讀書人亦是如此，劇情使他們展現出的往往不是讀書人特有的價值觀念或行爲風範，而是他們在日常生活中所遇到的一般問題。可能事關生死，但也與治國平天下無太大關係。其身份所應有的特別意義和價值已經消解在市民化的境遇中了。雖然讀書人在劇中行當多爲生角，主要矛盾與戲劇衝突多發生在他們身上，但是劇情的光彩之處多會分散於其他角色。

比如《翡翠園》故事的眞正開始是舒德浦路遇正欲賣妻抵債的王饅頭，見義而爲，將三十兩束脩傾囊相贈，使其免於妻離子散之苦。王饅頭受恩知報，在舒德浦被麻長史欺凌誣陷至身陷囹圄時，他兩次冒險將其放走。而趙

氏母女做爲舒家的緊鄰更是對其關愛有加，在舒家因貧困一籌莫展時，她們以銀相贈，在舒德浦即將問斬時，翠娘鋌而走險，盜得令牌，與王饅頭合作挽救了舒德浦性命。劇終翠娘與麻小姐同歸舒氏之子舒芬。可以說，若沒有王饅頭和趙氏母女，舒德浦的故事就無以支撐。

《十五貫》中的人物自然是況鍾最爲光彩，他清廉正直，勤政愛民，是他的才智、責任感、勇於爲命請命之精神，挽救了四個年輕的生命，成就了這個有趣而動人的一段公案故事。但是不能忽視，劇中構建起整個故事的人物，卻多是市井小民。熊友蘭、熊友惠兄弟是貧苦書生，後來友蘭迫於生計而出門經商；馮氏父子是經商爲業、另一個被害人游葫蘆是屠戶，爲熊友蘭慷慨捐資的陶復朱是商人。

寫忠奸鬥爭的《朝陽鳳》，主要矛盾發生在海瑞與宰相張居正之間，但是使矛盾轉機或解決矛盾的力量中不可忽視的人物卻是紫苔，一個海府的婢女。

凡此種種，都可看到在朱素臣筆下，平民化的人物受到了越來越多的關注，取得了越來越高的地位和越來越重的份量。而蘇州派作家對題材的開拓、對社會生活的廣泛關注一方面是借國家興亡、忠奸鬥爭等大事大非表現出來，一方面也正通過這樣的平民生活畫面表現出來，這也是蘇州派曲家身份人格邊緣化特徵的直接結果。

（二）題材的世俗化

朱素臣作品的題材也顯示出了一種世俗化的傾向。這與他描寫人物的平民化傾向相輔相成、互爲因果。如果將其作品按題材進行分類，大致可得如下幾種：

1、公案

有兩種。其一是早已家喻戶曉的名作《十五貫》。它以神奇巧妙的構思、曲折精彩的情節給了人們一個好官、一個好故事、一場好戲。

其二是《未央天》。論案情，《未央天》並非比《十五貫》遜色許多。劇寫：書生米新元宵家宴，出現房梁墮鼠等一系列凶兆。米新圖避禍南京，順便探望病中的兄長。其兄臨終前囑託米新圖將嫂嫂陶氏帶回原籍。然其嫂不貞，風流成性，原與鄰居侯花嘴私通，又來勾引米新圖，被拒絕。侯花嘴乾與陶氏欲圖長久快活，侯殺妻子李氏，割卜頭顱焚棄，將屍體置於陶氏門前，藏陶氏於別室。又首告米新圖強姦殺嫂。知縣嚴刑逼供，將米新圖問成死罪。

且限比屍頭。米家僕人馬義之妻臧婆自殺，讓丈夫將頭代陶氏之頭交出，以免主人受刑之苦。米新圖之子世修爲無銀錢活動，賣身官員殷銘新家，侯花嘴亦將陶氏賣至殷家做養娘。馬義進京爲主人滾釘板告狀。御使聞朗明斷案情。

2、神道與宗教

《未央天》中也有神道情節出現，聞朗能夠斷出案情，除了主觀因素而外，客觀因素之一就是因爲他長有第三眼，得以審問李氏與臧婆鬼魂。但神道畢竟只是破案的一個輔助手段而已，其題材仍應爲公案。除此，《萬年觴》、《龍鳳錢》、《翡翠園》等劇中也都有神道情節出現，也一樣不能視爲宗教作品。

較爲純粹的神道與宗教作品應是《聚寶盆》。沈萬三因救車娥兒仙子而至驟富。其友張尤兒貪圖財勢，將妹妹嫁與沈萬三爲妾。然而貪心不足，想出種種陰謀詭計加害沈萬三。沈依靠聚寶盆、盆失以後依靠神助才得幸免。

3、善惡鬥爭

這是朱素臣社會劇中選擇較多的一種題材。

《翡翠園》寫寧王府長史麻逢之強佔書生舒德浦之宅地以建翡翠園。舒氏一家安貧樂道、與人爲善，因舒德浦將束脩之資盡數捐贈與王饅頭，除夕之夜，無錢無米，其妻衛氏不得已去寧王府陵旁挖野菜，一家人聊以充饑。但是麻逢之卻以此爲由誣告他們「盜掘王陵，砍伐家樹」，將舒德浦下獄，將衛氏及其子舒芬趕出家門。於是在平民與強宦之間展開了一場善與惡的殊死較量。

《錦衣歸》寫毛瑞鳳因貧窮而受準岳父白木賓迫害之事。如果白木賓只是嫌貧愛富，如李玉《永團圓》中江納一般，不認女婿，或竟退親，亦不過是小人而已。但此劇中，他用心頗爲歹毒。先許毛瑞鳳錦衣歸第即可送女完婚，將其支走。又派人將府庫中官銀送他，稱是白小姐所贈。繼而派差役將毛瑞鳳拿下，以贓銀爲證，定爲打劫軍需之罪。雖以愛情婚姻爲劇情之線索，但是這條線已退居次要地位，因爲它已在很大程度上被善惡鬥爭、感恩圖報等情節所遮掩了。

4、忠奸對立

只有《朝陽鳳》一劇。寫正直耿介的海瑞與內閣大學士張居正不睦。海瑞做爲諫官直言朝綱廢除，激怒嘉靖皇帝，將其下獄，張居正暗中使人百般

虐待。出獄後，張又派其出使流球，且不顧眾官要求，不准海瑞還朝。這時，海府婢女紫苕、海瑞女婿陳三木等齊心協力，與張居正鬥爭，終於海瑞還朝，張居正削職爲民。

此劇雖爲忠奸對立，但並不以二者之間矛盾鬥爭之複雜爲劇情中心。倒是海瑞身邊有膽有義之人對他的關懷援助成爲劇情的側重。宣揚了「孝」、「義」等傳統道德與世俗觀念。

如果上分類具有一定合理性的話，即可看出，這些題材大多是關於尋常百姓的世俗生活。具有明顯的世俗化傾向。

二、對世俗觀念的傳揚

蘇州派傳奇總體思想的特徵是弘揚傳統道德。當這種傳統道德與重大社會歷史問題相關時，一般會表現爲對忠義節烈等美德的高度禮讚。而當這種傳統道德與市井生活百姓遭際相關時，則表現爲對某些世俗觀念的遵循和傳揚。朱素臣劇作選取了大量世俗題材，也大多傳達出世俗性的觀念。這二者互爲因果、相輔相成。

世俗觀念做爲一種流行在民眾中間的開放的意識，有其較大的自由性、豐富性和不確定性，在社會生活的不同層面都會有不同的原則與理念，有時又會交叉重疊。所以我們透過作品中人物的言行舉止、處世態度去找尋他所遵循的世俗觀念不會很難，但是若想列出幾個邏輯關係清楚的世俗觀念來串起作品卻著實不易，這裡只擇其有代表性的幾種列舉如下：

善惡有報，感恩知報

（一）善有善報、惡有惡報

這是大多數中國百姓心中篤信的一個重要理念。作家們也常用它來構建故事。比如《翡翠園》，整個故事都貫穿著善良的施恩與眞誠的感恩。《錦衣歸》中的程行波，也是出於對毛瑞鳳的感恩而甘願代程行波赴死。《朝陽鳳》中海瑞入獄，被百般折磨，忽而一太監至獄中解救照料：

> 外：海恩官受累了。
> 生：我與公公素未相識，爲何有恩官之稱？
> 外：咱家與老先生原沒有相識，老先生與娘娘殿下，卻有大恩哩。（第十二齣）

原來，海瑞奏疏中，曾有勸皇帝夫妻合好之語。因而皇后感激。是以報恩。正是皇后的報恩，海瑞這次才得以保全性命。宮廷的糾葛、政治的鬥爭，其中自然有許多複雜難解的因素，但是在這裡，作家的意圖卻很明瞭，那就是與人爲善，自有善報。

正是這種關於善惡的良知，使劇作中那些身處下層的平民百姓能聯合在一起面對惡勢力之猖獗，並以勇敢的精神與其較量，直至取得最後的勝利。

當然，因爲佛教思想中也是有因果報應理念的，所以我們看到有時神道與宗教情節也會出現在作品之中，爲其果報模式張本。

（二）見義勇爲，舍己爲人

《朝陽鳳》中的紫苔，是海府的婢女。海瑞清政廉潔，家境困窘。以至被逮入獄後，無以應付獄中使用。這時是紫苔挺身而出，將自己賣入張府，得一百兩銀子，才解得燃眉之急。紫苔入張府後，又有許多情節，對解救海瑞實有不可磨滅之巨大功績。不能不承認，作品宣揚封建道德的指向很明確，比如海母病重，海瑞夫人割股熬湯爲婆母療疾等。但是此時若不是紫苔賣身，海瑞這個忠臣的楷模也許就淒涼悲慘地死在囚牢之中了。要解救別人，又要保全自己，這在封建時代對平民百姓來說殊非易事，何況紫苔這樣一個弱女子。或許這也是所謂「義僕」現象產生的又一原因吧。

如果說紫苔的賣身還有殉主的消極因素，那麼《十五貫》中的陶復朱則是在完全平等、自由和自主的狀態下見義勇爲的。他得知熊友蘭遭遇，又見其痛不欲生，便站出來號召船上客商爲熊家兄弟捐湊十五貫錢，可是眾人不從：

> 末怒介：咳，如此說，難道天地間再沒有個慈悲之念了？自古見義不爲，是無勇也……罷，熊大哥，我就獨力捐助你去！（第八齣）

陶復朱對熊友蘭的捐助與《翡翠園》中舒德浦對王饅頭的捐助是一樣的，但《翡翠園》中有王饅頭的一系列報恩情節，所以歸入上一小標題討論。

（三）宿命與神助

中國雖本土只有一種不十分成氣候的道教，但是中國百姓對各種體系神仙的崇拜卻是廣泛存在著，加上佛教的種種影響，所以中國百姓心中實充斥著紛繁複雜的宿命論觀點，這些和傳統道德、世俗觀念一起構成他們指導生

活的理念。《萬年觴》、《十五貫》、《未央天》、《聚寶盆》中都有此類觀念的體現。

　　要特別說一下《十五貫》與《未央天》中的神助現象。況鍾與聞朗都是有頭腦且肯爲民作主的好官，但是在其斷案時都出現了神道的幫助。這種現象該如何看待呢？一方面，它在某種程度上削弱了劇本的現實主義精神，也暴露了我們對斷案手段描寫和創造的匱乏；另一方面，也不可否認，這些描寫給劇情增加了趣味性和模糊性，從而成爲另一種美感；並且，從神道設教的角度來說，作品也以此促進勸善懲惡這一教化功能的實現。

　　同時我們還可注意到，這些世俗觀念常常並存於同一部作品中，因爲它們彼此一般是沒有矛盾衝突的，可以和諧共存。比如《聚寶盆》，其中有與人爲善的觀念、善惡有報的觀念，也有財富致禍的觀念。事實上，正是這些世俗性的經驗性的人生理念，以積極的狀態指導著尋常百姓世世代代的日常生活。

　　朱素臣在社會劇中對世俗生活的描繪和對世俗觀念的弘揚，必然會在某種程度上產生一種結果，即對傳統道德中崇高境界的一種暫時疏離。和李玉在國事興衰中所體現的忠君愛民、以天下爲己任等觀念相比，顯得不那麼精英，不那麼純粹。但正是這種疏離使朱素臣更貼近平民、市民的生活，更貼近大眾文化中的倫理追求。也正因爲如此，才使蘇州派傳奇的題材與思想都更豐厚起來。

　　而且戲曲是舞臺的藝術，是直接面對民眾、爲之提供娛樂的藝術。因此，這種對世俗題材的選擇與對世俗觀念的傳揚也必然會在某種程度上縮短劇作與受眾的距離，讓人感到親切、自然，貼近生活。加之作品的巧妙關目，朱素臣的部份劇作特別是《十五貫》[註23] 便成爲舞臺上長演不衰的經典曲目。

〔註23〕　當然，新的戲曲工作者對《十五貫》的創造性改編和不完全繼承也是其能夠風靡至今的重要原因。

第四章　朱佐朝

　　朱佐朝，字良卿，生平不詳，與朱素臣爲兄弟，亦是蘇州派的重要作家，作品極豐。

　　「撰傳奇二十五種：《蓮花筏》、《錦衣裘》、《御雪豹》、《石麟鏡》、《九蓮燈》、《瓔珞會》、《乾坤嘯》、《豔雲亭》、《奪秋魁》、《萬壽冠》、《雙和合》、《五代榮》、《牡丹圖》、《漁家樂》、《血影石》、《吉慶圖》等十六種，今存；《壽榮華》有北昆傳統演出摺子，《飛龍鳳》有佚曲一支；《太極奏》、《玉素珠》、《瑞霓羅》、《贅神龍》、《萬花樓》、《建皇圖》、《寶疊月》等七種，已佚。此外，與李玉合作《一品爵》、《埋輪亭》傳奇，與朱㿇等四人合著《四奇觀》傳奇，改訂朱雲從《龍燈賺》爲《軒轅鏡》傳奇，皆存」〔註1〕。

　　鄭振鐸曾評價朱佐朝說：「他並不誇麗鬥富，他並不張皇鋪敘，只是在天然本色之中，顯出他的異常超越的戲曲力。今所見的十四本，差不多沒有一本不是結構緊密的。」〔註2〕結構完美確爲朱佐朝一過人之處，劇作中的思想與人物也偶能標新立異。但總體來說，其故事性、戲劇性和程序性的自覺彰顯卻在某種程度上削弱了情感與思想的理性開掘，所以他的傳奇是熱鬧的，也是嚴謹的，也許正因爲如此，又是平淡的，甚至隔閡的。

　　王國維曾說：

　　　　「元劇最佳之處，不在其思想結構，而在其文章。其文章之妙，
　　亦一言以蔽之，曰：有意境而已矣，何以謂之有意境？曰：寫情則

〔註1〕　郭英德《明清傳奇史》，355頁，江蘇古籍出版社，2001年。
〔註2〕　鄭振鐸《插圖本中國文學史》，1012頁，人民文學出版社，1986年。鄭振鐸所列朱佐朝劇目，無《蓮花筏》、《雙和合》、《奪秋魁》、《萬壽冠》、《九蓮燈》，而所列《朝陽鳳》應爲朱素臣作品。

沁人心脾，寫景則在人耳目，述事則如其口出是也。古詩詞之佳者，無不如是。元曲亦然。明以後其思想結構，盡有勝於前人者，唯意境則爲元人所獨擅。」〔註3〕

這段話所指出的明以後傳奇的缺點能否涵蓋明以後所有戲曲這裡暫不討論，但是用以評價朱佐朝傳奇，卻是切中肯綮的。雖然蘇州派整體的思想水平都趨於保守平庸，但其寫景狀物、感慨抒情，卻不乏能動人心者（特別是李玉的《清忠譜》、《千忠祿》），而朱佐朝之作，則娛人耳目者盡有，感人肺腑者嫌少。

第一節 《石麟鏡》等愛情劇

朱佐朝傳奇中涉及婚姻愛情的劇目並不少見，但婚戀情節多半雜糅于忠奸鬥爭的主題之中，求其寫情略能純粹些許者，則爲《石麟鏡》、《蓮花筏》、《豔雲亭》等劇。

一、劇情概要

《石麟鏡》中，河南巡撫秦粦府內花園中忽生一株靈芝，下藏一面古鏡，名爲蕭郎鏡，長女玉娥收於房中。臨鏡自照，見一書生文采俊逸，心生愛慕。後每呼「蕭郎」，鏡中即可有見。忽一日見鏡中蕭郎披枷戴鎖，後有劊子手舉刀欲殺之，玉娥驚而癡癲。鏡中蕭郎名蕭謙，本爲一貧寒書生，有結義兄弟焦占，時相救濟。一日蕭謙與母親被盜匪劫持，脅迫其爲軍師，正值秦粦剿匪，將蕭謙誤作賊首囚入大牢。獄卒酒醉，蕭謙乘機逃出。秦粦奉命與山東巡撫陳大章會剿河賊，陳無功無爲，對秦有所妒恨。玉娥著父裝走失，誤入囚牢，獄卒見其癡傻，便將其關入牢中，以充蕭謙。蕭母到秦粦處爲兒子辯白冤情，秦下令釋放蕭謙。蕭母見兒子變成一個癡女，欲尋秦粦討還兒子。可是錯投至陳大章舡上。陳得知其事，便上本奏秦粦賣放謀逆元兇，秦被逮入獄。秦次女素娥按無味道人（煉石麟鏡者）指示，將蕭郎鏡放入陳府門前麒麟口中。陳大章負責監斬蕭謙母子，蕭母告訴玉娥她將被斬，玉娥驚嚇而醒。臨刑時陳大章發現蕭謙爲女子，不敢聲張，將二人隱匿府中服侍其女。蕭謙出逃後，改名焦謙，與焦占一起參加科舉考試，高中狀元，陳欲招之爲

婿，但其女貌醜且癡，遂令玉娥代爲相親。將欲成親之時，女照蕭郎鏡而死，玉娥與蕭謙成親，蕭氏母子相認。素娥求救於父親同年——都御史夏敏，秦粦得以昭雪冤獄。

《豔雲亭》寫洪繪與蕭惜芬婚戀故事。洪繪是宋眞宗時西秦一書生，見朝野不寧，遂無意於功名。樞密使蕭鳳韶有女惜芬，才貌雙全，韶欲爲之招婿。洪繪由其友鮑卜明推薦，先獻詩稿，又赴蕭府「面試」。不想洪繪因賞梅酒醉，狂誕狼狽之態爲蕭鳳韶所惡，遂逐之出。繪等候之時，惜芬令其和詩酬答，傾慕不已。朝中太師王欽若在鈞天谷設豔雲亭，以女色媚悅眞宗。蕭鳳韶彈劾王不成，遭罷官。西夏李元昊反叛，王薦蕭前往平叛，企圖藉以除去蕭鳳韶。王矯旨選繡，亦將惜芬選入。洪繪攔駕鳴冤，眞宗下令釋放繡女，但王欽若獨扣留蕭惜芬，又派府役畢泓刺殺洪繪。算命先生諸葛暗救下洪繪，畢泓受到感動，先放洪繪，又放惜芬，隨即自刎。惜芬假作癡兒，行乞街頭。後依於諸葛暗處，又巧遇奶媽。蕭鳳韶征剿不利，皇帝派王欽若統兵征伐，王兵敗改裝逃竄，被蕭部下所殺。洪繪之兄洪遠自幼習武，與俠女上官瓊珠結爲夫婦，前往協助蕭鳳韶。洪繪回鄉尋兄，輾轉亦至蕭鳳韶處，助其收復失地，殺死李元昊。皇帝召洪繪爲官，其友鮑卜明冒名頂替，後被諸葛暗識破。上奏眞宗，辯明眞假洪繪，惜芬與洪繪團圓，蕭鳳韶、洪遠等人俱得封賞。

二、兩個癡女形象的塑造

《豔雲亭》與《石麟鏡》對戲劇人刻畫的一個貢獻是塑造了兩個「癡女」形象，女性題材或愛情題材思想或藝術上的意義與價值也由此顯現出來。

《豔雲亭》中，蕭惜芬被畢泓私放以後，不得不假作癡兒浪跡街頭。劇中有一段對其癡狀的描寫：

> 淨男兒上：趙阿大這裡去頑。
>
> 副：徐五郎甚子好頑，還是摸蛤兒還是賺釘。
>
> 淨：不是，有個癡丫頭睡在灰堆上，我們去哄她到進邊拿一塊
> 磚頭頂在頭上，只説是糕，看他可吃
>
> 淨：癡丫頭，癡丫頭！
>
> 副：睡著在那裡發，拿塊磚頭撩醒他……
>
> 旦上：呸，你叫我做什麼？

淨、副：咦，好看。（唱）一似陰溝洞爬出、竈中眠。（白）噯，歹丫頭，可要吃糕麼？

旦：拿來嚇。

淨、副：微微笑把頭顛，（白）糕在此，咳，羞嚇！（唱）只怕牙兒嚼斷難咬咽。（旦丟介）

淨副：歹丫頭，歹丫頭（碰桌介）

丑：哐，這些賊種，又同這歹丫頭頑了。

淨：干你甚事？瞎毬養的！（下）

丑：哶，燒腦子的，桌子多磕歪了，倒罵我。

旦：羞嚇，再來頑！

丑：呀哐，真正歹丫頭！我罵了他們去，你還要惹他們轉來，這個歹丫頭！（下卷第四齣　癡訴）

在這段情節中，作家以幾筆就勾畫出了蕭惜芬的癡傻之態。其一為容貌，她已不再是那個端莊秀美的大家閨秀，而是蓬頭垢面、「一似陰溝洞中爬出、竈中眠」；其一為語言，那些無賴拿著磚頭騙她是糕時，她說「拿來嚇」，沒有絲毫的羞怯和矜持；無賴們被諸葛暗趕走了，她又說：「再來頑」，一個清醒的淑女兒對無賴的胡纏自然應是避猶不及，她卻不以為意。如果說這些都是癡的表現，那麼她將磚頭丟掉，則又在暗示我們，那些癡態不過是掩人耳目，她並非真癡。

如果說這裡對蕭惜芬的癡態只是點染而已——因為她畢竟只是假癡，那麼《石麟鏡》中秦玉娥的癡顛，則是被作家濃墨重彩地皴染出來的。

秦玉娥看到蕭郎鏡中的蕭謙披枷戴鎖，且有劊子手在後追殺，當即暈倒，妹妹素娥將其喚醒，與丫環梅香三人之間有一段對白：

貼（素娥）：姐姐，妹子在此！

旦（玉娥）（急起扯丑打介）：你怎麼殺我？

丑：嚇，大小姐有點癡哉！

貼：姐姐，為何這般光景？

旦（指丑）〔宜春樂〕他托鋼刀耀拆我鸞鳳凰。

貼：阿呀，姐姐，這是梅香。

旦（看鏡介）：阿呀好呵，（歎）這風流一時，夫妻洞房。

貼：呀，哶！

　　丑：羞答答説耍話！

　　貼：阿呀姐姐，敢是你（歎）夢魂顛倒一時忘卻閨門相。梅香，

你快鋪疊翠被牙床，忙吩咐延醫調養……

　　旦抱丑介：你是蕭郎麼？

　　丑：阿呀，放了，放了！我是個朝奉，勿是小郎。

　　貼：阿呀，姐姐，你怎麼煞時胡言亂講，沒來由風月慮起蕭牆！

　　（旦奔介），貼：哪裏去？

　　旦：我要到鏡中去！（第六齣）

　　此節之中，我們看到，玉娥先是將梅香幻想爲劊子手，後又將其幻想爲蕭謙，行非禮之事，言非禮之言，受到強烈壓制的情感欲求在外力的作用下爆發成極端的逆反心理，使玉娥完全失去了一個大家閨秀以禮節情的自覺意識。「我要到鏡中去」，這聲對虛幻之境的眞情呼喊，讓人自然而然地感受到現實世界施加給人物的無奈與絕望，以及人物追求希望與理想的執著和勇氣。

　　接下來，玉娥又有一系列的癡癲之舉：著父親衣裝走出，自稱爲蕭相公、與死去多年的母親對話；又夜半由船中走失，誤入囚牢，仍以蕭相公自稱，被獄吏以李代桃；當蕭謙母親來接兒子出獄，玉娥又將其稱爲「妹子」等等。

　　康保成說：「蘇州派以理節情，控制著男女主人公循規蹈矩，譜寫出一曲曲情理中和的奏鳴曲。但是，朱佐朝的《石麟鏡》，卻冒出一聲尖利的不諧合音」，「劇中女主人公秦玉娥，卻一度破壞了全劇的溫柔敦厚氣氛。」〔註4〕事實上，正是這一聲尖利的不和諧音，給一向保守的蘇州派劇作增添了一些浪漫主義的氣息，令人回味起湯顯祖筆下那生者可以死死可以生的一段至情。這也反映出湯顯祖以後傳奇作家們對《牡丹亭》爭相倣仿並於此過程中有超越者有落於窠臼者的戲曲史現象。

　　值得注意的是，作家在描摹其癡癲之狀時，並非將人物言行寫成完全的荒誕不經，而是注意了人物時癡時醒，癡中有醒的客觀病態，《豔雲亭》中蕭小姐將磚頭丟掉即是此類。又如玉娥於舟中出走前，有下面一個片段：

　　旦：梅香、妹子都去睡了。嚇，待我對爹爹說了，打這兩個妮

子。這是爹爹的衣巾，待我穿戴起來。〔黃鶯兒〕學取那風流俏書生，

窈窕勾。（內吹介）誰家吹留傷心剖。（白）不免到崖上去步月也。

〔註4〕康保成《蘇州劇派研究》，97頁，花城出版社，1993年。

想黃昏未久，紅燭滿樓，一輪秋月明如畫。露痕留，隨形踏影迅步
任咱遊（第十齣）。

前幾句要打妹妹與丫環，自然是瘋話無疑，穿戴父親衣巾，也是顛倒之
舉。但是後面幾句，則既為瘋話，又實為此情此境中極真摯之內心寫照。「想
黃昏未久，紅燭滿樓，一輪秋月明如畫」，這樣寧靜溫馨的畫面，便是玉娥心
中的理想之境，而「隨形踏影迅步任咱遊」則可見被約束已久的靈魂對於自
由的由衷嚮往。

又如在獄中，蕭謙之母欲告訴玉娥她二人將被處決，這時二人有一段對
白：

（旦呆看介）老：呆子，你看什麼？

旦：你是什麼人，這裡可是我爹爹衙署麼？

老：呀，呆子，你還是這般作呆呢。

旦：阿呀，我不是什麼作呆。〔前腔〕奴因有病在孤舟。這罪服
何來妝醜？

老：嚇，原來是個女子。你如今醒了麼？

旦：我沒有什麼不醒。

正是這句「我沒有什麼不醒」，暗示了此刻的玉娥還陷於懵懂之中。接下
來她與蕭母說起自己身份，貌似清醒，然而在蕭母告訴她要被處決後她再次
昏厥，然後才是真正的清醒，因為她的羞恥心又復蘇了：

旦：爹爹在哪裏，妹子在哪裏？放我出去，快放我出去！〔前
腔〕我自含羞，怎地出乖露醜，眜盼將無作有。啊呀婆婆，念我誤
入牢籠，望救取薄命……四德嫻，三從究，恁懶玄拈針繡，卻被無
情誘。今日裏香骨暴露倩誰來收？（第十八齣）

至此，玉娥由神志的清醒而自然過度到對禮教的回歸。反抗沒有到底，
悲劇也沒有徹底。所以作家對人物癡癲的描寫又在相當大的程度上退化為情
節的創造，而削弱了對「禮」的抨擊。以此與湯顯祖的《牡丹亭》相比，朱
佐朝自然有其局限存在。但是若從現實主義地描摹生活這一角度來說，玉娥
形象的塑造也自有其獨到的價值：她不是鬼魂，她是一個鮮活的生命。作家
以真實的病態寫照出她心靈的被扭曲被殘害，更客觀更真實。

事實上，借人物的癡癲狀態來展現人物內心意願或揭示社會之不合理乃
為敘事文學的表現方法之一，它更有力地傳達和實現著作家對某些社會制度

或思想觀念戕害人性的深層認識和深刻批判。從某種意義上來說，選擇「精神病人」作爲觀念的載體並不比選擇鬼魂遜色多少。范進、周進以及孔乙己等等，都是此類創作的典範案例。

在朱佐朝筆下，與這兩個癡女形象相映的還有《蓮花筏》中的齊玉符。她是山東僉都御使齊國用之女。與母親乘舟前往父親任所。船戶姚秉仁之子姚良，人品不凡，立志功名。齊玉符與姚良之妹姚關關朝夕相處，情意相投。又與姚良詩書相答，兩相傾慕。玉符病中向姚良索詩，姚良乘機表明心跡，玉符閱後心事愈重：「只是傷懷抱，奈更長漏迢，從今後一番心緒兩番邀」（第八齣）。姚秉仁爲避嫌疑，將兄妹二人送至岳母船上，玉符病情更重。後來姦臣假傳齊國用書信令玉符和番，齊家母女又與姚氏兄妹巧遇，關關爲成全二人，以身相代，北去和番。最後終得團圓。

劇中的玉符沒有至於癡癲，但由其患病也可感受到她心靈所受的痛苦折磨。而這種痛苦勿庸置疑是來自她與姚良出身門戶的巨大差距。作家沒有將這種差距外化爲各種矛盾衝突，而是以玉符開始的沉默克己加以掩飾，又以後來的姚關關代爲和番而將矛盾戲劇化、低調化地逐步消解於偶然發生的情節之中。

綜上，可以說，朱佐朝對女性及其愛情的發現雖然沒能細緻入微如湯顯祖，也沒能尖銳深刻如湯顯祖，卻也於不動聲色中入木三分。

第二節　《血影石》等忠奸鬥爭劇

在蘇州派作家中，朱佐朝是最爲著力描寫忠奸鬥爭者之一。其劇作中之絕大部份都可歸入忠奸鬥爭的主題範圍中來。除《五代榮》爲神仙劇，《瓔珞會》、《雙和合》爲世俗劇、《四奇觀》、《喜慶圖》爲公案劇外，即便是前面提到的愛情劇，也都貫穿著強弱不等的忠奸鬥爭的另一線索。比如《豔雲亭》中有樞密使蕭鳳韶與朝中太師王欽若的鬥爭，《石麟鏡》中有河南巡撫秦㷡與山東巡撫陳大章的矛盾，《蓮花筏》中有山東僉都巡撫齊國用與朝中太師方鼎及其黨羽李諫明的衝突等等。這幾部劇中還可見愛情劇的影子，至於其餘諸作，則更是以忠奸鬥爭爲作品的第一線索。

一、題材分類

雖然主題與思想大同小異，多爲歌頌忠義，批判權奸，朱佐朝忠奸鬥爭

劇仍然爲我們提供了較爲豐富的歷史場景、人物群體和矛盾類型。因爲作家選取的忠奸鬥爭題材也是同中有異的。在這裡將其大致分爲三類：

1、宮室相爭

在朱佐朝的忠奸鬥爭劇中，有幾部是展現宮室鬥爭的，這包括皇后之爭與皇位之爭。

前者如《乾坤嘯》寫皇后之兄烏延慶被任爲檀州統制，赴任前得罪貪而無行的韋繼同，而韋妹亦在皇宮，新受皇帝恩寵，但苦於烏皇后位高身正，遂欲取而代之。於是與韋繼同合謀，令人以刻有「乾坤嘯」（烏氏佩刀標識）之劍藏於御衣之中，以陷烏氏家族；《九蓮燈》寫西宮吳妃受寵，欲除史皇后而自立，與其黨羽定計行刺皇帝，陷害皇后；兵部尚書閔覺看出破綻，欲揭其事而遭奸宦迫害；後者如《漁家樂》，寫東漢末沖帝病危，清河王劉蒜與勃海王劉纘的帝位之爭。而於其中操縱是非者是鄭國公梁冀，他專橫跋扈，將劉瓚立爲皇帝後又因其不甘爲傀儡而殺害之；《萬壽冠》則寫所謂晉朝乾慶、元慶二位太子爭奪儲君位事。

2、鼎革順逆

還有的劇作展現了外敵入侵或江山鼎革之際，忠與奸之間的分歧與鬥爭。

如《軒轅鏡》雖以檀道濟與王同暗換兒女又終爲親家爲主線，忠奸鬥爭卻充當了作品的重要關目。王同任朝中史官，對姦臣司空徐羨之之罪狀秉筆直書，遭徐陷害。北魏大軍來犯，徐主和，江南都督檀道濟主戰，二人立下軍令狀。徐在檀勝券在握時拒發糧草，檀在百姓幫助下凱旋而歸。

《血影石》則以大臣黃荄一家爲中心寫靖難之事。允炆出逃後，燕王即位。其黨羽陳瑛迫害殺戮當年力主削藩的黃荄等人。黃與夫人相繼死節，其妻投於河中石上，血入石中，有人形，望朔則現。黃荄子黃觀與另一忠臣齊泰之女京奴結爲連理，其夫婦在眾人幫助下輾轉逃難。最後陳瑛被外敵殺死。天下大赦，忠臣之後得以團圓。

3、善惡鬥爭

沒有前兩種類型的大背景，有些忠奸鬥爭劇是較爲單純的善惡鬥爭。

比如《石麟鏡》中秦粦與陳大章之間的鬥爭、《御雪豹》中薛太師與和陽王湯惠之爭等等即爲此類。

二、看點舉例

　　從總體上來說，朱佐朝劇作思想性並不很強。忠奸鬥爭劇也多是在跌宕起伏的故事中傳達對忠義的謳歌與對權奸的批判，應屬傳統觀念範圍之內。但是只要一個藝術家是從關注社會反映現實的角度來進行創作，就總能或多或少地有所發現有所創造，朱佐朝也是如此。在他的忠奸劇中較引人注意的看點之一就是對下層人物及其價值的認識與描寫。

　　在上篇第三章中曾論及，蘇州派塑造了繽紛多彩的小人物形象。這也是朱佐朝劇作的特徵之一。而且這些小人物的生活已不僅僅局限於私人的小空間裏，而是與歷史風雲發生了關聯，甚至發揮出舉足輕重的作用。

　　比如在《漁家樂》中，漁家女子鄔飛霞先是搭救被鄭國公梁冀追殺的清河王劉蒜，後又代馬融（梁冀黨羽）之女瑤草入梁府爲妾，並乘機刺殺梁冀。不僅如此，她還與劉蒜互生愛慕，被策爲正妃。所以青木正兒說：「以一漁翁之小家碧玉而配王，對照最奇，其情趣爲古來幾多劇所不多見者，亦足爲一珍品也。」〔註5〕

　　又如《軒轅鏡》〔註6〕中，當江南都督檀道濟在與來犯的北魏軍隊交戰處於勝敗關頭卻被姦臣司空徐羨之斷掉糧草之時，是義民鎮的百姓們自發地組織起來捐糧助軍，檀道濟才得以乘勝追擊，凱旋而歸，姦臣徐羨之才因軍令狀而被殺頭，那些被迫害的忠良之士才得以有命運的轉機。作家也很看重這一情節，雖然它的創作可能更要突出史官王同之妻謝道衡的謀略，但是關於捐糧中百姓表現的描寫也不吝筆墨。在第十六齣「寫餉」的上場詩中就說：「義民鎮上好名題，助餉十千壯虎威，保障一方老幼無危」。我們也許不能給朱佐朝以「具有人民性」之類過高的評價，但這一情節也堪稱明末清初興起的「天下興亡匹夫有責」之時代精神的一種折射。同時，它也是忠奸鬥爭中忠者取勝方法的一次較有意義的嘗試，即讓忠臣與百姓結合起來，將個人恩怨與人民利益與國家利益起來，這樣忠奸鬥爭劇因百姓的參與而有了更爲深廣的價值。

　　另外值得注意的是，在這一段寫餉戲中，作家並沒有平淡寫來，也沒有將百姓人格單純化。多數大戶對於百姓組織的捐糧行爲都積極配合、欣然接受，但也有的鄉紳富戶不肯出糧，直至引發鄉民們的逕自開倉取糧。

〔註5〕　青木正兒《中國近世戲曲史》，王古魯譯，上海文藝聯合出版社，1956年。
〔註6〕　朱佐朝的《軒轅鏡》爲改定朱雲從劇作《龍燈賺》。因本文未設朱雲從專章，
　　　　所以暫將其放在此處討論。況且改定也能反映出作家的思想傾向。

　　除此，《乾坤嘯》中的平民趙豹夫婦、《萬壽冠》中的戚宮人、《血影石》中的妓女梅墨雲、《豔雲亭》中的算命先生諸葛暗、《蓮花筏》中的船家女子姚關關等，都以其各具特色的人格精神爲劇中人物、特別是忠良之士命運的轉機提供了外部動因。在朱佐朝筆下，和蘇州派整體風格基本一致，尋常百姓、小人物也成爲劇中不可或缺的一個人物群體。

三、《血影石》──與李玉《千忠祿》比較

　　建文皇帝之事是明以後敘事文學的一個熱點所在。蘇州派傳奇中，李玉的《千鍾祿》和朱佐朝的《血影石》都是以此爲主題的。但是二劇相較，則有較多不同。由此亦可看出朱佐朝與李玉雖同爲蘇州派作家，卻是各具特色的。

　　在《千忠祿》裏，建文皇帝是劇中主角，在他悲壯慘烈的逃亡過程中，我們看到的是一場大廈傾頹的國難。而在《血影石》中，建文皇帝至第九折扮僧人逃出皇宮後就再未出現。劇情以宗伯黃觀一家因忠於允炆力主削藩而起的悲歡聚散爲中心，從不同的角度描寫了這場災禍。

　　由於敘事視角的轉換，劇中人物群體也有較大不同。《千忠祿》中皇帝而外，主角亦是王公大臣，如翰林院侍讀史仲彬、翰林院編修程濟、翰林院修撰吳學成、御史生景先、文淵各大學士方孝孺等。這些人爲了保護皇帝、或與燕王朱棣鬥爭，「捐軀赴國難，視死忽如歸」。燕王刑罰的殘酷、追殺的無情，愈加使這些人物的忠君思想得到強化，其人格精神也愈顯高大。

　　但是在《血影石》中，更多下層人物被納入作家的視野。比如妓女梅墨雲，比如豆腐匠宿豆腐等。特別是梅墨雲，先是將逃亡的黃觀之子黃荄藏於臥榻之側，後遇司禮太監王三寶，將黃荄妝成太監救出；隨即又受王委派，去教坊司救取黃荄之妻──兵部尙書齊泰之女京奴，時燕王爪牙陳瑛欲將教坊司中女子獻與八百媳婦國，墨雲便以身相代，將京奴換出。從而完成了劇中的重要關目。她的臨危不懼、她的俠肝義膽，成爲此劇中頗爲生色的一個看點，不容忽視。

　　從《千忠祿》，我們能看到作家是以愛國忠君又面對江山易主的文人，在感慨萬端嘔心瀝血地回顧國難，因而情境之描繪能淋漓盡致，感人肺腑。格調也因其故事中所貫穿的沉重、痛切之情而顯得莊嚴雅正。從《血影石》我們看到的則是精於結構富於創想的曲家在講述故事。布局得當、冷熱有致，

不乏某些富於戲劇性的情節點染。如血影石的靈異，既表現出對黃觀妻翁氏節義的頌揚，又爲劇情增添了趣味；如梅墨雲與宿豆腐偶遇客店一段（第二十六折，店無餘房，墨雲與宿豆腐同住一室，宿欲求之爲妻，墨雲佯爲應允，卻巧妙脫身），既寫出墨雲的聰明機智，又給劇作保留了一絲世俗之氣。當然，也許正是這些世俗情節的加入，使《血影石》在某種程度上失去了沁人心脾的意味或振聾發聵的力量。

除此，《血影石》雖然描寫了市井中的女俠式人物梅墨雲，但並不能說《血影石》具有先進的市民意識，其思想仍是極爲保守的。甚至由此出現某些失當的情節。如在第二折中寫到建文皇帝吃太祖所賜子鵝，與太監吳成有下面一個片段：

　　　　生：孤也賜你一箸嘗之。

　　　　末：奴婢雙手有執，不能敬接所賜。（生棄地介）

　　　　末：殿下賜與奴婢，奴婢不敢棄，當舔而食之。（伏地舔吃介）

如此奴顏卑膝之狀，作者將其寫在正面人物吳成身上，自然是讚美其忠心之意，然而實爲不堪。

又如第六折黃荄新婚，其父即遭變故，他對妻子流露出慚愧及憂慮，其妻京奴則說：

　　　「官人，豈不聞毛詩云：我生之初尚無造，我生之後逢此百凶。

　　妾與君此身甚微，但得社稷無危，則生靈幸甚。倘有變故，爲臣死
　　忠、爲子死孝，乃分內之事，相公何必過慮！」

以一十幾歲之新婚女兒，說出此類深明大義的話來，抑或有真實性存在，但仍難免失於道學。或者可以視爲作家忠義觀念的一種聲明吧。

當然，劇中的忠君思想不只由這樣的情節傳達出來，而是更廣泛更常規地蘊含在忠臣志士的愛國之舉或助人之舉中，那是貫穿全劇的。也是與李玉《千忠祿》以及蘇州派整體風格相一致的。

第三節　劇作結構的程式化特徵

正如鄭振鐸所說，朱佐朝劇作無一不是結構緊密的。筆者以爲，從某種意義上說，這種緊密體現了戲曲創作的一個規律性特徵：程式化。

一、程式化的含義

程式，本是戲曲表演藝術中的一個術語。「戲曲中運用歌舞手段表現生活的一種獨特的表演技術格式。戲曲表現手段的四個組成部份——唱、念、做、打皆有程式，是戲曲塑造舞臺形象的藝術語彙。」〔註7〕顧聆森則指出，程式化「是由藝人在長期的藝術實踐中積澱、昇華而成的，是藝術家進行縱使性藝術創造的重要手段」。「指規範性的表演法式。每種程序都具有一定的生活內容，但程式並不是生活的照搬，而是生活的誇張美化。」〔註8〕這兩種解釋都是針對戲曲的舞臺表演來說的。

隨著理論的發展，研究的深入和廣泛，戲劇程式化的含義及其適用的領域也在不斷擴大。有學者指出：「戲曲的形式不限於表演身段，大凡劇本形式、腳色當行、音樂唱腔、化妝服裝等各方面帶有規律性的相對穩定的表現形式，都可以泛稱之爲程式。」〔註9〕

正是在這種認識的基礎上，學者們開始對戲曲文本的程式化問題進行研究。林鶴宜在其《論明清傳奇敘事的程式性》中對「程式性」做了更進一步的解釋：「『程式性』應該是中國戲曲發展完整的體系特質，並非單獨存在於表演或音樂之中。以組成戲曲的三個部份——敘事（故事情節）、音樂（『唱』和『念』的表演）、舞蹈（『做』和『打』的表演）而言，沒有一項可以自外於程式。」林還總結了明清傳奇敘事程序性的基本規律和模式：

「（一）結構性程式。指的是傳奇結構所必有的情節段落，主要出現在生、旦、兩條主情節線上。例如：生腳上場、旦腳上場、生旦分合、團圓旌獎等屬之。（二）環節性程式。指非結構上所必須，但卻是傳奇敘事環節所常見的情節段落……（三）修飾性程式。指由曲或白組成的『敘事段落』，規模較『結構性程式』和『環節性程式』小。通常是一段話白或一段曲文的固定型式。」〔註10〕

二、朱佐朝劇作的程式化特徵

事實上，在明清傳奇文本中，特別是其結構，的確可以看到某些程式化的東西。蘇州派傳奇也是一樣。這在朱佐朝的作品中有較爲明顯的表現。

〔註7〕 見《中國大百科全書‧戲曲曲藝卷》，「表演程序」條。

〔註8〕 吳新雷《中國崑劇大辭典》，55頁，「程序」條，顧聆森撰。

〔註9〕 戴平《獨特的信息符號系統：論戲曲程序》，《戲曲研究》第20輯。

〔註10〕 林鶴宜《論明清傳奇敘事的程序性》，見徐朔方、孫秋克主編《南戲與傳奇研究》，485頁，湖北教育出版社，2004年。

這裡以兩點爲例說明朱佐朝劇作的程式化特徵：

（一）戲眼的運用

戲眼的概念在學術界大致有兩種理解。一種是指戲劇中最能體現作品主旨的情節或曲詞，另一種則指貫穿作品或在作品中起線索作用的實物、場景等。後者由唐國賦明確提出，他在論述元明清戲曲結構時說：「元明清戲曲（主要是明清傳奇）多取唐代小說中與人物、事件聯繫緊密的實物來安排關目，這裡我們將這種重要的實物稱之爲『戲眼』」〔註 11〕。戲眼「在情節發展的關鍵時刻常常出現，成爲情節與情節之間起銜接作用的重要環扣，甚至直接推動情節的不斷發展。」〔註 12〕比如《紅拂記》中的破鏡、《長生殿》中的金釵、鈿盒等等。

在蘇州派作家的筆下，戲眼也發揮出舉綱張目、推波助瀾的神奇功能。比如：李玉《太平錢》中的太平錢、《一捧雪》中的一捧雪玉杯，朱素臣《十五貫》中的十五貫錢、張大復《紫瓊瑤》中的紫瓊瑤、盛際時《胭脂雪》中的胭脂雪貂裘等等。

但朱佐朝卻是這些作家中運用戲眼最爲自覺的。在他現存的十六種劇作中，有十二種都使用了戲眼，而且作家有意將這些戲眼作爲傳奇的名稱，如《石麟鏡》、《九蓮燈》、《軒轅鏡》、《御雪豹》、《乾坤嘯》、《萬壽冠》、《血影石》、《瓔珞會》、《豔雲亭》、《牡丹圖》、《吉慶圖》、《蓮花筏》。

《石麟鏡》中，無味道人爲成就書生蕭謙與小姐秦玉娥婚事煉成石麟鏡，玉娥照鏡而見蕭謙，又因見鏡中蕭謙披枷戴鎖而癡癲，最後因陳小姐照鏡而死得以與蕭謙成婚。石麟鏡貫穿全劇，在推動蕭、秦二人婚姻發展上具有重要意義。

再如「乾坤嘯」，這是宋皇后之兄檀州統制烏延慶佩刀上的標誌，韋妃之兄韋繼同與常侍丙融訂下奸計，仿製此刀藏於御衣，烏延慶因行刺皇帝的罪名下獄，後因包拯審出此刀之來歷，烏延慶的冤情也得以昭雪。

其他諸作，亦如此類。

值得一提的是《軒轅鏡》是朱佐朝改定的朱雲從劇作，原名爲《龍燈賺》，是因爲故事起因於元宵節看龍燈，但是朱佐朝改定後，將「軒轅鏡」（皇帝所賜，佩於丟失小兒胸前）作爲劇本名稱，可見其對戲眼的自覺重視。

〔註 11〕　唐國賦《唐傳奇嬗變研究》，311 頁，廣東人民出版社，1997 年。
〔註 12〕　唐國賦《唐傳奇嬗變研究》，313 頁，廣東人民出版社，1997 年。

（二）布局程式化

除選用戲眼而外，朱佐朝劇作的布局也顯示出程式化的特徵來。

根據林鶴宜總結，傳奇程式有三種：結構性程式、環節性程式、修飾性程式。這三種程式在劇作中一般是交叉互動、錯落發展的。更具體地說，一部傳奇一般都有生旦上場、生旦離、生旦合這樣三個結構性程式，而此離合過程中，會有一些相對常見的環節性程序，比如逃難、求取功名、路遇小人等，也會有一些裝飾性程式，如詩詞酬答等。很明顯，這種程式來自於傳奇十部九相思的戲曲氛圍。

朱佐朝劇作，大部份都是符合這些程式的。

如《漁家樂》中劉蒜與鄥飛霞同舟相處後互生愛慕，但因飛霞代瑤草入梁府、劉蒜入河東節度營而分散，然後經過飛霞刺死梁冀、劉蒜奪回帝位，生旦又得團圓。

又如《蓮花筏》中官宦小姐齊玉符與船戶之子姚良認識後，彼此在心中相愛，但身份差異使這份愛情被深藏於心。後來姚良去外婆船上，生旦暫時分離，不想玉符因去和蕃又得相逢。

在愛情戲中，依據這樣的程式其實是很自然的。在社會劇中，朱佐朝一般也都依照這種程式。有的運用恰當，生旦一線也與其他線索渾然一體，比如《九蓮燈》是寫兵部尚書閔覺與姦臣霍道南及太監羅憲間的鬥爭，其中加入閔覺之子閔遠與妓女鄧菲煙、孤女戚輕霞的離合，二女都於閔覺之存亡實現了較大意義，因而不覺繁雜。

但處理不好，就會在某種程度上顯得有斧鑿之痕，有隔閡之感。

比如《乾坤嘯》一劇，本是寫烏氏與韋氏之間的后位之爭，作家定其一方為忠，一方為奸，而成為忠奸鬥爭。但是這部劇中也加入了生旦離合的情節，即烏延慶之子烏紹及其新婚妻子俞雙雙逃亡，最後再得團圓。雖然平添許多熱鬧，但實為可有可無之筆。

在此方面，應是李玉做得更好。比如在《清忠譜》和《千忠祿》中，都沒有這種程式性的生旦離合，故事布局顯得不枝不蔓，或許更有利於表現主題，更有利於自成格調。

朱佐朝創作的技巧自然是比較完美的，但是就在這完美之中，也是有得有失的。

參考文獻

1. 司馬遷，《史記》，上海古籍出版社 1997 年。

2. 脫脫等，《宋史》，中華書局 1977 年。

3. 張廷玉等，《明史》，中華書局 1974 年。

4. 楊伯峻，《春秋左傳注》，中華書局 1990 年。

5. 樊樹志，《晚明史》，復旦大學出版社 2003 年。

6. 鄭克晟，《明清史探實》，中國社會科學出版社 2001 年。

7. 張岱，《陶庵夢憶》，作家出版社 1995 年版。

8. 李斗，《揚州畫舫錄》，中國書局 1960 年版。

9. 黃宗羲顧炎武等，《南明史料（八種）》，江蘇古籍出版社 1999 年版。

10. 袁景瀾，《吳郡歲華紀麗》，江蘇古籍出版社 1998 年版。

11. 顧震濤，《吳門表隱》，江蘇古籍出版社 1999 年版。

12. 范成大，《吳郡志》，江蘇古籍出版社 1999 年版。

13. 鄭振鐸，《插圖本中國文學史》，人民文學出版社 1957 年。

14. 錢穆，《中國近三百年學術史》，商務印書館 1997 年。

15. 錢穆，《國史大綱》，商務印書館 1997。

16. 廖奔、劉彥君，《中國戲曲史》，山西教育出版社 2000 年。

17. 青木正兒，《中國近代戲曲史》，王古魯譯，上海文藝聯合出版社 1956 年。

18. 徐慕雲，《中國戲劇史》，上海古籍出版社 2001 年。

10. 盧前，《明清戲曲史》，商務印書館 1935 年。

20. 譚帆、陸煒，《中國古典戲劇理論史》，中國社會科學出版社 1993 年。

21. 王汝梅、張羽，《中國小說理論史》，浙江古籍出版社 2001 年。

22. 許金榜，《中國戲曲文學史》，中國文學出版社 1994 年。

23. 張庚、郭漢城,《中國戲曲通史》,中國戲劇出版社 1980 年。

24. 朱貽庭,《中國傳統倫理思想史》,華東師範大學出版社 1994 年。

25. 周妙中,《清代戲曲史》,中州古籍出版社 1987 年。

26. 周貽白,《中國戲劇史長編》,上海書店出版社 2004 年。

27. 郭英德,《明清傳奇史》,江蘇古籍出版社 2001 年。

28. 郭英德,《明清傳奇綜錄》,河北人民出版社 1997 年。

29. 鮑桑葵,《美學史》,張今譯,商務印書館 1997 年。

30. 蘇國榮,《戲曲美學》,文化藝術出版社 1999 年。

31. 葛兆光,《禪宗與中國文化》,上海人民出版社 1986。

32. 祁志祥,《佛教美學》,上海人民出版社 1997 年。

33. 釋慧皎,《高僧傳》,湯用彤校注 中華書局 1992 年。

34. 贊寧,《宋高僧傳》,中華書局 1987 年。

35. 張榮明,《道佛儒與中國傳統文化》,上海人民出版社 1994 年。

36. 嵇文甫,《晚明思想史論 》,東方出版社 1996 年。

37. 吳承學、李光摩,《晚明文學思潮研究》,湖北教育出版社 2002 年。

38. 謝國楨,《明清之際黨社運動考》,中華書局 1982 年。

39. 余英時,《士與中國文化》,上海人民出版社 2003 年。

40. 趙園,《明清之際士大夫研究》,北京大學出版社 1999 年。

41. 《綴白裘》,汪協如校,中華書局 1955 年。

42. 《古本戲曲叢刊》二集,商務印書館 1955 年影印。

43. 《古本戲曲叢刊》三集,文學古籍刊行社 1957 年影印。

44. 《古本戲曲叢刊》五集,上海古籍出版社 1986 年影印。

45. 張燕瑾張松頤,《〈十五貫〉校注》,上海古籍出版 1983 年。

46. 凌濛初,《初刻拍案驚奇》,北方文藝出版社 1993 年。

47. 凌濛初,《二刻拍案驚奇》,北方文藝出版社 1993 年。

48. 馮夢龍,《喻世明言》,北方文藝出版社 1993 年。

49. 馮夢龍,《警世通言》,北方文藝出版社 1993 年。

50. 馮夢龍,《醒世恒言》,北方文藝出版社 1993 年。

51. 李修生，《古本戲曲劇目提要》，文化藝術出版社 1997 年。

52. 李曉，《中國崑曲》，百家出版社 2004 年。

53. 吳新雷，《中國崑劇大辭典》，南京大學出版社 2002 年。

54. 《中國古典戲曲論著集成》，中國戲劇出版社 1959 年。

55. 呂天成，《曲品》，北方文藝出版社 2000 年版。

56. 焦循，《劇說》，古典文學出版社 1957 年版。

57. 吳梅，《顧曲塵談》《中國戲曲概論》，上海古籍出版社 2000 年。

58. 梁辰魚，《梁辰魚集》，上海古籍出版社 1998 年。

59. 王國維，《王國維論學集》，傅傑編校中國社會科學出版社 1997 年。

60. 吳梅，《吳梅戲曲論文集》，中國戲劇出版社 1983 年。

61. 嚴敦易，《元明清戲曲論集》，中州書畫社 1982 年。

62. 馮沅君，《馮沅君古典文學論文集》，山東人民出版社 1980 年。

63. 阿甲，《戲曲表演論集》，上海文藝出版社 1962。

64. 鄭振鐸，《中國文學研究》，人民文學出版社 2000 年。

65. 汪龍麟，《清代文學研究》，北京出版社 2001 年。

66. 趙山林，《中國戲劇學通論》，安徽教育出版社 1995 年。

67. 張庚，《戲曲藝術論》，中國戲劇出版社 1980 年。

68. 余秋雨，《戲劇理論史稿》，上海文藝出版社 1983 年。

69. 葉德均，《戲曲小說從考》中華書局 1997 年版。

70. 段啓明，《中國古代小說戲曲述評輯略》，華文出版社 2002 年版。

71. 康保成，《中國近代戲劇形式論》，灕江出版社 1991 年。

72. 陸萼庭，《崑劇演出史稿》，上海文藝出版社 1980 年。

73. 張發穎，《中國戲班史》，學苑出版社 2003 年。

74. 張發穎，《中國家樂戲班》，學苑出版社 2002 年。

75. 鄭傳寅，《傳統文化與古典戲曲》，湖南人民出版社 2004 年。

76. 周育德，《中國戲曲與中國宗教》，中國戲劇出版社 1982 年。

77. 吳新雷、丁波，《戲曲與道德傳揚》，江蘇古籍出版社 2002 年。

78. 隗芾、吳毓華，《古典戲曲美學資料集》，文化藝術出版社 1992 年。

79. 吳敢、楊勝生，《古代戲曲論壇》，澳門文星出版社 2003 年。

80. 鄧長風，《明清戲曲家考略》，上海古籍出版社 1994 年。

81. 程國賦，《唐代小說嬗變研究》，廣東人民出版社 1997 年版。

82. 朱萬曙，《明代戲曲評點研究》，安徽教育出版社 2002 年版。

83. 郭英德，《明清傳奇戲曲文體研究》，商務印書館 2004 年。

84. 郭英德，《明清文人傳奇研究》，北京師範大學出版社 2001 年。

85. 黃裳，《舊戲新談》，北京出版社 2003 年。

86. 康保成，《蘇州劇派研究》，花城出版社 1992 年。

87. 李玫，《明清之際蘇州作家群研究》，中國社會科學出版社 2000 年。

88. 無名氏，《傳奇彙考》，書目文獻出版社 1994 年影印本。

89. 徐朔方、孫秋克，《南戲與傳奇研究》，湖北教育出版社 2004 年。

90. 許建中，《明清傳奇結構研究》，中州古籍出版社 1999 年。

91. 朱承樸、曾慶全，《明清傳奇概說》，三聯書店香港分店 1985 年。

92. 周維培，《曲譜研究》，江蘇古籍出版社 1999 年版。

附錄：和諧的理想　不和諧的時代
——《牡丹亭》副線之重

　　因爲《牡丹亭》中那「生者可以死、死可以生」的一段至情，湯顯祖已然被視爲一代情聖。事實上，湯顯祖之可敬，不僅在於其戲曲創作中所呈現之曠世才情，還在於其磊落、崎嶇的政治生涯中所秉承之社會思想與人格理念，勤政愛民之時、進退取捨之間，更見其卓然獨立、自成一章。

　　先看《牡丹亭》中幾幅畫面。

　　南安太守杜寶，以其對女兒杜麗娘生前死後的態度而言，確實有幾分不近人情的迂腐道學之氣。但湯顯祖並未將他寫得一無是處，相反，卻借助他表達了自己的社會理想，用劇中一句道白說就是：「文武官僚立邊疆」，「休壞了這農桑、士工商」。

　　所以第一幅畫面即爲「勸農」。杜寶在南安太守任上，重視農耕，「緩理征徭詞訟」，即以寬鬆的政策來處理賦稅徭役及案件糾紛。經他治理三年，南安地方上「弊絕風清」，「凡各村鄉約保甲、義倉社學，無不舉行」，南安府所治農村呈現出一派和諧氣象：「山也清，水也清，人在山陰道上行。春雲處處生」；「官也清，吏也清，村民無事到公庭。農歌三兩聲。」而湯顯祖就給這個村子取名爲「清樂鄉」，其用意顯而易見。

　　第二幅畫面在「鬧殤」一齣。杜寶升任淮揚安撫使，離開南安以前，爲麗娘安排守墓之事。陳最良與石道姑爲祭田的收租權而發生爭執，杜寶毫不猶豫將祭田託付給陳最良，他說道：「不消爭，陳先生收給。陳先生，我在此數年，優待學校」。之所以選擇陳最良，原因很簡單，陳雖爲落魄秀才，實是知識分子、頭巾之士；目的也很明確，杜寶要給讀書人以經濟上的實際支持。

　　而杜寶鎮守揚州之時，亦有可看之處。盜寇李全與金朝勾結，不時騷擾地方。爲防禦他，杜寶新築城牆。登樓把酒，他看到的是山河雄壯，旌旗飄揚。除此，湯顯祖特別點染的則是杜寶眼中「如霜似雪四五十堆」高起的鹽山，這些食鹽爲商人所納，能保證軍民在抵禦外侵時糧草充足，有強大的後方保障。政府以寬鬆的政策讓商人因鹽而發財致富，國家有難之際，商人亦以其財富回報國家。

　　耕者有其田，居者有其所，國富兵強，士農工商各得其用，這就是湯顯祖借助杜寶傳達出的社會理想。而對照《牡丹亭》第 46 折中杜寶「追想靖康而後。中原一望，萬事傷心」的感慨，此種理想就更易理解了。

　　再看遂昌任上數載知縣。

　　萬曆十九年（1591 年），湯顯祖因上疏建言而獲罪於朝廷，貶官爲廣東徐聞縣典史，萬曆二十一年（1593 年），任遂昌知縣，五年後辭官而歸。這雖然是湯顯祖政治上遭受打擊極爲失意的一個時期，卻也是他實現自己社會理想親民施政頗有創獲的一個時期。

　　先是在徐聞修建貴生書院。其實典史只是負責緝捕和牢獄的小官，而且對於貶官的湯顯祖來說，是一個虛職，但因爲湯顯祖「雅負才名，淹貫文史」，所以慕名而來聽其講學者摩肩接踵，直至廨舍不能容。於是湯顯祖與徐聞知縣熊敏相商，尋地籌款，修建了貴生書院，使當地百姓凡有心向學者皆可於書院中求知問道。

　　這種重教興學的觀念也被湯顯祖帶至遂昌任上，

　　這個偏遠的小縣，他先後爲生員們興建了供學習禮射的射堂、供住宿讀書的學舍，又修象德堂，三者形成一個書院；又爲書院置學田；並從僧道廟觀的租穀內撥出一部份以資助學；又建尊經閣以爲書館。一時間，遂昌縣內向學之氣彬彬而起。

　　一個地區是否富足，與其稅收狀況密切相關。湯顯祖到遂昌後，漸漸發現豪強官紳多有兼併土地規避賦稅之事，遂著手治理，爲遂昌縣「去其害馬」。有據可徵者如向鄉紳項應祥催討賦稅之事。項應祥曾任吏科都給事中，時告病在鄉。湯顯祖不畏強權，查其家族占田逃稅及欺凌百姓之案，義正辭婉，又毫不手軟。

　　湯顯祖在遂昌任上另一個美政是「縱囚觀燈」。萬曆二十三年（1595）除夕，湯顯祖將遂昌獄中囚犯放回家，使與親人團聚，元宵節又許囚犯出獄觀

燈。這在任何一個時代都應是一種極為大膽的行為，當然，也是一種極為人性化的行為。湯顯祖之所以敢這樣做，是他已經以自己的「清政」取信於民、教化於民。他說：「清吏之法法身，濁吏之法法人。」他以自己的兩袖清風，換來了遂昌縣的淳雅民風。

不論是出於無為，還是出於有為，這些可圈可點的政績，使湯顯祖獲得了「循吏」的美名，受到遂昌人民的愛戴。

綜上，可見杜寶與湯顯祖無論在社會思想上，還是在施政方針上，都十分相似。然而，理想終歸為理想，現實仍然是現實，二人的結局卻是天壤之別。《牡丹亭》中的杜寶由南安知府到淮揚安撫使，又到同平章軍國大事，位至宰輔，步步高升，受到皇帝以及有司的青睞和讚揚；湯顯祖卻由南京禮部主事到徐聞典史，到遂昌知縣，到告假還鄉，屢遭貶抑，雖心存社稷而終究還朝無望。無論是追求的理想，還是取得的政績，都沒有給湯顯祖鋪就一條政治坦途，而只是化作了玉茗堂前的雨絲風片。遂昌一任後，湯顯祖更覺「世路之難，吏途殊迫」，於萬曆二十六年（1598）退居故里，不復入世。

而湯顯祖的政治生涯走向這樣一種結果，在那個時代實屬必然，原因有二：

其一是所具人格使然。

萬曆十三年（1585），吏部文選郎、前任臨川知縣司汝霖致信湯顯祖，勸其與有司溝通，可升為吏部主事。湯顯祖婉拒之，並說：「人各有章，偃仰澹淡、歷落隱映者，此亦鄙人之章也。惟明公哀憐，成其狂斐。」所謂「偃仰澹淡、歷落隱映」，即自然而然、無所刻意，用湯顯祖的另一種方式表達，即為一個「真」字。如他說：「某少有伉壯不阿之氣，為秀才業所消，復為屢上春官所消，然終不能消此真氣」；「大勢真之得意處少，而假之得意時多」；「人自有真品，世自有公論」等等。

而縱觀其政治生涯則不難發現，他因拒絕張居正之拉攏而晚中進士是由此種人格而致；上疏建言而被貶官由此人格而致；遂昌任上結怨於項應祥由此人格而致；遂昌任後絕意仕進亦由此人格而致。所以他自己也總結說：「我平生只為認真，做官做家，都不起耳」。

其二是所處時代使然。湯顯祖置身的晚明政壇，與《牡丹亭》的用人以才賞罰公正的理想世界不同，實有許多不和諧因素。如張居正、申時行兩任首輔之專權、萬曆皇帝寵信非人疏理朝政之荒誕、黨派紛爭之錯綜蔓延，凡

此種種，都給心存社稷關注民生者設置了無形障礙，鵬鳥不能奮飛，志士無以展懷。正如蔣士銓的《玉茗先生傳》所說：「顯祖志意激昂，風節遒勁，平生以天下爲己任；因執政所抑，遂窮老而歿，天下惜之」。

　　而湯顯祖緣何爲「執政所抑」？個人性格只是表面原因，究其本質，是民主政體之缺失、法治制度之缺失、人才選用與考核機制之不健全阻礙了湯顯祖們的政治發展。當然，我們是不必要求一個封建王朝解決這些問題的。

（本文發表於 2010 年 12 月 31 日《光明日報》）